Historiæ
Rizzoli

CW01425580

FRANCESCA MACCANI

LE DONNE DELL'ACQUASANTA

Rizzoli

Pubblicato per

Rizzoli

da Mondadori Libri S.p.A.
Proprietà letteraria riservata
© 2022 Mondadori Libri S.p.A., Milano
Pubblicato in accordo con Lorem Ipsum | Agenzia Editoriale, Milano

ISBN 978-88-17-16330-9

Prima edizione Historiae Rizzoli: 2022
Quinta edizione Historiae Rizzoli: gennaio 2023

Realizzazione editoriale: Studio editoriale Littera, Rescaldina (MI)

Seguici su:

www.rizzolilibri.it   /RizzoliLibri   @BUR_Rizzoli   @rizzolilibri

LE DONNE DELL'ACQUASANTA

A mia madre,
che mi ha insegnato l'amore per i libri.

Ogni notte, tornando dalla vita,
dinanzi a questo tavolo
prendo una sigaretta
e fumo solitario la mia anima.

CESARE PAVESE

Siamo state docili e sottomesse
per troppo tempo,
ma credo che questo periodo sia
finito.

BETTY FRIEDAN

Dieci anni prima

«Se non molli subito i capelli della mia amica, lo vedi quello che ti faccio!»

La bambina, che poco prima saltellava lungo la lingua di sabbia accarezzata dalla risacca, si era fermata di colpo al grido della sua inseparabile compagna di giochi. L'amica la stava guardando con gli occhi vicini al pianto, immobilizzata da dietro da un ragazzino dall'aspetto selvaggio che le stringeva tra le dita una ciocca bionda, quasi volesse strappargliela.

«Io non mollo proprio un bel niente» rispose lui con aria da prepotente, la pelle del viso chiazzata dal sudiciume, gli occhi spiritati. Dalla crosta che aveva sul ginocchio scendeva un sottile filo di sangue rosso scuro. Sullo sfondo, vicino agli scogli, un gruppetto di amici suoi, uno cchiù malu cumminatu dell'altro.

«Ahi, mi fai male!» gridò la piccola, tenendosi i capelli dorati con le mani, nel tentativo di difendersi. «Ma che ti salta in testa?»

«Voi qui non ci dovete venire cchiù, non è un posto da femmine, questa è la zona nostra» rispose il moccioso senza lasciare la presa.

Ignorando la risposta, la bambina con la zazzera scura, quasi nera, avanzò verso di lui con aria minacciosa. «La spiaggia è di tutti e io ti rissi di mollare i capelli dell'amica mia, non te lo voglio ripetere cchiù.»

«Altrimenti che fai? Mi alzi le mani?» chiese spavaldo il ragazzino, scatenando le risate degli altri picciotteddi.

Il colpo al naso fu così violento che manco arrivò a rendersene conto e già il viso era una maschera di sangue. In men che non si dica aveva la bocca inondata di un sapore metallico che gli diede la nausea.

«Ora vediamo se parli ancora, e se qualcuno degli amici tuoi vuole legnate appresso a te» gridò la bambina sventolando il pugno in aria in direzione degli altri. In un attimo il gruppetto si era dileguato.

Il ragazzino, resosi conto di essere rimasto solo, corse verso il mare a sciacquarsi.

«Accussì t'insigni e vedi di levarti il vizio, che qui posti da femmine e posti da maschi non ce ne sono. Il mare è di tutti i cristiani» gli gridò la bambina mora. «Che è, ti ha fatto male?» chiese poi all'amica, avvicinandosi e mettendole una mano sulle spalle, protettiva.

«Non è niente, ora passa, ma a te come ti è venuto di dargli un pugno? Sei impazzita? E se i suoi amici invece di scappare ci davano legnate?» replicò quella.

«Ma quali legnate? Erano quattro piscialietto. Ma poi che novità è questa? Un posto da maschi! Ma non ne devo sentire cchiù ri fissarie, manco della zona nostra sono questi scimuniti, io non li ho visti mai.»

Le due amiche si allontanarono prendendosi per mano in direzione delle loro case, che si trovavano a ridosso della spiaggia, un poco più a monte. Lo sciabordio delle onde copriva il rumore leggero dei passi.

«Fra', grazie che mi hai aiutata, ma non sta bene che alzi le mani, se lo sa tua madre vedi che abbuschi... già ha i tuoi fratelli che le danno pensieri» disse placida la bimba bionda.

«Io non canto e chiddu ca pigghiò legnate puru a chi lo deve dire che abbuscò da una femmina? Gli conviene che si sta zitto, Ro', te lo dico io» e scoppiò a ridere.

«Ma tu da grande che vuoi fare? Quella che picchia?» chiese curiosa la bambina, spalancando i grandi occhi verdi.

«Io? Da grande? Io unn 'u sacciu, ma sicuro credo che mi cerco un travagghio ca mi piace» rispose decisa l'amica, portandosi una ciocca di capelli corvini dietro l'orecchio.

«Ma vedi che femminedda sei, ma quale travagghio? Ti devi maritare, che a travagghiare to marito ci pensa, mica tu!»

«Maritare? Tu sei pazza!» rispose l'altra allungando il passo e stringendo la mano dell'amica ancora più forte, quasi a siglare un patto. «Non ci penso proprio a farmi comandare, non ne voglio di padroni, io. Nessun masculo mi dirà mai cosa devo fare. Ci credi, Ro'?»

1

Erano quasi le otto e la luce bianca del mattino si gettava sghemba attraverso i finestroni del primo piano della Manifattura Tabacchi. A poco a poco, la distesa di tavoli da lavoro prendeva colore sotto i primi raggi che rischiaravano la stanza delle sigaraie. Fuori l'alito tiepido di marzo prometteva finalmente un po' di caldo.

Tra non molto il signor Enzo, il sorvegliante, avrebbe spalancato i battenti accanto al suo tavolo e l'odore pungente delle foglie di tabacco che impregnava l'aria sarebbe scivolato fuori mischiandosi a quello del mare.

Alcune delle operaie erano già in fila per ritirare le commesse al bancone accanto all'ingresso, per poi sistemarsi alle proprie postazioni e cominciare a maneggiare trinciati e rollare foglie ruvide per tutta la giornata.

Lena e Annamaria, le più anziane, controllavano che le ragazze si dirigessero svelte al loro posto, per evitare che già di buon'ora qualcuna venisse rimproverata ma, ringraziando 'u Signure, in pochi attimi erano quasi tutte sedute e intente a organizzare il lavoro.

«Maria, Bastiana, voi due ieri un poco tardi avete finito» disse Lena perentoria. Aveva un fisico imponente e una crocchia di capelli che ormai erano più grigi che neri, di sicuro colpa dei dispiaceri più che degli anni. «Oggi vi dovete arruspigghiare tanticchia.» Poi si diresse verso il signor Enzo, in attesa che le leggesse il pizzino con gli ordini della mattinata.

Bastiana guardò la compagna in cagnesco e calò la testa facen-

13

do una smorfia. Maria sapeva che era solo colpa sua se avevano consegnato il lavoro in ritardo, ma non disse una parola, non ne aveva la forza: raccolse le mani in grembo per un attimo, fece un lungo respiro e prese un pizzico di tabacco sminuzzato.

Lavoravano in coppia, le sigaraie, e per questo bisognava essere veloci e coordinate, entrare subito in sintonia, intendersi al minimo cenno e divenire una cosa sola con la propria compagna. Non tutte ci riuscivano, Franca e Rosa sì.

Le due – Rosa riempiva e Franca chiudeva – si scambiarono un'occhiata, ma non si voltarono verso Maria. Non volevano che l'amica si affruntasse, le parole di Lena di sicuro l'avevano mortificata.

Il bancone che occupavano era accanto a uno dei cinque finestroni che si aprivano sulla grande parete a est, non troppo distante dal corridoio che conduceva agli uffici dell'amministrazione, il punto più ampio e luminoso di tutti, ma anche il più esposto agli sguardi. Sedevano un poco in disparte dalle altre, perché lavoravano alla produzione dei sigari di pregio, una mansione che pochissime di loro erano in grado di svolgere: ci volevano vista acuta, velocità e precisione certosina.

Erano belle Franca e Rosa, forse le più belle fra tutte le sigaraie. La prima scura di carnagione e mora, magra e scattante ma forte come il tronco di un leccio, la seconda dalla pelle chiara e delicata e con una chioma dai riflessi dorati. Delle due Rosa era la più in carne ma aveva un'eleganza innata nei movimenti che faceva risaltare i fianchi morbidi e il seno pieno.

Le dita di Franca e Rosa volavano, esperte e salde, senza mai fermarsi; solamente le vistose macchie scure di tabacco e le crepe sulla pelle ne scalfivano l'armoniosità. Franca alla manifattura era stata presa subito perché era sveglia e instancabile, una sarda viva proprio. Rosa era più lenta ma più accurata in alcune lavorazioni, per questo alle due ragazze dell'Arenella era stata affidata una partita speciale, quella dei sigari da mandare a Messina e che da lì avrebbero risalito l'Italia per soddisfare le richieste dei clienti più ricchi ed esigenti. Era un travagghio di mestiere quello, e loro il mestiere lo avevano nelle mani prima ancora che in testa.

Quella mattina un fastidioso pizzicore irritava la gola di Franca. «È una fabbrica di morte. Ci ammaleremo tutte» aveva appena finito di dire, poi aveva arrotolato la lunga treccia scura e se l'era raccolta sulla nuca, aveva infilato la candida cuffia di cotone e stretto i lacci attorno al viso, ma qualche ciocca sfuggiva sempre dallo scomodo copricapo che tutte erano costrette a indossare.

«Però intanto ci fa campare a tutte» sibilò Rosa di rimando, «sta' zitta e travagghia, Fra'.»

Franca era incredula, non si aspettava quella risposta così secca dall'amica. «Ma comu si'?» replicò inchiodandola con lo sguardo.

Rosa non le diede retta, aveva già iniziato la preparazione del bozzo: toccava a lei avviare il lavoro e dare un ritmo ai gesti di Franca, non aveva tempo da perdere. Lavorava sempre canticchiando, muovendo appena le labbra piene e rosse che spiccavano sul viso diafano, una carnagione che si notava subito, così come i grandi occhi verdi, placidi e rassicuranti. Teneva le maniche della camicia arrotolate strette sopra il gomito per non avere impicci.

Franca slegò il primo mazzo di foglie e cominciò a metterle l'una accanto all'altra stendendole accuratamente. Mentre aspettava che Rosa terminasse la prima tripa, per un attimo controllò con lo sguardo che Maria stesse lavorando. Davanti a lei uno stuolo di donne coi capi incorniciati dalle cuffie lavorava in silenzio. Indossavano tutte le stesse camicie chiare e lo stesso grembiule nerastro, i volti chini sui grandi banconi di legno impregnati dell'aroma intenso e delle tinte scure delle foglie di tabacco. Franca vide che Bastiana stava già arrotolando il primo ripieno fatto da Maria, sembrava che tutto filasse liscio quel giorno, tutto tranne la sua gola.

«Se s'accorgono che c'hai la lingua troppo lunga, finisce che un giorno di questi ti trovi a spasso» le sussurrò Rosa, allungandole il piccolo involto da ricoprire. «Poi va' a trovarlo un altro posto con la paga a giornata.»

Franca la guardò di traverso.

Rosa tagliò corto, non voleva essere richiamata dal signor Enzo. «Tu parli troppo.» Con un cenno del capo indicò l'accesso alla rampa di scale che conduceva al piano inferiore. «Pensa a quelle che stanno giù alle vasche che se la passano peggio assai e zittuti, vuoi fare a cambio con Mela?»

Franca scosse la testa, rammaricandosi per la nipote di Lena che di sfortune era piena come un otre di vino in cantina. «No, idda se la passa peggio assai di noi, e mica solo per il reparto dove travagghia» bisbigliò la ragazza, soffocando un colpo di tosse.

Franca non era certo il tipo da piegarsi alle regole e faticava a tenere a freno la lingua, ma al confronto di tutte le donne che al piano terra stavano con le mani a mollo nell'acqua, per ore e ore, poteva considerarsi fortunata. Afferrò con troppa foga la prima foglia da arrotolare, che le sfrigolò fra le mani. Mollò subito la presa e si costrinse a calmarsi. Posò il ripieno alla base della foglia più sottile e cominciò ad avvolgerlo stretto. Le dita si muovevano sapienti e rapide, strato dopo strato. Con pochi tocchi precisi realizzò il primo sigaro della giornata e lo depose sulla rete metallica bordata di legno che serviva per trasportare i prodotti finiti alla stanza dove avveniva l'essiccazione.

Franca era irrequieta quel giorno. Una tosse insistente l'aveva colta salendo le scale e sentiva grattare la gola a ogni respiro.

«Ro', stamattina mi sento il fuoco qui» sospirò indicandosi il collo e, senza rendersene conto, il suo tono di voce si alzò troppo, seguito da un altro attacco di tosse, più forte del primo.

Rosa alzò gli occhi e vide Franca rossa in viso, per un attimo si allarmò. «Che c'hai?» le chiese, mentre l'amica si slacciava la cuffia.

«Non respiro con questi lacci» rispose Franca, gettando il copricapo a terra con stizza.

Il signor Enzo si alzò facendo stridere la sedia sul pavimento e le richiamò con un cenno. Bastò la sua espressione torva per riportarle al silenzio.

Rosa chinò subito il capo, quasi volesse recuperare i pochi attimi persi.

Franca riprese fiato, raccolse la cuffia e fece per rimettersela. «Ca manco ci si può affucare più, a chisto siamo arrivate. M'aio a tossire colla bocca chiusa, ma bedd'a virità» sussurrò con l'espressione di una che era bell'e pronta a cercarsi guai.

Rosa le lanciò un'occhiata che voleva dire una cosa sola: doveva tapparsi la bocca. Ci mancava solo che passasse Ninni. Come se Franca non sapesse quanto fosse camurriusu.

«L'erba che non vuoi nel tuo giardino è la prima che spunta» ripetevano le più anziane e quel giovane era peggio della gramigna.

Ninni, fortunatamente, stava nel suo ufficio quasi tutto il tempo, ma quando passava dallo stanzone delle sigaraie non perdeva occasione di maltrattarne qualcuna.

Il signor Enzo invece non era così, anzi, era un bravo cristiano, però la sua parte la doveva fare: spesso faceva finta di niente, ma non quando sentiva troppe chiacchiere o quando era il momento di dare il via al lavoro. Ogni mattina, dagli uffici arrivava un pizzino e il signor Enzo lo leggeva a Lena che, come tutte le donne che lavoravano lì dentro, non era in grado di decifrare quelle scritte. Nessuno si era premurato di insegnarglielo. Lui a leggere aveva imparato da piccolo, grazie al figlio del padrone per il quale suo padre lavorava: aveva avuto il permesso di assistere alle lezioni del precettore, a patto che stesse buono e in silenzio.

Dopo aver dato le consegne a Lena, per il resto del tempo se ne stava in disparte, seduto al suo tavolo a ridosso del finestrone vicino alle scale. Lì di luce ce n'era tanta e lui, che per anni aveva lavorato nei campi, si sentiva quasi all'aperto. In quei giorni di primavera, gli piaceva aprire la sua finestra e sporgersi a respirare a pieni polmoni l'aria satura di sale, di pollini, dell'umore della terra umida del mattino. Sapeva riconoscere ogni odore e sapeva prevedere che tempo avrebbe fatto solo osservando il cielo e annusando l'aria. Parlava poco, si vedeva che era in soggezione in mezzo a tutte chidde fimmine. Aveva grosse mani impacciate che non sapevano mai dove posarsi, allora si portava appresso qualche camurria da aggiustare, così gli sembrava di lavorare davvero anziché starsene senza far niente.

Se suo padre, che quando era vivo e in forze travagghiava chino sulla terra dall'alba al tramonto, avesse saputo che a Enzo lo pagavano per guardare il lavoro degli altri, gli sarebbe venuto un colpo.

2

L'enorme portale, incastonato fra due colonne di marmo grigio di Billiemi, si apriva sul cortile incorniciato da un possente loggiato sorretto da doppi pilastri. Lo zampillo della fontana di pietra emanava un gorgoglio rassicurante e regalava all'ingresso dell'elegante palazzo un'atmosfera di pace, coi canti degli uccellini che venivano ad abbeverarsi, posandosi sulla scultura di Diana sopra la vasca.

La duchessa Margherita, udendo quei rumori familiari, seppe di essere finalmente a casa.

Indugiò un poco attorno alla fontana prima di salire l'ampia scalinata che l'avrebbe condotta al piano superiore, un trionfo di sale e saloni di rappresentanza con soffitti affrescati, pavimenti maiolicati, stucchi e opere d'arte di pregio.

Lei e il marito si erano concessi un viaggio da sposini, anche se già erano passati due anni dal matrimonio. La verità è che non avevano ancora figli e questa cosa stava facendo chiacchierare la gente. La duchessa ne soffriva, sentiva di avere gli occhi di tutti puntati addosso, li sentiva gli sguardi che indugiavano sul suo ventre sperando di scorgere qualche novità. Più passava il tempo e più Margherita ne faceva una malattia.

Il medico le aveva consigliato di cambiare aria e pensieri, ché distrarsi a volte aiuta.

«La duchessa ha fatto buon viaggio?» le chiese il capo della servitù accogliendola sul pianerottolo.

La donna annuì sorridendo, percorse le prime stanze ed entrò per un attimo nel salone che si affacciava su via Maqueda. Dai balconcini, sulla sinistra, si potevano ammirare i Quattro Canti, il crocevia più bello della città, formato dagli imponenti edifici disposti attorno alla piazza ottagonale. Teatro del sole lo chiamavano, perché a ogni ora del giorno una delle facciate era sempre baciata dalla luce che faceva risaltare i ricchi decori, le fontane e le preziose statue con le sante protettrici care alla città. Quelle figure imponenti facevano sentire Margherita al sicuro.

La sua cameriera personale la trovò sul balcone.

«La duchessa vorrebbe rinfrescarsi un po' prima di pranzo?» le chiese inchinandosi e sorridendole.

«Certamente sì, andiamo» rispose la giovane signora.

La cameriera l'accompagnò subito nella parte più interna del palazzo, dove si trovavano gli appartamenti privati, con le camere da letto del duca e della duchessa e i due boudoir adiacenti.

Lungo il tragitto incontrò il marito. «Ti vedo un poco stanca, che ne dici se pranziamo nella saletta piccola, noi due soli, così ti puoi rilassare?»

Margherita guardò il duca sollevata. Era un uomo dall'animo sensibile e lei sapeva di essere molto fortunata. «Ti ringrazio, mi eviteresti un cambio d'abito e potrei andare a coricarmi subito dopo aver pranzato. Come sai, non ho dormito molto in nave.»

Il duca diede ordine alla servitù di non apparecchiare nel salone. Del resto lui aveva il tempo solo per uno spuntino veloce: suo cugino, il baronetto, lo attendeva per una questione che aveva definito della massima urgenza.

Di sicuro voleva soldi, non era certo la prima volta che gliene chiedeva.

«Margherita cara, ti prego di scusarmi, ma ho una visita da fare. Sai, mi ha cercato il baronetto» disse il duca posando il tovagliolo accanto al piatto di fine porcellana e alzandosi da tavola.

«Non ti preoccupare, ti aspetto per cena, non ti scordare che questa sera siamo invitati» rispose lei con dolcezza.

«Non me lo scordo affatto, mi auguro di vederti con le pietre che ti ho comprato a Napoli, trovo che ti donino molto» le disse sorridendo.

«Lo farò con piacere, ogni tuo regalo mi riempie di gioia» aggiunse Margherita sfiorandogli la mano.

L'uomo la guardò compiaciuto. Aveva un fascino sottile, con quel fisico asciutto e un viso che non passava inosservato. A colpire erano soprattutto gli occhi, di un azzurro intenso, incorniciati da lunghe ciglia scure. Quel giorno indossava un completo sartoriale di fresco di lana blu che ne esaltava l'altezza e soprattutto le spalle.

Subito dopo aver pranzato, il duca s'infilò un soprabito a doppio petto e uscì da solo, aveva bisogno di fare due passi e di godersi i rumori e gli odori della sua Palermo. Napoli gli era sembrata caotica e confusa, era contento di essere partito per qualche giorno, ma ora era felice di essere a casa sua, nella meraviglia di una Palermo in piena fioritura, costellata di cantieri, nuove abitazioni e maestosi edifici che la stavano rendendo una delle città più belle ed eleganti di quegli anni.

Lo studiolo del cugino era poco distante e quindi il duca non si era premurato di farsi annunciare: a quell'ora lo avrebbe trovato di sicuro, visto che la moglie non amava averlo troppo fra i piedi per pranzo.

«Cugino carissimo, che piacere! Come è andato il viaggio?» gli chiese mellifluo il baronetto, spalancando le braccia non appena lo vide.

Il duca sapeva che in quel pied-à-terre il baronetto riceveva le sue amanti, o meglio, le donne che pagava per distrarsi, così diceva lui.

«È andato bene, ti ringrazio, ma Margherita è un poco stanca, e i suoi nervi risentono ogni giorno di più di questa cosa dei picciriddi che non arrivano» rispose, sedendosi e infilando il cilindro sul pomo del bastone, «spero che l'aria di Napoli e la compagnia delle cugine le abbiano fatto bene.»

«Ma sì, vedrai che questa sarà la volta buona. Idda sana è e tu pure, è solo questione di tempo» lo rassicurò il baronetto. «A proposito di tempo, cugino mio, lo sai, ho quelle scadenze che incombono e non ho liquidità per ora. I tempi sono difficili» aggiunse con aria supplichevole.

«Eh, caro mio, i tempi sono duri per tutti, ma magari qualche vizio si può anche trascurare per un po'» disse il duca indicando la sontuosa stanza accanto allo studiolo con l'enorme letto a baldacchino e gli specchi alle pareti.

«Ma quali vizi e vizi! Chidde sono distrazioni da maschi, e poi lo sai, io non vado al bordello, mi porto le ragazze qui e sparagno, mi contento di queste picciotte di borgata, sono cchiù mansuete e senza grilli per la testa.»

Il duca scosse il capo contrariato, non solo per il modo di esprimersi grossolano dell'uomo, ma per quella vita sregolata. Non era un mistero che il baronetto amasse le sottane, oltre che il buon cibo, e la sua figura pingue e sudaticcia lo indispose quanto bastava per tagliare corto e congedarsi. «Sta' bene, puoi passare domani da me. Avrai ciò che chiedi, ma bada: hai già un debito, questa volta vedi di non far passare troppo tempo prima di saldare.» E con quelle parole si alzò e gli voltò le spalle.

Scese la lunga scalinata del palazzo, percorse il vicolo che conduceva all'imbocco di via Maqueda e si incamminò verso casa. Era una passeggiata che non gli dispiaceva fare, la strada brulicava di gente, per lo più fattorini e uomini della servitù che si affaccendavano attorno ai palazzi che insistevano sulla via. Le botteghe affacciate sul selciato davano un tocco di colore. Al duca piaceva quella vivacità, le voci dei commercianti, le risate dei bambini. Aveva scelto di rimanere in città e di non trasferirsi nella zona dei colli proprio per respirare la vita pulsante che animava le strade del centro.

Una ragazzina in un angolo reggeva dei grandi mazzi di fiori.

«Signore» disse timidamente, «sono freschi e fanno un ciavuru...»

Il profumo di quelle composizioni variopinte in effetti era meraviglioso. Il duca estrasse il portamonete dal taschino e ne acquistò una. Di queste cose si occupava la servitù, ma pensò di fare un omaggio alla sua signora, era certo che lo avrebbe apprezzato.

Non l'aveva scelta, non l'aveva sposata per amore, ma era stato fortunato: suo padre gli aveva combinato un matrimonio che si era subito rivelato sereno e senza complicazioni. Margherita era una ragazza deliziosa e brillante che fin dal principio si era dimostrata affettuosa e complice. Ogni volta che lui la raggiungeva nelle sue stanze, veniva accolto col sorriso, sorriso che però col passare dei mesi si era spento. Margherita voleva un figlio, lo voleva disperatamente, si accarezzava la pancia immaginandola rotonda e pesante. Inoltre sapeva che aveva il dovere di dare un erede al marito, per questo non si dava pace.

«Che donna sono? Non ti ho ancora dato la gioia di un bambino» gli ripeteva ogni mese, sempre più avvilita.

A lui non importava, erano ancora molto giovani e col tempo tutto si sarebbe sistemato, ne era certo.

La brezza del pomeriggio accarezzava la strada sollevando una leggera polvere rossastra. Il cielo era uno spicchio di celeste fra i palazzi color ocra. L'odore salato del mare si insinuava fra i vicoli della città ricca, in quella parte di mondo appartenente a pochi privilegiati. In centro sorgevano le ville e i palazzi più maestosi, le chiese riccamente decorate e i teatri. Fuori dalle mura le abitazioni erano tirate su alla bell'e meglio e la gente, quella che travagghiava da matina a sira, che nasceva e moriva nello stesso letto senza aver mai messo il naso fuori dalla propria borgata o dal proprio quartiere, si arrabattava per trovare qualcosa da mettersi in pancia e per sfamare stuoli di picciriddi.

Palermo stava crescendo a dismisura e in ogni direzione, occupando la grande spianata che si allargava intorno al golfo chiamato da tutti Conca d'oro.

I ricchi si arricchivano e ai poveri, mischini, la povertà camminava appresso. Pareva che Palermo fosse divisa in due mondi che non si potevano incontrare mai.

3

Il signor Enzo, di solito di poche parole, si era messo a raccontare come era nata la Manifattura a un nuovo arrivato che per qualche giorno doveva stargli appresso per imparare il mestiere. A Enzo quel nuovo responsabile pareva cchiù confuso che persuaso.

«Prima, le donne di Palermo il tabacco lo lavoravano a casa, con i picciriddi tra i piedi, attaccati alle sottane. Crescendo 'sti carusi diventavano dei figli di nessuno, ché il tempo di stargli appresso non c'era. Qui pure se li portano i nutrichi come vedi» aveva spiegato all'uomo che guardava incredulo le donne lavorare coi bambini al collo.

«E se la fidano a fàre tutte cose, 'ste cristiane? Perché io capisco finché travagghiavano da casa, ma qui! Ave assai che l'hanno messa su chista fabbrica?» chiese incuriosito l'apprendista.

«È stato dopo la legge di Quintino Sella, poco dopo l'Unità d'Italia, la Manifattura è diventata una delle più grandi e conosciute di tutto il regno, una struttura del Monopolio di Stato addirittura» aveva aggiunto il signor Enzo con una punta di orgoglio. «Per la lavorazione del tabacco qui all'Aquasanta servivano le donne. Il travagghio era sempre stato cosa di maschi, con le reti da pesca o nei campi, ma con la nuova fabbrica era diventato di colpo mestiere per le donne.»

«Cose ri pazzi» aveva risposto il nuovo arrivato. «Io tutte 'ste femmine in una volta sola non le avevo viste mai» aggiunse piuttosto sorpreso. «Me lo avevano detto che le sigaraie erano assai, ma sono vero tante e non si fermano un minuto.»

Il signor Enzo era fiero del suo reparto, che non aveva mai dato grossi problemi. Le sigaraie erano tutte selezionate e lavoravano senza sosta per l'intera giornata.

Chi l'avrebbe mai detto che nel giro di pochi anni tutte le donne che abitavano le borgate limitrofe avrebbero riempito ogni reparto della Manifattura? Acquasanta, Arenella e Vergine Maria. Le tabacchine venivano tutte da lì.

L'Arenella e Vergine Maria, spalmate sul lembo della costa nord che porta a Mondello, sembravano più dei paesini che un'appendice della città, erano quartieri di pescatori. L'Acquasanta era la cerniera che univa le altre due borgate a Palermo. Lì sorgevano i cantieri navali e la struttura della Manifattura, un edificio isolato che quasi due secoli prima aveva ospitato per mesi e mesi i malati di peste. Era destino che da quel posto uscissero male cose, peste, malattie e fumo.

Certo, il lavoro in Manifattura era considerato da molti un privilegio e veniva pagato discretamente, ma come aveva ragione di sospettare Franca il tabacco faceva anche ammalare. Se ne sentivano di storie di donne che ci avevano rimesso la salute: quelle che stavano alle vasche come Mela, o ai trinciati e respiravano polvere tutto il tempo. Tossivano per lo più, e lo facevano spesso, ogni tanto sputavano pure, anche se non stava bene, ma era l'unico modo per tornare a respirare.

Pure la zia di Rosa un giorno aveva sputato, però sangue: aveva una tosse di quelle che sconquassano e fanno strabuzzare gli occhi. Il medico della Manifattura l'aveva guardata con una faccia che diceva tutto e senza dire una parola aveva emesso, con un cenno, la sentenza definitiva. Cetta era morta sei mesi dopo, straziata dai dolori e soffocata dal collasso dei polmoni che il cancro si era mangiato. Non aveva ancora quarant'anni e i suoi figli se li era presi la sorella: con i suoi erano sette in tutto, scorrazzavano per il quartiere abbandonati a loro stessi come i gatti randagi, perennemente affamati di pane e di carezze.

Rosa non aveva molti ricordi della sorella di suo padre: abitava nell'altra borgata e lavorava giù alle vasche perché era robusta e muscolosa; le voleva bene e si erano sempre rispettate. Dopo qualche anno di lavoro nella Manifattura, Cetta si era asciugata come una prugna secca e molti avevano iniziato a dire che la colpa era del tabacco. Pure Santina, che aveva lavorato sempre ai trinciati, se n'era andata giovane tossendo anche l'anima, «magra come una candela» diceva chi aveva fatto in tempo a porgerle l'ultimo saluto.

Di lavoro si moriva e Rosa, ogni volta che arrivava una notizia brutta, si segnava con un gesto frettoloso delle mani e in cuor suo ringraziava il Signore di essere stata risparmiata, lei e le sue amiche appresso a lei. Non voleva fare la fine di sua zia, buon'anima. Lei era felice di 'sto travagghio e pregava ogni sera la Santuzza sua di farle la grazia della salute, ché cosa più importante di chista non ce n'era.

Faceva insolitamente caldo per essere marzo inoltrato. Il signor Enzo si passò la manica sulla fronte, gli mancava il respiro, per stare appresso al nuovo arrivato si era dimenticato di arieggiare. Spalancò quindi le finestre delle sigaraie e un mondo animato di voci e rumori si riversò nello stanzone. I nitriti dei cavalli, gli zoccoli che battevano sul terreno, le ruote dei carramatti che arrivavano carichi: la mattina era il momento più frenetico, le voci si rincorrevano e il cortile si animava di colpo. L'andirivieni ricordava quello di un formicaio. A un occhio estraneo, tutto sembrava immerso nel caos; invece, ognuno eseguiva il proprio compito scrupolosamente e sapeva con esattezza dove andare e cosa fare.

«Pigghia cca!» urlò uno degli operai che doveva scaricare le pesanti balle, gettandole giù dai pianali di legno consunti e scrostati.

Le ragazze si inebriavano di suoni: ne traevano forza e le loro mani sembravano correre più veloci quando, dalle finestre, la vitalità delle operazioni di scarico irrompeva nello stanzone silenzioso. I carri pieni significavano lavoro e finché quello c'era s'aveva a dire grazie a 'u Signure.

4

Nello stanzone del lavaggio, al piano terra, una cappa di calore e umidità incombeva sulla schiena delle donne chine, schiacciandole a terra. I vapori sprigionati dalla vasca di lavorazione delle foglie di tabacco rendevano l'aria densa e irrespirabile, il sudore incollava gli abiti. Quello era il reparto peggiore di tutta la Manifattura.

Era lì che lavorava Mela, la nipote di Lena.

A diciassette anni aveva braccia forti e muscolose e un seno prominente, larghi fianchi e gambe tornite, ed era una ragazza allegra e spigliata, sempre pronta a sorridere. Nonostante le avesse perennemente in ammollo, le sue mani erano belle, le dita lunghe e affusolate. Era fiorita, malgrado i dispiaceri e la vita di stenti. Si era fatta bella, Mela, lo vedevi dagli occhi dolci e limpidi, occhi che spesso si arrossavano e non solo per il pulviscolo delle foglie da lavare.

Le vasche di pulitura si trovavano accanto all'ingresso, lì venivano rovesciate le balle di tabacco che arrivavano direttamente dai campi sui carramatti. Per qualche tempo le foglie rimanevano a macerare in una poltiglia di fili d'erba e terriccio. Poi venivano ripescate e pulizziate a una a una.

L'odore acre e dal retrogusto dolciastro della fermentazione pizzicava le narici, somigliava all'odore misto di muffe, vegetali bagnati e acqua polverosa che la pioggia battente rilascia sulla terra da tempo asciutta.

Nelle ore più calde l'olezzo diveniva così intenso che le operaie erano costrette a coprirsi la bocca e il naso con i fazzoletti che portavano legati al collo: l'aria lì dentro era una delle cose di cui si doveva fare maggiore economia per arrivare a fine giornata.

Il rumore dell'acqua e i tonfi delle foglie inzuppate e pesanti risuonavano nello stanzone e inducevano a un silenzio stanco, cadenzato solo dalle mani delle donne, che si tuffavano in quella palude verdastra e riemergevano come pesci sfiniti a furia di dibattersi nelle reti dei pescatori.

Erano due mondi separati quello della lavorazione iniziale e finale del tabacco, l'inferno delle vasche fradicio di umidità a ridosso del cortile e il purgatorio al piano superiore; in comune avevano solo un'ampia scalinata di marmo di Billiemi.

Mentre correva alla latrina, Maria passò accanto alla stanza del lavaggio: da quei portoni spalancati usciva un odore rancido, che aggrediva le narici e sembrava non dissolversi nemmeno all'aria aperta del cortile.

Aveva già lo stomaco sottosopra e quell'olezzo le faceva salire ancor più la nausea. Si recava alle latrine più del consentito in quei giorni ma, almeno fino a quel momento, nessuno sembrava essersi accorto di nulla.

Quando risalì al piano superiore, quello delle sigaraie, tornò finalmente a respirare. Bastiana, la sua compagna di lavoro, era riuscita a non perdere il ritmo mentre lei era via.

Franca e Rosa la guardarono con aria preoccupata: l'amica con cui erano cresciute era pallida e sofferente. A fatica la giovane sigaraia si sedette alla sua postazione, rimboccandosi la sottana e il grembiule, e tornò ai suoi ripieni.

«A matinata fa la iurnata» le disse Lena quando Maria le passò accanto: significava che se il lavoro prendeva il giusto ritmo di prima mattina, sarebbe filato liscio per il resto del giorno.

Le sigaraie venivano pagate a cottimo e il compenso era consegnato per intero solo a chi portava a termine le commissioni. Le donne si mettevano in fila a fine turno prima di lasciare la stanza, consegnavano i sigari e intascavano le poche monete che spettavano loro: una lira e ventisette. Poi prendevano la strada di casa, con gli spiccioli che a ogni passo risuonavano nelle tasche dei grembiuli.

Con un bambino piccolo che era stata costretta ad affidare a sua madre e un marito che travagghiava un giorno sì e tre no, a Maria quei soldi servivano. Guai se qualcuno si fosse accorto che rallentava o che perdeva tempo in bagno. Sapeva che Franca e Rosa l'avrebbero coperta sempre, ma doveva comunque stare attenta perché la sua compagna Bastiana era pettegola, una curtigghiara precisa e lei aveva un presentimento che non la faceva stare tranquilla, una spina conficcata di traverso, tra le costole. Bastiana non era una di loro, non avrebbe avuto alcuna remora a parlare o a fare la spia.

Maria avrebbe voluto lavorare in tre, così anziché dividere il tavolo con quella sparlettiera sarebbe stata in compagnia delle amiche.

Per Maria, Franca e Rosa erano come due sorelle: erano state sempre insieme in quella mezzaluna di casupole di pescatori adagiata sul mare. Quanto le mancava l'Arenella e le persone che la abitavano... E poi gli odori, soprattutto quello del pane di nonna Concetta. Era nerastro e con la crosta croccante, mentre dentro era morbido e con la mollica chiara e spessa. Ci si poteva schiacciare sopra una cipolla intera, che la fetta non si rompeva. Il solo pensiero dei pomeriggi in cui osservava la nonna affaccendarsi davanti alla bocca del forno, col fuoco vivo e le braci incandescenti, le riempiva il cuore.

Da piccola giocava ore e ore con Franca e Rosa: prendevano dei sassi bianchi e disegnavano dei riquadri a terra, poi ci saltavano con un piede o con tutti e due, a occhi chiusi e pure all'indietro che parevano tre gamberi. In estate correvano al mare e si tuffavano in acqua. A nuotare avevano imparato subito, più per istinto che per volontà, e per istinto avevano imparato pure a scansare le camurrie che, come le tavole nelle osterie, erano sempre belle apparecchiate.

Suo padre usciva in barca e campavano di quel che pescava. «Hanno più bocche i miei figli che i pesci nel mare» diceva sempre Sanni. Forse per questo Maria se n'era andata presto di casa: così quel pover'uomo avrebbe tirato il fiato per un po'. Ai suoi genitori mandava una parte dei pochi piccioli che riusciva a racimolare alla Manifattura, per essere sicura che Peppino suo non fosse un peso troppo grande.

Le sembrava che della picciridda curiosa e sempre affamata non esistesse più niente. Della bambina di una volta rimanevano solo i folti ricci castani e una manciata di lentiggini sul naso e sugli zigomi, che per quanto erano tonde, piccole e dispettose parevano lenticchie scappate da un sacco aperto.

Presa tutt'all'insieme dalla nostalgia, senza manco accorgersene, Maria buttò un sospiro così profondo che fece voltare le amiche.

Rosa, con un'espressione allarmata, le chiese a fior di labbra: «Che c'è?».

La ragazza scosse il capo. «Nenti, ogni tanto mi vengono in mente cose».

«E che cose sono che sospiri d'accussì?» incalzò Rosa.

«Le solite cose, mi venne in mente la buon'anima di mia nonna, e poi mia madre e poi il nicuzzu mio, sangu miu.»

Lena si voltò nella loro direzione e, anche se il signor Enzo faceva finta di nulla, era meglio dare un avvertimento, perciò tossicchiò e si schiarì la gola: quello era segno che ogni discorso doveva finire lì.

Bastiana alzò gli occhi, trafisse Maria con un'occhiata sprezzante e le disse gelida: «Coi ricordi non ci campi, se vuoi riprenderti to figghio, statti muta e travagghia».

Subito Maria arrossì. Fece cenno a Franca e Rosa che era tutto a posto, e sorrise mesta, lo sguardo a tradire un dolore pungente. Lo stesso che aveva provato quando si era spostata all'Acquasanta: un gruppo di case tirate su alla bell'e meglio lungo la parte finale della costa ai piedi di Monte Pellegrino. La sua nuova casa era più vicina alla Manifattura e alla città, però lei si sentiva fuori luogo e così sola che certe volte le veniva da scappare.

La malinconia era una brutta bestia che ogni tanto tornava ad afferrarla per i piedi mentre preparava il prezioso ripieno di foglie di tabacco da passare a Bastiana, che era solita cadenzare il lavoro recitando le litanie. Un'*Ave Maria* durava il tempo di una sottofascia e un *Pater noster* quello di una fascia. In un giorno quella lingua lunga ne recitava a decine.

Le finestre nel reparto delle sigaraie, di pomeriggio, rimanevano chiuse e la quiete e il silenzio ammantavano la fabbrica.

Passato il trambusto della mattinata il cortile si svuotava, l'andirivieni cessava e il lavoro si trasferiva tutto all'interno dell'edificio. Dopo aver mangiato un tozzo di pane raffermo e qualche oliva, quando ce n'erano, stando sempre sedute alla postazione di lavoro, le sigaraie cominciavano a desiderare che la sirena annunciasse la fine del turno.

Le mani indolenzite, dopo tutte quelle ore, avevano meno presa e i polpastrelli perdevano sensibilità, la pelle diventava liscia e verdastra, le unghie scure di un nero che niente riusciva a cancellare.

Le giornate cominciavano ad allungarsi e la primavera risvegliava odori e colori; per contro, quei soffitti bianchi così spogli facevano venire voglia di alzarsi e andare a controllare che il cielo, fuori, fosse ancora al suo posto.

Il signor Enzo, intanto, continuava a battere insistentemente con un martello su un pezzo di ferro malconcio, che non riusciva a raddrizzare. Quel fracasso stava facendo scoppiare la testa alle sigaraie. Per fortuna, non appena si accorse dell'orario, il sorvegliante si rassegnò e invitò le operaie a sbrigarsi, ché la sirena stava per suonare.

5

Franca, Rosa e Maria si avviarono spedite ai cancelli parlottando fra loro, seguite a breve distanza da Bastiana. Passando accanto alle vasche, Maria si fermò di colpo e tornò di corsa verso l'edificio. L'odore tremendo le aveva smosso di nuovo lo stomaco e, per quanto si sforzasse di respirare con la bocca, la nausea era tornata, facendola correre un'altra volta alle latrine.

«Ancora!» esclamò Franca incredula, alzando gli occhi al cielo e seguendo l'amica con lo sguardo. Mentre si tenevano in disparte ad aspettarla, Rosa si aggiustava i capelli dorati con il vecchio fermaglio che era stato di sua nonna prima e di sua madre poi, e ormai non teneva quasi più.

«Quando stamattina Maria s'intise male, ho dovuto fare pure il suo di lavoro» si lamentò Bastiana. «È già la seconda volta questa settimana che scappa per vomitare. Se la scoprono la buttano fuori.»

Franca rispose con un filo di voce, tagliente come una lama. «Bastia', tu ti prendi troppi pensieri, guardati il tuo e zittuti. Se si viene a sapere di Maria, tu sei la prima che ci va di mezzo.»

Bastiana rimase allibita per quella rispostaccia, gli occhi non sapevano dove posarsi. Aveva osato zittirla. L'imbarazzo le colorò le guance di rosso. Si irrigidì, trafisse Franca con uno sguardo feroce, voltò le spalle e si allontanò senza nemmeno salutare, dritta come un manico di scopa.

Franca la ignorò e si avvicinò a Rosa parlandole fitto fitto all'orecchio. «Certo, Ro', non ci voleva, un altro picciriddu. Non ora. Con quel malacarne di marito che Maria si ritrova, che travagghio non ne vuole manco sparato.» Si toccò la fronte con una mano.

«Che ci vuoi fare, Fra'? A Maria 'sta malasorte ci toccò» disse Rosa scrollando le spalle.

«Quello si mangia tutti i piccioli alla taverna coi suoi compari! Bella razza... Idda un calcio in culo gli dovrebbe dare, invece di aprirgli le gambe.»

«Fra', ma che dici? Ti sembrano cose che devono uscire di bocca a una fimmina per bene?» la ammonì Rosa, che imbarazzata prese a lisciarsi il grembiule e subito abbassò lo sguardo. «Che deve fare Maria? O cede o abbusca, lo sai, mica te lo devo dire io.»

«Ti pare che non li vedo i segni sulle gambe quando si alza la sottana nelle latrine?» Il tono di Franca si era fatto all'improvviso più alto e le donne che guadagnavano l'uscita si voltarono verso di lei, incuriosite.

Lena, non appena colse aria di curtigghio, prese Mela sottobraccio e intonò subito un canto, dirigendosi a passi veloci verso i cancelli, e così fecero tutte, seguendola. Cantare era un modo per evitare di parlare di lavoro, di cedere ai lamenti, alle discussioni o ai pensieri tristi. All'inizio non era stato facile per le ragazze abituarsi a quell'usanza, ma dopo giornate sempre più pesanti avevano imparato a unirsi in coro alle altre. In caso contrario, dopo certi turni massacranti, ci sarebbe stato solo da piangere, ma la faccia mutriata non porta pane a casa.

La maggior parte delle operaie era uscita, ma ancora il cortile brulicava delle donne che stavano al tabacco da fiuto: uscivano sempre per ultime perché dovevano ripulire bene tutto e le foglie sminuzzate si infilavano in ogni pirtuso.

Un gruppetto si stava avvicinando all'uscita, con loro c'era pure Maria. Aveva ripreso colore, ma camminava lentamente.

Franca si chinò e afferrò il braccio di Rosa, per avvicinarla ancor di più e farsi sentire in mezzo a quella confusione. «Maria non solo lavora e porta piccioli a casa» disse tra i denti, «abbusca pure. Certe schifezze di maschi dovrebbero prendere il doppio delle legnate che danno, ma nessuno si immischia e quelli continuano a trattare le mogli come bestie. Giuro che io non mi sposo, non la faccio 'sta fine, quanto è vero Iddio che mi chiamo Franca Anello.»

«Che sei esagerata, Fra'» ribatté subito l'amica. «Mica sono tutti da buttare i masculi, non dire fissarie. Certo, quelli che corrono dietro a te in effetti...»

Franca impallidì e con lo sguardo trafisse l'amica; poi le voltò le spalle, tormentando l'orlo del grembiule. Non voleva che scherzasse così di una faccenda che a lei non piaceva affatto.

Rosa sorrise, la cinse con le braccia e le stampò un bacio sulla guancia, cosa che solitamente finiva col far passare il broncio all'altra, ma non stavolta.

«Che sei scimunita!» replicò Franca, mentre cercava di scrollarsela di dosso con un movimento brusco.

Rosa quasi finì addosso a Maria, che finalmente era arrivata e che non capiva perché Franca fosse così arrabbiata.

«Che ci fu? Picchì l'ammuttasti accussì?»

Franca non rispose, alzò le spalle e si scostò. Non voleva essere toccata, le parole di Rosa le bruciavano perché da qualche giorno pure lei si era accorta che Ninni, il caporeparto, la guardava con insistenza e non voleva che nessuna pensasse a lei come a quella che dava confidenza a uno dei responsabili della Manifattura.

«Ro', perché saresti una scimunita?»

La giovane sorrise, senza dare peso alla stizza di Franca, e rispose: «La nostra amica qua ce l'ha a morte coi maschi, a senso suo sono tutti dei malacarne. Ma non ha tutti i torti, visto che Ninni la talìa da un po' di tempo in qua, bedd'a virità».

Maria guardò Franca incredula, non era certa di aver capito bene. «Fra', Rosa non dice sul serio, vero? Ninni? Ma che c'appizza cu ttia? Sta' accura, quello un mi piace manco per niente.»

«Che siete tragiche... e che sarà mai? Ninni masculo è, si è accorto di quanto è bella Franca, a mia mi pare ca sia cchiù scaltro di quanto pensavamo» fece Rosa ridendo.

«Ro', ma ti stai zitta? Non gliene do confidenza io a quello, lassa ca mi talìa.» Franca lanciò a Rosa un'altra occhiataccia, le afferrò il fermaglio dai capelli e poi si allontanò a lunghe falcate sventolandolo: «Amunì, pigghiatillo se ci riesci».

Rosa realizzò di aver esagerato e iniziò a seguirla tra la folla. A un tratto si rese conto di non aver salutato Maria: si voltò e chiamò l'amica che si era incamminata verso casa sua, nella direzione opposta. «A domani, Mari'! A picca manco ti salutavo per correre dietro a quella...» Con la mano indicò Franca che si allontanava, e partì di corsa per raggiungerla.

La salita che dovevano affrontare ogni giorno a fine turno toglieva alle ragazze le ultime forze. Franca, per fortuna, era una che sbolliva in fretta, e anche se aveva ormai preso un bel distacco rallentò per farsi affiancare.

Un cane randagio ciondolava dietro a Rosa, con la lingua penzoloni, nella speranza di ricevere qualcosa che non fosse una pedata. Franca sapeva che l'amica aveva paura dei cani e le andò incontro correndo.

«Sciò!» urlò all'animale, poi si piegò con le mani sulle ginocchia per riprendere fiato. «Era maschio sicuro, per questo veniva appresso a tia. A me Ninni, a te i cani. Ognuna ha quel che si merita.» E scoppiò in una sonora risata.

Rosa però non aveva voglia di scherzare, non si era accorta di avere un cane alle calcagna. Scrutò l'amica con uno sguardo che era di sollievo, ma anche di paura; con un gesto brusco afferrò il suo fermaglio e se lo rimise. «Guarda! Tutti i capelli in faccia per colpa tua c'ho!» gridò Rosa.

«Amunì, o faremo tardi» la incitò l'amica con un sorriso e insieme si incamminarono sull'erta sterrata, senza parlare.

Era un pomeriggio stranamente grigio e il maestrale che si era alzato d'improvviso portava un po' di frescura. L'erba giallognola ai lati della strada si era arresa da settimane a un sole che di giorno scaldava più del dovuto e a un cielo che non concedeva pioggia da tempo.

Franca aveva lo sguardo perso nel vuoto.

«A che pensi, Fra'? Troppo seria sei.»

«Nenti, Ro'. Pensavo a poco fa, alla storia di Ninni, non mi cala che dici queste cose, lo sai. Per ora io di masculi non ne voglio manco a brodo.»

«Ma che ti ficiro? Picchì sei accussì arraggiata?»

«Quelli che conosco io portano solo camurrie. Compreso Ninni, che mi pare cchiù camurriusu del solito. Non ti prendere pensiero per me, pensa invece a te. Ti pare che non lo so perché hai voglia di sistemarti?»

«E che c'appizza ora 'sta storia?» replicò Rosa, spazientita.

Franca, che da tempo covava una certa insofferenza, scoppiò: «A casa tu sei sola. Non hai nessuno da servire, a tuo padre ci bada tua madre. Pensa a me! Non solo devo aiutare a rassettare tutta la cucina ogni sera, devo pure mettere a letto i miei fratelli e aiutare a impastare il pane, a pulire, a sbucciare fave quando il Signore ci fa la grazia di averne... Tutte cose che odio, con le mani che mi fanno male dopo il lavoro».

«Fra', che sei esagerata! Tu sei già stanca della famiglia ancora prima di averne una tua.»

«Vorresti darmi torto? Sei fratelli, tutti masculi, e io l'unica fimmina insieme a mia madre, e non facciamo altro che travagghiare per loro. Non conviene mica nascere fimmina, specie se hai le idee di un maschio. Noi donne lavoriamo il doppio e nessuno ci considera.» La voce le tremava per il nervoso.

«Ma da che mondo è mondo è così, se nasci fimmina chiddu t'attocca» rispose Rosa, che mai si sarebbe sognata di fare un discorso del genere.

«Prendi Maria: sembra ieri che giocavamo tutte e tre insieme e ora sta all'Acquasanta, s'è maritata e sta pure per avere un altro picciriddu. Stavolta di sicuro perde il lavoro! Sua madre mica può tenersene due. Certo, Maria non è una facile da sostituire, perciò la volta scorsa hanno chiuso un occhio col picciriddu, ma non credere che lo faranno di nuovo.» Franca sapeva bene che ai capi non interessava nulla di loro, se non che lavorassero bene e veloci, senza fare storie. «Per iddi pupidde siamo, burattini, da farci fare tutto chiddu ca vogliono.»

Rosa sapeva che doveva lasciarla sfogare, aveva capito quanto fosse in pena per Maria e per tutte loro costrette a lavorare ore senza neanche poter alzare la faccia dal bancone. Così si limitò ad ascoltare e annuire, come faceva sempre, tentando di stare al passo con lei che le gambe le muoveva veloci quanto la lingua.

In lontananza si scorgeva il carro di don Carmelo che tornava dal suo giro nei paesi. Le ruote sollevavano nuvole di polvere che si posavano sui cespugli e sulle piante ai bordi dello sterrato, soffocando il verde con una patina del colore della terra.

Anche in cielo le nuvole giocavano a coprire l'azzurro e nascondevano gli ultimi raggi del sole che sprofondava oltre la linea scura del mare al tramonto.

«Sbrighiamoci o ci lascia a piedi!» esclamò Franca, trascinando Rosa per un braccio.

«Fra', mi fai venire le palpitazioni, ma che fretta c'hai? Nessuno ci corre appresso. Il carro ancora non è arrivato, ce la facciamo!»

Per tutta risposta l'amica rovesciò al cielo gli occhi scuri. S'avivano a arruspigghiare o don Carmelo tirava dritto. Mica perdeva tempo ad aspettare a idde, che già gli faceva il favore di caricarle.

Rosa si fermò un attimo e si piegò in avanti con le mani sui fianchi: non ce la faceva a stare al passo.

Franca la afferrò per un braccio. «Amunì ti rissi, dai che manca poco e poi t'assetti.»

Una volta salite sul predellino posteriore del carro, le due si sedettero alla bell'e meglio fra le ceste vuote. Rosa ansimava, ma poggiò la schiena e scivolò un poco all'indietro. Lo sguardo si perse in direzione del cielo e qui scorse uno stormo di uccelli che si rincorrevano. *Chissà se puru iddi fanno tutte 'ste abbili*, pensò.

Franca, invece, fra le ceste cercava qualche fava o cicerchia sfuggita dalle mani di don Carmelo, o un pezzo di cipollotto da ficcarsi in tasca. Era uno spirito ribelle, senza troppi peli sulla lingua: somigliava a un ficurinna, il fico d'India dalla scorza dura e punteggiata di spine acuminate, ma dal contenuto dolce e generoso. Lei e Rosa erano il giorno e la notte proprio in tutto, forse per questo erano così amiche.

Franca era il vento impetuoso e Rosa le fronde che da esso si fanno attraversare e lo smorzano. Franca era la burrasca e Rosa il porto sicuro. Nessuna delle due poteva vivere senza l'altra.

6

I pescatori dell'Arenella scendevano a piedi ogni mattina alle quattro verso il piccolo molo, salivano sulle barche e guadagnavano il largo. La brezza, quella mattina, soffiava fresca, sollevando la cresta delle onde che si infrangevano contro le chiglie colorate delle imbarcazioni. Impalpabili ricami di schiuma si disperdevano nel vento in un lento sciabordio. Su alcune prue c'erano disegnati due occhi, uno per lato, come quelli dei pesci. Servivano a tenere lontani gli spiriti maligni e a scorgere gli ostacoli insidiosi come gli scogli che affioravano a pelo d'acqua.

Barche e carri, solo così ci si muoveva per mare o per terra quando le distanze da coprire non bastavano alle bracciate dei nuotatori o alle gambe di chi a piedi si muoveva unnegghiè.

Per andare fino alla Manifattura Tabacchi, Franca e Rosa salivano sul carro di don Carmelo, l'unico commerciante dell'Arenella, che la mattina alle sei scendeva in direzione di Palermo e si dirigeva nei paesini per vendere i suoi legumi, l'aglio e le cipolle profumate di Giarratana. Poggiavano le schiene alle ceste affastellate e colme di mercanzia, mentre le gambe a penzoloni giù dal cassone danzavano a ogni buca come le marionette dei pupari.

Capitava che, quando il mare era molto mosso e gli uomini uscivano poco dopo l'alba, in attesa che la forza delle onde si placasse, Franca e Rosa incontrassero per strada qualcuno di quei pescatori.

Quel giorno due ragazzi erano in ritardo, ma non per il maltempo. Avevano caricate sulle spalle delle reti nuove, assai pesanti.

Quando il carro di don Carmelo passò loro accanto, Rosa riconobbe il nipote di Tanina che aveva visto varie volte quando con suo padre andava al mercato da piccola. Non ne ricordava il nome, ma quello sguardo intenso sì, lo aveva riconosciuto subito.

Nel veder passare il carro, il ragazzo si fermò e accennò un saluto a don Carmelo alzando il mento; notò Rosa seduta sul pianale. La ragazza era assonnata, le sue palpebre si abbassavano lente sugli occhi chiari. Un'altra ragazza dormiva raggomitolata accanto a lei, posandole la testa in grembo.

«Amunì, Turi, spirugghiamuni» gli disse l'amico.

«Amuninne» rispose lui, senza riuscire a staccare lo sguardo da Rosa, che per ritrosia chinò il capo.

Mentre Turi camminava verso il molo, la guardò per un pezzo allontanarsi sul carro che scivolava lungo la strada sterrata.

Un sobbalzo destò Franca. «Cu fu?»

«Nenti, ti addurmiscisti, ancora non siamo arrivate comunque» le disse, accarezzandole con dolcezza la testa.

Don Carmelo schioccò la lingua. Il mulo stentava a proseguire, una ruota aveva urtato un sasso sporgente. L'uomo scese dal carro e lo spinse forte, facendolo rotolare di lato fino a scostarlo dalla strada. Rosa pensò che in fondo ogni impedimento è giovamento: per una volta era felice di andare a lavorare, qualunque cosa fosse successa quel giorno, gli occhi del giovane pescatore che aveva incontrato le avrebbero tenuto compagnia a lungo.

Non si decideva a piovere in quei giorni di fine primavera, l'aria era elettrica e aveva raccolto polvere mista a un insolito calore; era lo scirocco a tenere tutti in scacco. La terra era riarsa, solcata da crepe e bruciata dal sole, come le mani secche dei vecchi pescatori. Nelle ore più calde della giornata perfino le serpi si tenevano ben nascoste in qualche anfratto, finché il sole non si stancava di scaldare i campi e le strade.

Quel mattino, i passi delle operaie che entravano alla Manifattura Tabacchi avevano alzato una nube di terra che stentava a posarsi; si faticava perfino a respirare. Uno degli uomini che scaricavano i carramatti aveva provato a bagnare l'ingresso del cortile con l'acqua delle fontane dove si abbeveravano i cavalli per smorzare il polverone sollevato dalle ruote dei carri, ma non aveva fatto che peggiorare la situazione: la fanghiglia era risultata disastrosa, le ruote dei carri non riuscivano a far presa sul terreno e continuavano a scivolare, e le balle del tabacco, gettate a terra, si sporcavano. I responsabili avevano i nervi a fior di pelle.

«Ma cu ti ci portò a buttare st'acqua?» gli urlarono. «Vedi ora che malavita ci tocca fare!»

Dalle finestre aperte le sigaraie sentivano le grida e non facevano che distrarsi.

«Ro', ma tu hai capito che è successo giù, perché urlano in quel modo?» sussurrò Maria, sporgendosi verso il bancone accanto.

«Ma chinne sacciu, avranno combinato qualche cosa, pare un manicomio. Facciamoci i fatti nostri, che è la meglio cosa.»

«Mi sa che a qualcuno stasera salta la paga» sussurrò Franca.

«Ah questo è sicuro» rispose Maria con lo sguardo di chi la sapeva lunga. «Tira un'aria...»

«Forse qui qualcuna non ha ancora capito che si viene per lavorare e non per scaldare lo sgabello» esclamò Ninni, che nel passare aveva visto Maria ferma a tamponarsi la fronte sudata col fazzoletto.

La ragazza mise in tasca il pezzo di stoffa umidiccio e riprese le sue mansioni il più in fretta possibile.

Ninni si piazzò accanto alla sua postazione con le braccia conserte e la fissava. Era impeccabile nel suo abito di sartoria, che faceva risaltare il fisico asciutto. Non si poteva negare: Ninni era un giovane affascinante, sempre curato. Portava i corti capelli, scuri come gli occhi, pettinati all'indietro con la brillantina che ne sottolineava le morbide onde. Era sempre sbarbato di fresco e il profumo della sua colonia si faceva sentire ogni volta che attraversava lo stanzone delle sigaraie per entrare in ufficio.

Era evidente che fosse seccato, il suo sguardo perennemente arrabbiato metteva soggezione a tutti, figuriamoci alle donne.

Quella Maria aveva già dato problemi quando si era portata il figlio appresso, ma lui le aveva tolto la paga tante di quelle volte che ora si era levata il vizio e non se lo annacava più alla Manifattura.

Maria sentiva gli occhi di Ninni addosso, il sudore colare lungo la nuca e scendere fino al colletto della camicia, un fiotto acido che le risaliva fino alla bocca. Sempre più a disagio, maneggiava nervosamente le foglie sminuzzate, senza alzare gli occhi dal bancone di lavoro, ma avvertiva la presenza del capo alla sua sinistra come una preda avverte il pericolo.

Bastiana cercava di proseguire col lavoro senza prestare troppa attenzione alle parole di Ninni. Arrotolava bruscamente le foglie e non alzava gli occhi dal bancone di lavoro, ma a mente sua smise perfino di recitare gli *Ave Maria*. L'idea che qualcuno potesse passare dei guai la faceva sentire meno triste. La sua infelicità la spartiva volentieri con chiunque le capitasse a tiro.

«Le dobbiamo tenere d'occhio queste operaie, vero Enzo? Mi sembra che qui si batta troppo la fiacca. E dirò pure alle controllatrici di fermarvi più di frequente. Con il fiato sul collo rendete meglio» aggiunse Ninni.

Le schiene di tutte le sigaraie di colpo si irrigidirono.

Il signor Enzo, sentendosi chiamato in causa, era balzato in piedi e camminava fra i banconi con le mani dietro la schiena, intento a osservare le fasi del lavoro.

«Non si viene qui per annacarsi i picciriddi o per riposare. Se state male ve ne state a casa vostra, qui ci servono donne sane e che hanno voglia di lavorare.» Ninni rincarò la dose e Maria sapeva che quelle parole erano tutte per lei. «Vi sentite scaltre forse, ma qui ci accorgiamo di tutto, pure dei respiri che fate.»

Franca aveva la testa all'amica. Ninni sapeva essere odioso come pochi e lei voleva solo che la smettesse, che se ne andasse e lasciasse in pace Maria, che in quel momento non aveva i nervi abbastanza saldi per reggerlo.

L'atmosfera era diventata di colpo troppo pesante e il tempo sembrava essersi fermato, sospeso in un lungo attimo di attesa che non si sapeva quanto sarebbe durato. Rosa non aveva il coraggio di guardare oltre le sue mani. Quando Ninni ci si metteva e prendeva una di loro di petto era meglio ignorarlo e continuare a lavorare senza distrarsi. Nessuna osava fiatare né muoversi. Nessuna tranne Franca, che aveva alzato lo sguardo e aveva fissato Ninni negli occhi con un'espressione di disgusto tale che il giovane per un attimo vacillò.

Quella sigaraia lo stava sfidando, come osava guardarlo così? Ninni era pronto a richiamarla, ma una voce maschile spezzò improvvisamente quel silenzio pieno di tensione.

«Ninni, ci vuole Reghini, è urgente. Un problema grosso alla contabilità.» Toti si era affacciato nello stanzone per portare il messaggio del direttore della Manifattura.

Prima di andarsene, Ninni si rivolse alle operaie sventolando l'indice con fare minaccioso. «Per questa volta vi finì bene, ma state accura perché vi tengo d'occhio. Vedete di non fare le furbe, che se vi becchiamo a battere la fiacca o a rubare tabacco a spasso vi ritrovate.»

Maria, non appena Ninni lasciò lo stanzone, ricominciò a respirare. Era pallida e le tremavano le mani, aveva gli occhi stanchi e un'espressione colma di stanchezza mista a dolore.

Per qualche tempo dovevano stare tutte attente, perché quando Ninni si metteva di traverso era come gli alberi che cadono sulle strade: non faceva passare niente e nessuno.

Il signor Enzo si sedette di nuovo alla sua postazione e riprese ad affaccendarsi attorno al tavolo. Lena e Annamaria fecero segno alle operaie di proseguire, ma lo fecero con uno slancio che aveva il sapore del sollievo.

Maria, che non ne poteva più, dovette scappare alle latrine e lì si liberò non solo di quel poco che aveva nello stomaco, ma anche della tensione che aveva accumulato quella mattina e tutti i giorni precedenti.

Dopo pranzo ognuna era immersa nei propri pensieri e il pomeriggio volò in un silenzio quasi innaturale. Il lavoro da consegnare esigeva la massima concentrazione, ma, verso sera, la stanchezza cominciava a farsi sentire e inevitabilmente tutte rallentarono.

Maria era sfinita, nonostante Bastiana avesse smesso più volte di arrotolare per aiutarla col ripieno, e non faceva che cercare lo sguardo delle amiche. Franca e Rosa avrebbero voluto darle una mano, ma anche loro quel giorno avevano faticato a trovare il ritmo ed erano rimaste indietro.

«Accussì mi finiu, mi tocca travagghiare per due e pigghiare piccioli per una» aveva mugugnato di continuo Bastiana, per assicurarsi che Franca e Rosa la sentissero.

«Ca tutte amiche e sante sono, però chidda che si smuove le mani per due sugnu io» sbottò infine, vedendo che nessuna le dava retta.

Maria a ogni parola si sentiva sempre più mortificata, così cercava di resistere e di comporre le miscele dei ripieni meglio che poteva. L'odore del trinciato però le faceva girare la testa, le dava la nausea e si doveva fermare spesso.

Lena cercò di distrarre il signor Enzo quando la giovane andò in bagno per la terza volta. Gli disse che il suo tavolo traballava e che i sigari le venivano male se il piano non era ben fermo. L'uomo si chinò per controllare e armeggiò con i piedi della postazione. Finse di non accorgersi che Maria non c'era.

«Ro', amuninne ché il signor Enzo non vuole avanzi, dobbiamo finirlo tutto» disse Franca poco prima della fine del turno e subito l'altra cercò di sbrigarsi perché ancora aveva diverse tripe da finire. La zaffata che emanarono quando le afferrò per un attimo le diede il voltastomaco. Pensò a Maria e capì quanto dovesse essere dura tenere a bada la nausea quando gli odori erano così forti.

Consegnarono tutto appena in tempo per la fine della giornata, poco dopo che la sirena della sera ricordasse che era ora di andare.

A fine turno Franca e Rosa radunarono le loro cose in fretta e furia e cercarono di sbrigarsi anche una volta arrivate alle scale. A loro controlli non ne avevano ancora fatti, ma sapevano di essere sorvegliate a vista e non avevano intenzione di mettersi nei guai.

«Avanti, cammina che facciamo tardi, ti vuoi muovere?» diceva Franca. «Non possiamo aspettare nuddu.»

Ma Rosa rallentava, voleva parlare con Maria che scendeva lenta poggiata al corrimano.

«Matri mia, ti vuoi sbrigare? Non possiamo arrivare di corsa al carro di quel povero cristo di Carmelo anche questa sera!»

All'ennesimo richiamo, finalmente Rosa realizzò che era davvero tardi e si apprestò a raggiungerla.

Maria e Bastiana rimasero indietro. Quest'ultima era furiosa perché durante la giornata aveva dovuto rimediare alla lentezza della compagna.

«Maria ti salutavo» disse Bastiana allungando il passo. «Vedi di ripigliarti un poco perché io 'sta malavita ogni pizzuddo non la voglio fare.»

La giovane donna teneva una mano sul ventre e con l'altra si aggrappava alla balaustra per non essere travolta dalle operaie che scendevano in fretta e furia. Aveva ancora la nausea e faticava a reggersi in piedi. Le parole di Bastiana la ferirono come una manciata di sassi tirata nella schiena. Maria si incurvò ancor più e non le rispose, prestando attenzione a ogni passo per non inciampare.

Una volta in cortile, le ragazze si trovarono in una calca che si strozzava all'altezza del cancello, come un rivo costretto dagli argini e pronto a straripare.

«Ho sentito che Gianni, quello del carro, ci ha rimesso la giornata perché ha bagnato a terra, me l'ha detto ora Lena» sussurrò Rosa.

Franca annuì in silenzio, con una mano afferrò l'amica per la cintura del grembiule, temendo di perderla di vista in mezzo alla confusione. La spinta che schiacciava le tabacchine nella strettoia le riversò sulla strada, non c'era il tempo per cantare quella sera.

Tra la polvere rossastra i passi delle ragazze si facevano sempre più veloci e il fiatone le costringeva a interrompere le chiacchiere. I grandi cancelli stavano per chiudersi per la notte, lasciando alle loro spalle le fatiche del lavoro.

«Finì a iurnata» era il saluto delle donne.

«S'ave accuminciare 'u travagghio a casa» diceva qualcuna sconsolata.

Di solito a quell'ora Ninni era impegnato con i suoi calcoli e con le commesse in partenza, ma ultimamente si faceva trovare in cortile con una scusa, per intercettare le ragazze mentre uscivano. Aveva alzato lo sguardo su Franca in modo insistente, costringendola a chinare il capo e a parlare con Rosa, i passi più frettolosi del solito per cavarsi d'impiccio in fretta.

«Quelle due sempre insieme stanno» biascicò sottovoce, con tono seccato.

«Signo', stanno assieme per non farsi mordere dal cane» gli rispose, ridendo, uno dei magazzinieri che lo aveva sentito.

«Che vorresti dire?»

«Signo', i fimmine si scantano se vengono guardate così da un bel giovanotto e idde non sono del vostro... Come si dice? Ecco, ambiente. È normale che si quartiano, fimmine ammodo sono, oneste e lavoratrici.»

«Sarà come dici tu. Le femmine comunque sono strane, più le vorresti e più scappano.»

«Eh, ancora non avete visto nulla, signo'» e scoppiò a ridere, forte di una certa esperienza che, era evidente, il ragazzo non aveva ancora maturato.

Ninni si era incapricciato, si vedeva. Da settimane teneva d'occhio quella sigaraia impertinente, l'unica che sembrava non temerlo. L'immagine di Franca gli si era infilata come una scheggia sottopelle, una sensazione fisica che gli provocava piacere e fastidio allo stesso tempo.

Quella ragazza sangue mi fa. Fra tutte quelle della Manifattura, è quella che più mi piace. Però riesce sempre a scappare via come una sarda, mi farà ammattire uno di questi giorni.

Ninni guardò Franca allontanarsi. La voleva, questo era chiaro, ma non si sarebbe mai sporcato le mani con un'operaia. E poi lui era già fidanzato con Angelica Fundarò, la figlia di un proprietario terriero di Alcamo che aveva iniziato a investire in città nel campo dell'edilizia.

Angelica non aveva gli occhi di Franca, né le sue mani svelte e nemmeno il suo odore. Era sempre impettita e composta, abituata a farsi servire. Non aveva nulla della selvatica bellezza delle ragazze di borgata, cresciute forti quasi per dispetto e già scaltre fin da piccole. Questo pensava Ninni quando si fermava a guardare Franca, quando la mattina arrivava di buon'ora o quando all'uscita affrettava il passo, trascinandosi appresso le amiche.

Lui invece era nato in una famiglia benestante, aveva studiato e viaggiato, ed era abituato a togliersi i suoi sfizi. La sera, insieme agli amici, sapeva come e dove andare a divertirsi con le femmine, ma soprattutto ciascuno di loro sapeva che certe cose alle future mogli non avrebbero potuto chiederle. Le cose da uomini non erano affare delle consorti: queste spesso sapevano che i mariti si concedevano con le prostitute ciò che non era per loro decoroso fare in camera da letto. Esisteva un galateo preciso anche fra sposi, e le ragazze della borghesia erano tenute a seguirlo per non disonorare il proprio lignaggio.

Il denaro, a prescindere dalla classe sociale, restava affare da uomini e con il denaro gli uomini acquistavano ciò che la fantasia dettava loro e così venivano accontentati.

7

C'erano quelli che preferivano i bordelli e quelli che invece le
fimmine le mandavano a prendere, perché alle puttane di profes-
sione preferivano le picciotte delle borgate. Sulla strada sterrata,
ogni sera, le carrozze dei nobili sostavano rivolte verso la città in
attesa del calare del sole. Lacchè ben istruiti sapevano esattamente quale ragazza far salire e dove portarla. La fame e la miseria
spingevano le stesse madri a vendere le figlie per pochi spiccioli,
specie quando mancava un uomo in famiglia che portava il pane
in casa. «Devi essere gentile col signore, sorridere, chiuditi gli
occhi e lascialo fare, che poi tutto finisce» dicevano senza il coraggio di guardare in faccia quelle creature giovanissime e già guaste
come frutti addentati da bocche voraci e ingrate.

Carmela, che aveva solo diciassette anni, quella voracità l'aveva sperimentata fin troppo presto. A sua zia Lena lo diceva: «'U
saccio picchì mia madre mi chiamò Mela. Perché ho chi mi prende a morsi ogni giorno. Mica sono tutta intera io, a picca a picca
mi stanno spuippannu». Quasi in quel nome fosse celato un pre-
sagio. Mela, che lavorava alle vasche e finiva le sue giornate in
compagnia di un baronetto che avrebbe potuto essere suo padre,
sentiva che col passare del tempo di lei sarebbe rimasto solo un
torsolo secco ma pieno di semi.

Fame e avidità camminavano a braccetto nel 1897. Chi aveva i
piccioli e non conosceva la pancia vuota era affamato di capriccio;
chi i piccioli non li aveva trovava il modo di soddisfare quelle vo-
glie in altri modi.

Non per tutte le tabacchine la giornata finiva fuori dal cancello di ferro: per alcune si aprivano altre gabbie che tutti conoscevano, ma di cui nessuno parlava.

Mela, anche se era passato un anno e forse più, se lo ricordava bene quando era salita per la prima volta su quella carrozza.

La bella serata estiva aveva acceso nella gente il desiderio di riversarsi per le strade e per tutto il tragitto lei non era riuscita a staccare il naso dal finestrino. Non era mai andata in città e non aveva idea di cosa ci fosse al di là del quartiere dove era nata e cresciuta. Aveva visto una moltitudine di persone a pochi passi da un immenso edificio di pietra color ocra, con delle colonne maestose che forse ci volevano tre persone per abbracciarle e una grande scalinata sul davanti. Seppe molto dopo che si trattava del Teatro Massimo.

Sua madre le aveva riferito che un signore generoso cercava un po' di compagnia e che ogni tanto l'avrebbe mandata a prendere a fine turno. Lei avrebbe solo dovuto essere gentile e fare tutto quello che lui voleva. Mela non era una stupida, se lo era immaginato subito a cosa avrebbe dovuto sottostare: le vedeva le altre ragazze ai cancelli, sapeva cosa dicevano di loro. A dispetto dell'età, Mela era già una donna fatta, dal fisico forte e statuario.

Seduta nella carrozza, non appena aveva scostato le pesanti tendine di velluto era rimasta a bocca aperta: non aveva mai visto nulla di più bello né di più grande. Per un attimo era riuscita a dimenticare anche quanta paura provasse all'idea di incontrare l'uomo che l'aveva mandata a prendere, non sapeva che aspetto avesse né se sarebbe stato gentile con lei. La carrozza aveva imboccato lentamente via Maqueda e si era accostata poco più avanti, prima di uno stretto vicolo. Lì Mela era stata fatta scendere, ad attenderla c'era una donna di servizio che l'aveva scortata in un dedalo di stradine fino a un elegante palazzo nobiliare. Le due avevano imboccato quindi una scala stretta e attraverso un'entrata secondaria avevano raggiunto il primo piano.

«Io sono Rita, tu ora t'hai a mettere cca. Non fare domande e fa' tutto quello che dice il baronetto. 'U capisti? Tanto pure di te

47

si stancherà in fretta, statti accura. Ora trasi e assiettate nel salottino finché ti chiama» le aveva detto.

Mela non aveva fatto fatica a comprendere il senso di quelle parole rivoltele con un tono di commiserazione, dopotutto sapeva per cosa era stata chiamata e se ne vergognava tremendamente. Aveva aperto piano la porta ed era entrata in un salottino elegantissimo. Non ci aveva nemmeno pensato a sedersi sul piccolo sofà foderato di velluto verde, temeva di sgualcirlo. Le pareti erano tutte colorate e piene di quadri. Il pavimento era fatto di mattonelle dipinte con colori vivaci. Il mobiletto accanto al sofà aveva piedi massicci e intagli elaborati su cui erano posati degli oggetti mai visti, ma lucidi e sicuramente molto costosi. Fra tutti spiccava una statuina di porcellana a forma di cigno. Nonostante il timore di romperla, Mela non riuscì a trattenersi e ne accarezzò il lungo collo sinuoso e l'ala appena spiegata. Non avrebbe mai immaginato che potesse esistere una casa come quella. Un lusso del genere la faceva sentire sbagliata e fuori posto come un dente accavallato.

Si era guardata prima le mani, poi gli abiti, indossava ancora il grembiule da lavoro tutto macchiato. Aveva cercato di sistemarsi i capelli ravvivandone le onde naturali con le dita, si era pizzicata un poco le guance per avere un colorito più sano. Non voleva apparire sciatta al cospetto del baronetto. Sua madre non le avrebbe perdonato una mala fiura.

Lei però aveva paura. Non ne sapeva molto delle cose della vita, come le chiamavano tutti, e non aveva osato chiedere a nessuno. Aveva il respiro corto e le gambe tremanti. In cuor suo pregava che quell'attesa finisse, che tutto finisse, voleva solo tornare a casa. Si era avvicinata alla finestra, che le restituì un riflesso sbiadito di se stessa immersa nella sontuosità di quel salottino in cui tutto era curato nei dettagli. Lei era una sagoma in bianco e nero su uno sfondo ricco e variopinto.

«Tu sei Mela, non è vero?» le aveva chiesto l'uomo che era comparso all'improvviso alle sue spalle.

Non era riuscita a trattenere un sussulto.

«Non ti volevo spaventare, sei saltata in aria» aveva esclamato ridendo il baronetto.

Mela notò che era un uomo grande, aveva molti più anni di lei ed era pure grosso: la giacca che indossava faceva fatica a rimanere abbottonata all'altezza dello stomaco. Di uomini così grassi non ne aveva visti mai, il mangiare ci voleva e quello buono anche per mettere su carne.

«Buo... buonasera, signore» aveva balbettato, arrossendo.

«Su, su, non fare così, mica ti mangio! Anzi, facciamo una cosa, andiamo di là così ti mostro la tua stanza e, se sarai brava, ho pure un regalo per te» l'aveva incoraggiata l'uomo, indicando dei dolcetti di mandorla che mandavano un intenso profumo di zucchero e vaniglia. Erano adagiati in un piatto di ceramica decorato con colori vivaci. Ce n'erano di verdi, di rosa, di giallini, alcuni erano ricoperti di zucchero a velo, altri di zucchero in cristalli, altri ancora di lamelle di mandorle. Più che dei dolci sembravano dei piccoli gioielli, disposti in forma circolare secondo il colore.

La ragazza non aveva mai visto nulla di più bello e invitante, il baronetto guardandola aveva pensato la stessa cosa. Nonostante fosse vestita con gli abiti da lavoro, Mela aveva la stessa bellezza fresca e pulita di un fiore di campo e per questo era ancora più sensuale.

Di quella sera Mela avrebbe voluto ricordare solo la ricchezza delle stanze, il grande letto a baldacchino, le pareti piene di specchi luccicanti.

Tutto ciò che era successo dopo, invece, avrebbe cercato di scordarlo, più volte, ma invano. Non avrebbe creduto mai che in un posto tanto bello potesse accaderle qualcosa di così terribile. Aveva fatto tutto quello che le veniva chiesto, aveva sentito lacerare la carne, aveva pianto e messo in tasca la moneta da una lira che il baronetto le aveva dato. Quando era tornata a casa aveva posato quella stessa moneta sul tavolo, di fronte a sua madre, che era rimasta seduta senza nemmeno alzare gli occhi. Mela aveva stretto il pugno come le si era stretto il cuore, era ferita a morte.

«Madre, io non ci voglio più andare a casa di questo signore» aveva provato a dire.

«Ma quale non voglio e non voglio! E che sarà mai? I piccioli che ci dà il baronetto ci servono, o ci buttano fuori da questa casa. Tuo padre è morto senza lasciarci niente, inutile in vita e ancor più inutile in morte. Secondo te, io ho potuto scegliere qualcosa nella vita mia? Tuo padre non si è fatto tanti scrupoli a usarmi violenza, era la via più breve per maritarmi senza manco prendersi la briga di chiedermelo.»

Mela era rimasta di sasso. La madre era seduta a tavola con le mani raccolte nel grembiule, i primi capelli grigi che sfuggivano ribelli dalla crocchia fermata sulla nuca. Era una donna stanca, incattivita dalla malasorte.

«Le prossime volte andrà meglio, è solo la prima che fa male, poi ti potrà pure piacere, vedrai» le disse voltandole le spalle. «Ora assiettate e mangia 'sta zuppa, che con l'aiuto del baronetto forse potremo mangiare pure qualcosa di meglio.»

Mela non aveva toccato cibo, era andata a dormire chiedendosi come una madre potesse permettere a un uomo di fare a sua figlia quello che il baronetto aveva fatto a lei. Una volta a letto aveva pianto con la disperazione di chi sapeva che si sarebbe dovuta abituare a stare in un corpo che non era più il suo, un corpo costretto a piegarsi al volere di un uomo che per una lira credeva di avere il diritto di farne ciò che voleva.

I giovani rampolli della borghesia, invece, a puttane ci andavano in comitiva. Un po' per vincere la vergogna, un po' perché, quando si è in tanti, il senso della sfida spinge ad andare oltre, a spalleggiarsi l'uno con l'altro e soprattutto a giustificare tutto. I maschi in gruppo tendono a diventare gregge. A volte non si accorgono nemmeno di seguire un capo, si comportano come gli animali che vivono in branco, seguendo delle leggi naturali che in modo tacito stabiliscono chi guida e chi è relegato al ruolo di gregario. Ovviamente Ninni era il capo branco, 'u cani ri mannara, il più spavaldo e il più deciso, quello che nessuno avrebbe mai osato contraddire.

Aveva un debole per Giuseppa, una ragazzona dalla pelle bianchissima, puntellata di efelidi e con una chioma irsuta color rame, che lei domava a fatica cercando di trattenerla sulla nuca con due spilloni e dei pettinini che sembravano troppo fragili per i suoi ricci ribelli. La ragazza stava dalle parti di piazza Marina, ma era paesana, si capiva dall'accento marcato. Spesso nella sua ora libera si sedeva sui gradoni in pietra della chiesa della Catena, perché da lì si vedono il mare e il porto.

Unne ci su campani, cì su buttani, diceva il proverbio e in quel periodo a Palermo le case chiuse non si contavano, era una voce dell'economia sempre in attivo.

La prima volta per Ninni si risolse in una frettolosa smania di provare cosa significasse entrare dentro la carne di una donna. Giuseppa sapeva che più sono giovani e meno sono esigenti, si sbrigano in fretta e senza troppe storie. Ninni non tornò da lei le volte successive, a poco a poco imparò la lentezza, sperimentò il calore di una bocca di donna. Da Giuseppa tornò quando il suo orgoglio gli disse che era diventato abbastanza sperto da farle scordare quei quattro maldestri colpi di reni con cui aveva dato inizio al suo gioco del piacere.

Giuseppa aveva cosce sode e lunghe e un fondoschiena tondo, un seno pieno con i capezzoli che diventavano duri come due bottoni di madreperla sotto le dita. A Ninni piaceva prenderla da dietro, afferrandole i fianchi e affondando in quella carne che si arrossava solo a sfiorarla. Lei col tempo aveva imparato a conoscerlo, e mentre lui faceva i suoi comodi non faceva che ripetergli: «Ninni, tu farai la felicità di tutte le cagne in calore. Tu sì che sei un masculo, tu sì che sai come si sta con una donna».

Quando lui usciva di colpo e le finiva sulla schiena, lei mugugnava di disappunto e lui godeva, godeva come un pazzo perché era il solo capace di far impazzire pure una fimmina a ore.

Prima di lasciarle i soldi, la afferrava sempre per la nuca e la costringeva a guardarlo.

«Tu sei una puttana, sai fare bene il tuo mestiere e sai come farmi contento. La prossima volta, però, ti faccio stare zitta, te la infilo tutta in bocca la mia minchia dura, come piace a te.» Le faceva l'occhiolino e se ne andava senza mai voltarsi, la maggior parte delle volte trovava i suoi amici che già avevano finito ad aspettarlo per strada.

«Como finiu, Ninni? L'hai fatta urlare per bene?»

«Quella cagna gode come non ha mai goduto con nessuno, gratis dovrebbe farmi entrare.»

«Seee» rispondevano gli altri in coro. «Non ti annacare troppo, le puttane sono le bugiarde peggiori e tu abbocchi come un pesce all'amo. Amuninne a casa, che se tardiamo per la cena chi le sente poi le nostre madri?»

8

C'erano giorni che nascevano già storti come le piante di vite e non si poteva raddrizzarli.

Un carramatto che di prima mattina stava entrando in manifattura, chissà come, era finito di traverso. La ruota si era sfasciata e tutto il carico si era sbilanciato addosso al pilastro del cancello da dove entravano le operaie. Alcune erano riuscite a passare, le altre erano rimaste fuori. Gli uomini a suon di «Oh issa» stavano scaricando una balla alla volta e con una catena umana provavano a far arrivare il tabacco nel cortile interno senza danneggiarlo. La carrozza del direttore aveva accostato lungo la strada, non potendo entrare. Maria, Lena, Franca, Rosa e molte altre operaie erano fuori in disparte e aspettavano che l'ingresso venisse liberato.

«Che dobbiamo fare, Lena?» le chiesero le donne che nel frattempo diventavano sempre più numerose.

«Nenti, cca stiamo, aspettiamo. Non è cosa ca si spirugghiano in fretta, chista» disse la donna, arrotolandosi le maniche della camicia e sistemandosi gli ispidi capelli grigi dentro la cuffia. Aveva un solco profondo proprio a metà della fronte, una ruga netta che pareva scavata con lo scalpello. «Assai siamo a travagghiare qui alla Manifattura. Ma siamo tutte fimmine. Per liberare 'sto cancello dal carro servono uomini, e ne servono assai.»

«Eh, ma i masculi mica se la fidano a fare chiddu ca faciemo noialtre» commentò Annamaria, che somigliava così tanto a Lena da essere spesso scambiata per sua sorella.

«E perché ci hanno prese a tutte? Perché le donne hanno dita fini e sperte, no como chidde ri masculi» disse Lena, mostrando le sue. «Travagghiamo assai senza mai un lamento e costiamo pure picca.» Lei era la memoria storica di quel posto, una delle prime a lavorarci. Sapeva il fatto suo e sapeva raccontarlo. «I primi giorni ne entravano assai di carramatti, venivano dai paesi vicini: Cinisi, Partinico e Terrasini, ma anche dall'Arenella. Il tabacco e i materiali trasievano dall'ingresso di via Gulì. Sui carri c'era il tabacco secco o umido, a seconda di chiddu ca ci facievano, e gli uomini di fatica lo posavano cca nel cortile, nelle botti di legno o nelle balle, chidde vuncie da scoppiare.» E allora allargava le braccia a mimare la grandezza dei sacchi enormi, gonfi di materia prima come un ventre gravido. «In pochi mesi siamo diventate 'u doppio e poi ho perso il conto delle facce nuove e adesso siamo più assai.»

Le donne fuori dal cancello l'ascoltavano in religioso silenzio. Un po' perché a tutte piacevano le vecchie storie della Manifattura, un po' perché Lena era una veterana e le portavano rispetto. Tutte, comprese le più giovani, sapevano quanto fosse affezionata a ognuna di loro. E sapevano che lei e Annamaria avevano sempre una parola di conforto e, se si cacciavano in qualche guaio, riuscivano a trovare una soluzione anche quando sembrava non ci fosse.

«Io me lo ricordo ancora quando hanno aperto qui...» continuò Lena.

Tra un «Oh! Issa!» e un «Tirate!» degli uomini che provavano a spostare il carramatto, si mischiavano, quella mattina, le storie delle tabacchine. Era sempre Lena a raccontarle, sapeva trovare sempre una sfumatura e un particolare nuovo. «Sono stata una delle prime a essere assunta, lo sapete, avevo bisogno di travagghiare dopo la disgrazia che mi capitò. All'inizio c'era il viva Maria cca e le mani non bastavano mai. Arrivavano cristiane e manco facevano in tempo a dire che cercavano che le pigghiavano e le mettevano subito au firriu, senza manco la raccomandazione dei parrini o le selezioni che fanno ora.

«La prima cosa che ci insegnavano era la pulizia del tabacco. Le foglie le sfregavamo a mano a una a una per togliere la sporcizia, poi si scostolavano e poi le ammannocchiatrici e le cernitrici facevano i mazzi di foglie in base alla misura, ma solo le più brave e svelte le mettevano a rollare i sigari. Stavamo in piedi per ore, coi piedi vunci e senza bere per non rovinare il preparato dei sigari. Anzi, ora che siamo assai abbiamo i banconi che sono un po' più comodi e le sedie se siamo stanche.»

Le ragazze avevano sentito le storie di Lena decine di volte, ma nessuna si lamentava. Sapevano che, se non fosse stato per lei, a casa sua sarebbero morti di fame, con suo marito in quelle condizioni... Mischino. Nessuno si spiegava come potesse essere caduto dall'impalcatura. Un tonfo, poi solo il silenzio. Quando gli altri operai si erano avvicinati di corsa, un filo di sangue gli usciva dall'orecchio e lui non rispondeva, gli occhi rovesciati come quelli dei morti; però il cuore batteva ancora.

«Se sopravvive alla nottata forse si salva» aveva detto il capomastro. «Portatelo a casa.» E infatti si era salvato, Miche' aveva la scorza dura come il guscio di una mandorla, ma era rimasto sordo e aveva perso un poco la testa. Sembrava tornato bambino e dell'uomo che era stato, forte e caparbio, pareva non fosse rimasta traccia. Lena aveva pianto per giorni il marito, che era sparito per sempre quel giorno ai piedi di una palizzata in un cantiere polveroso. Il suo Miche' a cui ogni sera diceva che era felice che fosse tornato a casa, come se una parte di lei sapesse che un giorno di lui sarebbe tornato solo un corpo offeso. Non si era persa d'animo dopo la disgrazia. Aveva lasciato i bambini alle donne che si erano offerte di aiutarla e aveva trovato subito lavoro come sigaraia; era rimasta sola a provvedere a quei quattro terremoti, ma era ancora giovane e in salute, e da allora non aveva mai mancato un giorno di paga. Si rifiutava di assecondare un destino beffardo che in cambio di un marito sano le aveva consegnato un picciriddu scimunito. Glielo diceva alla Madonna, di sera, che alla fine piuttosto che vedova era meglio essere tornata madre e ringraziava di poter andare ogni giorno alla Manifattura, dove la paga era buona e per qualche ora non pensava alle sue miserie. «Tienici una mano in testa a tutti i miei picciriddi, Madonnuzza mia, che io non ci sono, a travagghiare sugnu, guardameli tu» si segnava con le dita annerite e ruvide, e poi si addormentava.

Il direttore, che era arrivato poco prima, scese dalla carrozza e si avvicinò al cancello. «Che cosa è questa novità? Voglio subito il nome del guidatore, a causa sua perderemo almeno un'ora di lavoro oggi!» gridò. Poi aggiunse secco: «Abbiamo una commessa urgente e poco tempo da perdere, dobbiamo ridurre o eliminare le pause alle donne oggi».

A quelle parole, le operaie si guardarono fra loro, allarmate. Già avevano pochissimo tempo, per andare in bagno e per mangiare un tozzo di pane, se gli levavano anche quello, come avrebbero potuto fare?

«Ninni, oggi assicurati che le donne si fermino solo un attimo per mangiare una cosa, ma nessuna operaia deve perdere tempo, abbiamo ordini importanti da evadere.»

Ninni era arrivato giusto in tempo per prendere in mano la situazione. «Taglieremo sui tempi, direttore» disse, fermandosi a debita distanza dal bastone da passeggio in legno di noce con il manico in avorio.

«Sì sì, iddu ci taglia la pausa e noi ci tagliamo le ginocchia» disse una delle donne, sottovoce.

Le altre annuirono. Tutte sapevano e tutte si coprivano a vicenda.

Quando Lena aveva Michele a letto da accudire dopo l'incidente e non ne poteva più per la stanchezza, si praticava dei taglietti sotto le ginocchia. Prendeva i coltelli affilati che servivano a rifinire i sigari e incideva la pelle finché non si apriva come la scorza di un'arancia, poi ci posava il tabacco sminuzzato, giusto un pizzico e infine riabbassava le sottane. L'infezione in poche ore le faceva salire la temperatura, così si poteva allontanare dopo pranzo e questo assicurava una mezza giornata a casa pagata, solamente mezza ma era già qualcosa. La febbre era il lasciapassare delle tabacchine, l'unico diritto riconosciuto, l'unica eccezione concessa. Ogni altra scusa era buona per non pagare, ma la febbre no, quella era sacrosanta.

Il direttore chiese a Ninni di fare in modo che venisse assicurata la produzione dei mille sigari giornalieri, nonostante il ritardo. Dal tono di Reghini più che una richiesta sembrava un ordine.

«Se facciamo come dice lei, dottor Reghini, e leviamo le pause, dovremmo recuperare il tempo perso.»

Dalle donne si levò un coro di mugugni. Poi una voce si alzò fra le altre. «Certo, leviamo le pause e leviamo pure la paga a che ci siamo. Peggio delle bestie ci trattate! Qui manco ci si può sentire male a fine giornata che qualcuno mette mano alle nostre sacchette e ci ruba il pane di bocca. Pure quando la colpa non è nostra dobbiamo pagare!»

Il direttore si voltò verso il gruppo di operaie.

Ninni non credeva alle proprie orecchie. «Chi ha osato?»

Nessuna rispose.

Lena intimò a Franca di non muoversi. «Non ti azzardare, zittuti, che danni ne hai fatti abbastanza. Come ti venne di lamentarti davanti al direttore?» sibilò fra i denti. Mela si parò nel mezzo per non far passare Franca. Rosa era ammutolita e immobile, terrorizzata.

«Chi di voi ha osato insultare il direttore?» chiese di nuovo Ninni, ma nessuna rispose. «Vorrà dire che lo scoprirò in reparto» aggiunse minaccioso.

Franca guardò le altre, vide i loro volti allarmati, la paura delle conseguenze. Non poteva permettere che Ninni la facesse pagare a tutte per colpa sua. Fece per muoversi e farsi avanti di nuovo. Ninni la vide staccarsi dal gruppo, ma una mano la afferrò per un braccio e la tirò indietro. Mela la strinse così forte da farle male. «Non ti azzardare a muoverti» le disse, «o quello ti fa nuova.»

«Aiuto, aiutateci!» Un grido disperato si levò dagli uomini che si affaccendavano attorno al carro. Le balle erano rotolate di colpo giù, schiacciando contro il muro uno degli scaricatori. Era Pippo, uno dei più validi collaboratori della Manifattura, con cui il direttore stesso interloquiva di frequente perché riusciva sempre a risolvere i problemi di ordine pratico più gravosi.

«Presto, tiratelo subito fuori di lì, liberatelo!» intimò il dottor Reghini. «E spostate questo carro, perdio!»

Gli uomini accorsero e a suon di braccia liberarono Pippo e lo portarono in infermeria. Poi circondarono il carro e lo issarono di peso levandolo dall'ingresso.

«Ninni, lascia perdere le operaie, sarà stata qualche testa calda a parlare. Non ho mai sentito di paga tolta a chi sta male, anzi, se gli viene la febbre le paghiamo lo stesso, è la regola» disse il direttore, facendosi sentire da tutti.

«Ha la mia parola che nel mio reparto non è mai accaduto nulla di tutto questo, signore» rispose il giovane prontamente e con piglio deciso.

«Ecco appunto, Ninni, che fesserie sono mai queste? Piuttosto pensiamo a recuperare il tempo perso e dammi notizie di Pippo, appena puoi. Conto che tu scenda in infermeria dopo aver controllato che il lavoro dei reparti sia avviato.»

Ninni annuì servile. Al cospetto del direttore si sentiva in soggezione e allo stesso tempo, davanti alle donne, voleva dimostrare di meritare tutto il potere che il dottor Reghini gli concedeva.

Le operaie avevano sentito tutto. Ninni aveva mentito spudoratamente. Il direttore di certo non veniva avvisato delle punizioni che lui dava alle sigaraie, non ne sapeva nulla, come probabilmente non sapeva nulla di quel che accadeva ogni giorno nel loro e negli altri reparti.

Quella mattina stessa, mentre tornava dall'infermeria, Ninni incrociò Franca che stava scendendo le scale, tenendo sollevata la lunga e pesante sottana per non inciampare.

«Signorina Anello» le disse, «posso sapere dove sta andando in orario di lavoro?»

La giovane, colta di sorpresa, non riuscì a spiccicare parola: stava andando alle latrine, a tutte le operaie era concesso solitamente una volta sola al mattino e una nel pomeriggio.

«Visto che non vuole dirmelo, sarò costretto a segnalare la sua assenza. Il direttore è stato chiaro, oggi niente pause» aggiunse Ninni con tono autoritario. «Non vorrà che la punisca, vero? A meno che lei non torni di sopra con me...» le disse con sguardo ammiccante, indicando la scalinata che riportava al piano superiore.

«Veramente, signore, io stavo andando alle latrine. È urgente» rispose la ragazza, scivolando di lato nello spazio che si era creato fra lui e la balaustra.

Ninni la afferrò lesto per una mano, gliela torse con forza. «La lingua bisogna imparare a tenerla a posto quando serve, non usarla a sproposito» disse lui, tagliente.

«Signore?» rispose Franca, che sapeva bene a cosa alludesse Ninni.

«La prossima volta che ti verrà in mente di lamentarti in quel modo in presenza del direttore potrebbe accaderti qualcosa di spiacevole» le sussurrò all'orecchio. Poi aggiunse ad alta voce: «Dovrebbe avere un po' più di rispetto per i suoi superiori, signorina Anello. Ho notato che una delle sue mani è meno forte dell'altra». Strinse ancora. «Una sigaraia con un problema ai polsi non può più lavorare, lo sa.» Fece ancora più forza, costringendo la ragazza a emettere un grido soffocato.

Allibita, Franca strabuzzò gli occhi, sorpresa. Si sentiva vulnerabile e alla mercé del giovane.

Il ghigno di Ninni dopo aver visto lo sguardo spaventato della ragazza si tramutò in un'espressione risentita. Allentò la presa senza lasciarle la mano, che ora pulsava indolenzita. «Tu, tu non puoi guardarmi così. Tu non capisci.» Abbandonò le braccia lungo i fianchi, tremava leggermente, poi si portò una mano sulla fronte, sfregandosi le sopracciglia con le lunghe dita. Sembrava stanco.

«Signore, con permesso» disse Franca, sfuggendo rapida e scendendo le scale a due a due, come era abituata a fare da bambina.

Corse in bagno col cuore che batteva troppo forte. La sensazione di disagio e paura che Ninni le aveva lasciato addosso rimase con lei fino a sera, tramutandosi in un malumore muto e in una sequela di interrogativi ai quali non riusciva a dare risposta.

Faticò a lavorare quella mattina. Il polso le faceva male e non era sciolto come sempre. Rallentò con i ripieni e Rosa più di una volta dovette spronarla a velocizzarsi.

«Che hai, Franca?» le chiese preoccupata. «Oggi non sei tu, che ti succede?»

«Niente, sarà quest'umidità che mi lega le mani. Non lo so, mi sento un poco 'ntamata oggi.»

«Amunì, non perdiamo il passo, dai!»

Maria, alla quale non sfuggiva nulla, si era accorta subito che Franca aveva qualcosa che non andava al polso destro, come si era accorta della sua faccia quando era tornata dal bagno. Conosceva quello sguardo intimorito e sicuramente la colpa era di un maschio, di uno che non sapeva tenere le mani al suo posto, e sapeva benissimo chi poteva essere.

Durante la pausa pranzo le si avvicinò e le disse: «Stasera fascialo stretto quel polso e vedi se 'a zia Graziella ave un poco di arnica. Lo sai che idda a casa tiene sempre le erbe per Mimmo che ave i dulura alle ginocchia a forza di stare chinato nei campi».

Franca abbassò la testa e annuì, massaggiandosi il polso dolorante. Da fuori non si vedeva nulla, se non la pelle un poco arrossata.

«Mari', come sta Giuseppe?» chiese Franca per cambiare discorso. «L'ho visto con tua madre l'altra sera sulla porta di casa.»

Gli occhi di Maria si inumidirono. «Grazie a Dio sta bene. A casa dai miei non ci manca nulla, ma quando mi vede poi non vuole più lasciarmi e mi si aggrappa al collo. Piange assai, ancora è nico. A me mi manca, non sai quanto... Torno a casa la sera e sugnu sula, mio marito quando s'arricampa, be', lo sai, diciamo che non è mai di buon umore e se la scotta cu mmia» disse con voce rotta dal pianto. «Se solo potessi portarlo qui in Manifattura, il mio Giuseppe...»

A Franca prese forma un'immagine davanti agli occhi, tutto quello su cui rimuginava da qualche giorno, ma che non sapeva come concretizzare si concentrò in una domanda. «E se ci fossero delle donne a tenere i bambini, non sarebbe più semplice per voi lavorare?»

«Dici delle donne come quelle che vanno a servizio dai ricchi e gli guardano i picciriddi? Ci vorrebbe una stanza dove lasciarli e idde i talìano» rispose Maria.

«Maria, ci pensavo puru io a 'sta cosa... Ecco che dobbiamo fare, dobbiamo chiedere un posto dove lasciare i picciriddi con delle donne che li guardano! Non ci sei solo tu che stai lontana dal picciriddu tuo: siete in tante a travagghiare o coi nutrichi appresso o a lasciarli tutta a iurnata» disse Franca con slancio. Poi aggiunse: «Però da sole non ce la possiamo fare, serve che anche le altre ci diano una mano, tu ci sei?».

Maria di colpo si rabbuiò, si mise dietro le orecchie i folti ricci che sfuggivano ai lati della cuffia. «Non puoi chiedermelo Fra', non a me. Sai bene che non potrei.» E tornò alla sua postazione dove Bastiana già aveva finito di mangiare e la aspettava per riprendere a lavorare.

«Avanti, ragazze!» le spronò Lena battendo forte le mani. «Abbiamo poco tempo e un mare di lavoro da finire.»

Era tutta racchiusa in quelle stanze la capacità di sopportare in silenzio e a testa bassa la fatica, il dolore, i modi sgarbati dei capireparto. Una rassegnazione tutta femminile che si apprendeva fin da bambine, insieme alla consapevolezza che il lavoro, per chi nasce donna, non finisce mai.

«Sono le mani delle fimmine, chiste mani caa, che mandano avanti il mondo» ripeteva Lena quando si fermava davanti alle postazioni delle più giovani, coi mazzi di tabacco. «Travagghiate va', che 'sta iurnata lunga è.» Poi sottovoce aggiungeva: «Sugnu tutta un dulure, ave ca un mi riposo...».

«Il riposo è dei morti, Lena, amuninne» le diceva Annamaria, che già stava poggiando sul bancone il trinciato per i ripieni.

«Tanto travagghio che finisce in fumu» sospirò la donna, «se non è iccare piccioli questo... 'U munnu sta finendo, 'u munnu intero.»

Per il resto del pomeriggio Maria non alzò la testa nemmeno una volta dal piano del bancone dove erano ammonticchiate le foglie da trasformare in sigari e la sera si allontanò veloce senza salutare le amiche.

«Ma che ha Maria?» chiese Rosa. «Picchì se ne scappò senza manco calcolarci?»

Franca rispose che non lo sapeva: non aveva il coraggio di dire a Rosa che l'amica si era spaventata all'idea dell'asilo. Fra tutte, Maria era quella che meno poteva permettersi ritorsioni. Franca lo sapeva e, nonostante lo avesse fatto in buona fede e spinta dall'entusiasmo, si pentì di averle parlato e si ripromise di non metterla più in mezzo. Doveva proteggerla e pensare solo a come portare avanti la sua idea.

9

Un aprile piovoso e opaco fece scordare a tutte la siccità delle settimane precedenti. Sul lato sud della Manifattura le gronde gocciolavano di continuo e il timido tepore del primo sole di primavera avvolgeva lo stanzone delle sigaraie con un che di gentile e rassicurante. Qualche volta era spuntato pure l'arcobaleno dopo quelle piogge improvvise e quotidiane e il cielo sembrava più vicino alla terra. La natura giocava a confondere ciò che in estate splendeva invece chiaro nella luce.

Il signor Enzo, quando gli scrosci cessavano, apriva le finestre per far cambiare l'aria e diceva sempre che respirare l'aria della pioggia appena scesa faceva bene.

A Maria piaceva l'odore che entrava dopo un acquazzone, sapeva di pulito, di terra e di erba. Aprile era sempre stato uno dei suoi mesi preferiti perché era l'anello che teneva insieme buio e luce, freddo e caldo. E perché in aprile suo marito scendeva con altri braccianti a lavoro nei campi della costa sud e la sera tornava così stanco che mangiava, crollava e si scordava perfino che lei esistesse.

Franca era di malumore.

La scatola coi sigari di prima qualità che le era stata chiesta era pronta. Non era una sua mansione e non capiva perché le avessero dato un compito che era delle confezionatrici. La incartò accuratamente, legò la velina con lo spago incerato e la posò sul bancone di fronte agli uffici, poi frettolosamente tornò alla sua postazione.

Ninni dal vetro osservò la scena. Prese la scatola e chiamò la ragazza con tono di rimprovero. «Signorina Anello! Venga immediatamente in ufficio! Le sembra questo il modo di presentare una confezione di sigari pregiati? Sono un omaggio per il primo ministro Di Rudinì, nostro illustre concittadino che verrà in visita alla Manifattura.»

Era la prima volta che le rivolgeva la parola davanti a tutte.

Le sigaraie sapevano che quella richiesta era assurda, non spettava loro occuparsi delle confezioni. Lena e Annamaria drizzarono immediatamente le orecchie, guardarono Franca, poi si scambiarono un'occhiata preoccupata. Chissà cosa aveva in mente quello lì.

Franca si alzò, il volto serio e lo sguardo accigliato, strinse i pugni fino a far diventare bianche le nocche e a passi svelti raggiunse la porta che separava la sala di confezionamento dalle stanze della contabilità.

«Entri pure, signorina.»

«Signore, sono mortificata» disse subito Franca una volta varcata la soglia dell'ufficio. Così era quello il suo mondo, il mondo di Ninni, una stanza austera con una grande scrivania lucida di legno scuro, ricoperta di documenti.

Il giovane si chiuse la porta alle spalle e si poggiò alla maniglia con la schiena, poi rivolse a Franca uno sguardo indecifrabile. «E per quale motivo saresti mortificata?» chiese ridendo, con tono adesso confidenziale.

«La confezione, signore. Io non avevo compreso, ho fatto del mio meglio. Sono una sigaraia non una confezionatrice, loro sono più brave a impacchettare, mi scusi.»

Ninni rise ancora. «Sei proprio sciocca, ti facevo più furba» le disse continuando a darle del tu. «Non hai capito che era solo una scusa per averti qui?»

Franca trasalì per la sfacciataggine, ma rispose subito: «Signore, io devo tornare al lavoro, non sta bene che una ragazza venga qui da sola».

Ninni le si avvicinò lentamente, una mano in tasca, l'altra a sfiorarle il fianco.

«Tu mi stai facendo uscire pazzo, lo sai vero?»

Franca non si mosse, non un fremito, non un cedimento, nulla.

«Dunque vorresti dirmi che non ti piaccio?» la provocò.

Si sentiva braccata, doveva levarsi subito di impiccio, quella situazione poteva portarle solo guai. «Signore? Se non serve altro io andrei, devo finire il lavoro.»

«Ti tengo d'occhio da un po', da un bel po'» continuò Ninni, sventolando l'indice senza mai togliere la mano dalla tasca dei pantaloni di fustagno.

«Signore, io mi preoccupo solo di fare bene il mio lavoro» rispose la ragazza, tenendo gli occhi bassi. Aveva le mani lungo i fianchi, ma un nodo le stringeva lo stomaco.

Ninni si avvicinò al volto della ragazza, arrivò a sfiorarle le labbra. Franca, che era scaltra, scivolò di lato e inforcò la porta.

«Signore, devo proprio andare» disse uscendo di corsa, e quando raggiunse il suo bancone il fiato corto e il viso rosso parlavano per lei.

Lena e Annamaria si scambiarono uno sguardo d'intesa.

«Megghiu idda che Rosa. Idda è più scaltra, più furba, lo terrà a bada» sussurrò Lena a occhi bassi, continuando a rollare. L'allarme della sirena riportò Lena alla realtà. Radunò gli scarti, e consegnò i suoi sigari al signor Enzo che non sollevò nemmeno la testa, intento com'era ad armeggiare con uno strano oggetto. Attese che finisse, ritirò quanto le spettava e attese le altre.

Lei e Annamaria raccomandavano sempre alle ultime arrivate di non inguaiarsi coi capi. Dato che nessuno di quei giovanotti avrebbe mai sposato un'operaia, ci si sarebbe solo divertito il tempo di slacciarsi la cintura e calarsi i pantaloni. Esattamente come facevano tutti i signorotti coi soldi, quelli che mandavano le carrozze ai cancelli, con la differenza che loro pagavano.

«I picciriddi che nascono non ne hanno di colpa, ma delle madri restano. Nobili o no, appena sentono di aver fatto danno, sono buoni solo a scappare» ripetevano alle ragazze.

Franca, quando le ascoltava, non poteva che chiedersi se fossero davvero tutti così. Aveva visto spesso Mela salire sulla solita carrozza, era anche capitato che i loro occhi si incrociassero, ma solo per un attimo. Franca aveva distolto subito lo sguardo per non metterla a disagio, ma ogni volta un fiotto acido le risaliva su per la gola.

La fine della giornata era arrivata per tutti, anche se alla Cala, la zona più animata di Palermo, dove le navi caricavano e scaricavano e poi ripartivano, gli uomini sbrigavano i loro affari e lo facevano fino a quando la notte si faceva scura. Ninni e i suoi amici per andare al bordello quella sera presero dal mare. Passarono davanti alla Catena, la chiesa di pietra chiara dai ripidi gradini che prendeva il nome dalla lunga e massiccia catena che per questioni di sicurezza chiudeva l'accesso al porto commerciale. I giovani attraversarono il Cassaro verso piazza Marina e imboccarono lo stretto vicolo che portava al casino. Se Franca era sfuggita mentre cercava di baciarla, Giuseppa non si sarebbe sottratta alle sue richieste, dopotutto la pagava.

La ragazza lo accolse col consueto sorriso, gli si strusciò addosso come una gatta in attesa di capire cosa lui desiderasse. Ninni la fece girare, non sopportava di rivedere sulle altre donne l'espressione che aveva visto sul volto di sua madre mentre lo zio le baciava il collo. Quell'espressione languida e di totale abbandono non poteva appartenere alla donna che con lui era sempre così rigida e distaccata. Per lui, che all'epoca era poco più che un ragazzino, era stato peggio di uno schiaffo in pieno viso. Quella che aveva visto era una cosa da buttane, non da madri di famiglia, non da donne per bene.

Lui le donne voleva possederle, con la forza. Ed era convinto che solo così poteva dominarle. Gli interessava più il proprio di piacere che il loro, ed era sicuro che soltanto per il fatto di essere possedute da lui non se lo sarebbe più scordato. Quella sera in Giuseppa rivide Franca. Solo il pensiero lo eccitò al punto che si lasciò andare e pronunciò il suo nome gemendo.

«Quindi chi sarebbe questa Franca?» gli chiese Giuseppa ammiccando mentre si rivestiva. «Devo essere gelosa?»

«Non è nessuno, mi venne d'accussì» mentì Ninni, infilandosi la camicia nei pantaloni.

«Ninni, Ninni, ti conosco troppo bene ormai, a mia un me la cunti giusta. Sentiamo, che ha di tanto speciale questa Franca che io non ho?»

«Non dire fissarie, non è nessuno e non ha proprio niente di speciale» rispose lui, afferrando il portafogli. «E ora zittuti.»

«Uh come siamo permalosi... Va bene, non è nessuno questa Franca, ti lascio contento così» gli disse la ragazza accarezzandogli le spalle mentre Ninni posava le monete sulla misera toeletta accanto al letto.

Quando uscì di lì non aveva alcuna voglia di scherzare con gli altri. Il suo umore cupo era palpabile e nessuno degli amici gli chiese nulla. La regola tacita era che se un uomo che va a puttane esce scontento, lo si lascia cuocere nel suo brodo. Ma Ninni non era scontento, aveva solo capito che Franca non gli si sarebbe mai concessa così, arrendevole e accondiscendente come la ragazza cui aveva appena lasciato una lira e cinquanta centesimi.

10

Il baronetto, invece, a Mela dava una lira solamente e a senso suo
bastava e avanzava, ché era quanto una iurnata ri travagghio per lei.

«Mela, Mela, ti farò la regina del mio cuore e di questa casa»
le sussurrava, indicando le mura della camera in cui si incontravano. «Non ho occhi che per te, lo sai. Questo sarà il nostro rifugio, diventerà la tua stanza un giorno. Hai mai avuto una stanza
tutta tua?»

Mela scrollava la testa, in silenzio, sentendosi confortata dalla
speranza che un giorno avrebbe potuto vivere in una casa vera.
Provava disgusto nei confronti dell'uomo per quello che la costringeva a fare e lui, percependolo, le faceva delle promesse che
avevano il potere di ammansirla.

I debiti lo stavano soffocando, aveva anche chiesto soldi al
duca suo cugino pur sapendo che non glieli avrebbe potuti restituire. Avrebbe dovuto vendere la casa in campagna, non c'era
alternativa. Era l'unico modo per recuperare un po' di liquidità.
A differenza del cugino, lui i figli li aveva e già grandi. Era a momenti ora di maritarli e sua moglie glielo ricordava ogni pizzuddo.
Pure quella di rogna, non ci bastavano i debiti.

Non per i picciotti, erano bravi e sistemati sia i maschi sia le
femmine, ma fra dote, preparativi e cerimonia ci voleva un capi-
tale e lui quei soldi non li aveva. La campagna rendeva troppo
poco e la manutenzione di tutte le proprietà era gravosa. Ogni
giorno ce n'era una. Cose che si rompevano, cose da verniciare,
cose da ricostruire. Il baronetto aveva la roba, ma la roba non

porta soldi, se li asciuga tutti. E a breve quella roba doveva cominciare a venderla. Non le tenute, quello no, ma quadri, mobili, porcellane e forse pure qualche gioiello.

Doveva chiedere una proroga al duca, quello di problemi non ne aveva. Si era messo a gestire affari di lavoro e le cose gli andavano bene. Come gli era saltato in testa non si sa. Lavoro. Ma si era mai sentito di un nobile che lavorava? Si vedeva che i tempi stavano cambiando. Tutti 'sti pidocchi arrinisciuti travagghiavano assai, si arricchivano e volevano fare gli splendidi e competere con chi aveva i titoli. La loro rovina erano invece, e nuddu 'u capiva.

Il baronetto piangeva le sue miserie e a pochi isolati da lui una donna piangeva per il sangue che le aveva macchiato la biancheria: la contessa Margherita.

«Ho un ritardo» aveva detto raggiante al marito la settimana prima. «Forse ci siamo.»

L'uomo si era sentito sollevato per lei, ma la felicità in casa era durata ben poco. Dopo qualche giorno il mestruale si era ripresentato. Forse il cambio di stagione o forse il nervosismo della donna avevano solo ritardato l'appuntamento mensile alimentando una falsa speranza.

Eppure lei era convinta che quella sera a Napoli qualcosa era successo. Si sentiva diversa, tanto che quando il marito si era congedato per tornare nella sua stanza gli aveva detto: «Questa volta ci siamo, me lo sento». Il duca le aveva sorriso: «Se te lo senti sarà sicuramente così, ne sono certo». E aveva indugiato facendole una carezza.

Appena aveva visto le macchie, Margherita si era messa a urlare, avevano dovuto chiamare il medico per farla calmare e nei giorni successivi si era rifiutata di alzarsi dal letto e di mangiare.

Solo quando suo marito tornò a farle visita la notte, una volta che non era più indisposta, si decise a rimettersi in piedi e a sedersi a tavola.

«Il mondo è spartito male, duchessa. Cu ave denti non ha pane e cu ave pane non ha denti» ripeteva sempre la sua cameriera per consolarla.

«Non è giusto, perché proprio io?» mormorava, avvilita.

Margherita aveva tutto: una casa sontuosa, abiti sfarzosi e gioielli, servitù e comodità, ma il suo cuore soffriva perché le mancava ciò che per lei era fondamentale per essere appagata, un figlio tutto suo. Di tutte le donne che conosceva, nessuna aveva penato così tanto per rimanere incinta. Dove guardava, vedeva picciriddi e fimmine in gravidanza. Sembrava che la vita andasse avanti ovunque tranne che sotto il suo tetto.

Ogni domenica si recava alla cattedrale, pregava la Madonna e la Santuzza nella sua cappella alla destra dell'altare. Dietro la cancellata di rame risplendeva l'altare di argento massiccio sul cui paliotto era raffigurata santa Rosalia. Alle spalle la parete color porpora, colpita dalla luce spiovente, mandava riflessi violacei.

La cappella di santa Rosalia aveva un fascino particolare, con i grandi lampadari a goccia e i fiori che la adornavano. Era l'angolo più ricco e visitato della chiesa, attorno cui i devoti si radunavano in preghiera.

Dopo essersi inginocchiata e aver invocato l'aiuto della Santuzza, Margherita si spostò alla cappella della Madonna della Lettera, che conteneva un dipinto antichissimo dal fondo oro raffigurante la Vergine col bambino.

«Maria, tu che un figlio lo hai avuto, aiutami a diventare madre. Ti prego, il mio cuore è disperato e il mio ventre sterile, ma tu che puoi tutto, tu che sei la madre di Gesù nostro Signore, ascolta le mie preghiere.» Margherita sussurrava le suppliche sottovoce, a mani giunte, si segnava più e più volte nella speranza che qualcosa cambiasse.

La Madonna e santa Rosalia erano donne come lei, ne sapevano di miracoli. Forse se lo avesse chiesto con tutte le sue forze gliene avrebbero fatto uno pure a lei.

11

«Fra', pigliala e alzaci le gambe. Bastiana, mettici una cosa dietro la testa!» Lena impartiva ordini mentre dava degli schiaffetti sulle guance di Maria. Perfino le lentiggini sembravano svaporate.

«È solo svenuta» disse al signor Enzo che camminava avanti e indietro e intimava a tutte di non fermarsi, di non voltarsi che non c'era proprio niente da guardare.

«Che è, arrè incinta niscio?» chiese l'uomo a Lena, sottovoce per non farsi sentire dalle altre.

La donna lo guardò stupita, non si aspettava quella domanda: da quando lo conosceva, il signor Enzo non si era mai immischiato nelle cose da fimmine.

«Ma chinne sacciu? Mica sugnu sua madre!»

«Ti pare ca scimunito sugnu?» la incalzò il responsabile.

Lena si chinò senza rispondere, prese Maria per mano e la chiamò. La ragazza riaprì gli occhi e si guardò attorno spaesata, senza capire cosa fosse successo.

«Fa' piano, Mari'. Ti sei sentita male, sarà per 'sto caldo, manca l'aria qua» disse Lena, voltandosi verso il suo superiore con sguardo di sfida. «Ora bevi 'sto poco d'acqua, che passa tutto.»

«Scusate, scusate tutti, non so proprio cosa mi è capitato» farfugliò Maria, puntellandosi sui gomiti. «Mi scusi, signor Enzo, non succederà più, mi rimetto subito a lavoro.»

«Che succede qui?» Ninni, sbucato dal nulla, si avvicinò a Maria. «Vedo che qualcuna oggi deve essere cancellata dal libro paga! Non siete qui per sdraiarvi sul pavimento.»

Franca si avvicinò all'amica, la aiutò a sollevarsi e piantò i suoi occhi neri dritti in quelli del ragazzo. Lo fissò con una tale intensità che Ninni fu costretto, suo malgrado, ad abbassare lo sguardo, cosa cui non era affatto abituato.

«Su, Maria, non è niente. Ormai ti manca poco per finire, giusto due sigari» disse scandendo bene le parole affinché tutti sentissero, soprattutto Ninni.

Lui, visibilmente seccato, voltò loro le spalle e, prima di tornare nel suo ufficio, sussurrò qualcosa all'orecchio del signor Enzo, che tutt'a un tratto si irrigidì e cambiò espressione: i muscoli della mandibola si strinsero e gli occhi ingrigirono.

«Toti» esordì Ninni, irrompendo nell'ufficio del suo socio, «mio padre mi ha sempre messo in guardia, le femmine pericolose sono. Bisogna tenerle in pugno o sguscianno via come le sarde, e questo posto è pieno di sarde più del mare, non ti pare?»

Toti non aveva idea di cosa il giovane stesse dicendo e, sbigottito, lo guardò camminare avanti e indietro con gli occhi di fuori.

«Qua svengono, perdono tempo, ogni scusa è buona per non travagghiare, e noi dovremmo pure pagarle!»

«Ninni, non ci sto capendo niente, che è successo?»

«Nenti, quella Maria prima perse tempo ad asciugarsi il sudore, e lì ho chiuso un occhio; ora svenne, e ci dissi a Enzo di non darle paga per oggi. Capace che è ancora incinta.»

«Ah può essere pure, il problema di lavorare con le femmine è che non fai a tempo a girarti che una o l'altra hanno già la pancia gonfia sotto il grembiule» commentò Toti.

«Ragione hai. Lavorano, non danno le rogne che danno gli operai ma sono una camurria, hanno sempre un picciriddu attaccato alle cosce. Comunque a quella Maria già glielo avevo detto la volta prima: non ti arricampare più con i picciriddi, sennò ti butto fuori» ribadì Ninni.

«Facisti buono cumpa', è bene che sappiano chi comanda qui» disse Toti, convinto del fatto suo.

«Ora mi chiamo quella che lavora con lei e vediamo se parla o se è di panza come le altre» concluse Ninni prima di tornare nel suo ufficio.

Il risentimento di Ninni verso le donne aveva un volto preciso ed era quello di sua madre. Sua madre che non stava mai con lui, che gli aveva appioppato quella tata odiosa e ignorante come la terra che, di nascosto da tutti, lo puniva e lo trattava come l'ultimo dei picciriddi. Sua madre che manco lo guardava, presa com'era dalle proprie faccende.

Era stato lui a trovarla, pochi anni prima, fra le braccia di zio Michele nello studio di casa sua. Il marito era partito da un paio di giorni per affari e lei? Si era buttata senza ritegno fra le braccia di uno dei cognati. Li aveva sorpresi avvinghiati. Lui con la faccia affondata nel suo collo, lei con le testa reclinata all'indietro e un'espressione voluttuosa che non sarebbe mai riuscito a dimenticare, neppure da adulto.

«Ninni, io... Ninni, tu non capisci» aveva balbettato lei.

«Che cosa dovrei capire, madre? Mi basta quello che ho visto.»

Quando suo padre tornò, spedì il fratello fuori a Palermo e intimò alla donna di non dargli più confidenza di quella necessaria a mantenere le apparenze. Uno scandalo era proprio l'ultima cosa di cui aveva bisogno in quel momento delicato per i suoi affari.

«Padre, come potete continuare a tollerare la presenza di quella donna in questa casa?» aveva chiesto Ninni sentendo litigare i genitori.

Il risentimento del giovane covava sotto la cenere da giorni: non faceva che pensare alla scena che aveva visto nello studio, alla lascivia sul viso di sua madre. Con lui era sempre stata distante e formale, incapace di lasciarsi andare a un gesto d'affetto, eppure, abbandonata fra le braccia di un uomo che non era suo padre, si era trasformata in una persona completamente diversa.

«Le femmine sono tutte così, o le tieni occupate a fare figli e ad accudirli o guai combinano. E cchiù schiffarate sono cchiù danno fanno» aveva risposto suo padre. «La vedi tua madre? Ha le serve, le faccio passare tutti i capricci e lei? Fece danno, diso-norandomi sotto il mio stesso tetto. Senti a me, figghio mio, sono tutte buttane, anche quelle ca parono sante, che fanno le preziose e poi sono le peggio di tutte.»

Quelle parole si erano impresse nella testa di Ninni. Suo padre non era riuscito a tenerne a bada una, lui sarebbe riuscito a farne rigare dritte cento.

«Bastiana, il signor Ninni ti vuole in ufficio. Subito» disse a un trat-to Enzo con un tono che non era certo da lui.

Bastiana aveva l'aria preoccupata, temeva che anche per lei ci sarebbero state conseguenze; non ne poteva più di quella storia. Si alzò e spedita si diresse verso gli uffici, senza nemmeno degnar-si di rivolgere uno sguardo alle altre. Non era mai stata oltre la stanza dei sigari, nessuno l'aveva mai interpellata, men che meno uno dei capi, anche se a senso suo avrebbero dovuto farlo, dato che lei sapeva sempre tutto di tutte.

Le mani nervose stringevano i bordi del grembiule: essere in coppia con Maria aveva portato solo rogne, proprio a lei doveva toccare? Cercava di pensare a cosa avrebbe dovuto fare, ma una cosa era certa: se le levavano la giornata avrebbe raccontato tutto, ché non era colpa sua se il lavoro andava a rilento e per lagnusa non ci voleva passare.

«Quella ora canta e io mi posso stare a casa ancora prima che nasce 'sto nutrico» sussurrò Maria a Franca, mentre abbassava gli occhi sulla pancia. Si sedette e, con le lacrime che le solcavano le guance, cercò di portare a termine il lavoro.

Franca la guardò e poi si girò verso Rosa. Era sconcertata: non sapeva che dire, né cosa pensare.

Rosa di rimando si era voltata verso Maria, seduta a pochi pas-si da lei. Poteva intuire come si sentiva: era ansiosa e preoccupata, le mani le tremavano, si voltava di continuo verso l'ufficio di Nin-ni. Il naso costellato di minuscole efelidi cominciò a gocciolarle e istintivamente la ragazza lo asciugò passandoci la manica della camicia.

«Santa Rosalia, vi prego, fate che Bastiana si sta zitta o Maria è nei guai. Appena scoprono che è incinta, si può scordare 'sta giornata e pure le prossime.»

Franca guardava Rosa pronunciare con un fil di voce le sue litanie. «Non serve pregare la Santuzza. Piuttosto sbrigati con questi e arrotola pure quelli di Maria, prima che con 'sta scusa che è svenuta le levano i piccioli che si è sudata.»

Franca terminò la sua commessa e col permesso del signor Enzo si mise al posto di Bastiana. Cercò di tranquillizzare Maria con un sorriso, ma servì a poco.

«Che starà facendo chidda lì dentro?» le chiese l'amica sottovoce.

«Ma chinne sacciu, capace che Ninni la sta inquietando, chiddu a mia un mi piace per niente».

Con l'arrivo di maggio il caldo cominciò a farsi sentire, ma spesso tirava vento e l'afa era mitigata dalle raffiche che dalla terra soffiavano verso il mare, scendendo dalle montagne.

Erano quasi le cinque del pomeriggio e dalle finestre l'aria portava un po' di refrigerio alle sigaraie. A minuti la sirena avrebbe dato il via libera a tutte le operaie della Manifattura, ma Bastiana non tornava.

Lena intuiva la preoccupazione di Maria ma non sapeva che pensare, non le erano sfuggiti lo strano atteggiamento di Ninni e la reazione del signor Enzo. Cominciò a ritirare le commesse delle sigaraie lasciando Maria per ultima, voleva capire se l'avrebbero pagata.

Quando fu il suo turno, Maria depositò nelle mani del signor Enzo i sigari terminati. Lui le riservò un sorriso sincero, lo sguardo però era sfuggente e tradiva un nervosismo che non gli apparteneva. «Maria, oggi è l'ultima volta che puoi prenderti pause e andare in bagno quando ti pare. La prossima volta che succede, te ne devi andare.» Poi, abbassando gli occhi, aggiunse in un sussurro: «Mi spiace, ordini dall'alto».

Subito dopo si voltò a impilare i sigari negli appositi contenitori da inviare al confezionamento, mentre Maria restava impietrita davanti a lui, aspettando il compenso della giornata.

Sentiva lo stomaco chiudersi e la nausea salire, già quella prima fase della gravidanza la stava piegando, la paga mancata non ci voleva. Chiese con un filo di voce se ci fosse altro.

L'uomo nemmeno si girò. «Per oggi picciuli un cennè pi tia, mi spiace» disse sommessamente.

A poco a poco tutte si incamminarono verso le scale, tutte tranne una che ancora era chiusa nell'ufficio di Ninni.

I singhiozzi di Maria si facevano sempre più forti, Franca e Rosa la sorreggevano a braccetto e cercavano di rassicurarla. I ricci castani le si appiccicavano al viso bagnato di lacrime.

«Non fare così, che il bambino soffre, ti aiutiamo noi.» E insieme misero mano alle loro paghe per dargliene una parte: forse sarebbe bastato per scongiurare il rischio che una volta a casa le prendesse dal marito.

«Non posso accettare, non è giusto. Ho lavorato per tutto il tempo e non mi hanno pagata solo per quei pochi minuti che sono svenuta.» Maria era affranta e si sentiva svuotata, faticava a stare in piedi. Le amiche cercavano di farle coraggio, ma lei già pensava a ciò che l'aspettava a casa e avrebbe voluto scappare. Quei pochi spiccioli avrebbero mandato Nino su tutte le furie, già lo sapeva, e lei aveva un figlio in grembo da proteggere.

«Vedrai che presto starai meglio» cercò di rassicurarla Rosa, ma Maria non le credette. Cosa poteva sapere una ragazza senza figli né mariti dalle mani lunghe?

«Già ci lassavo Giuseppe a me matri chè nuddu poteva taliarlo. 'U lassavo per travagghiare e ora? Come farò con due picciriddi? Voi non avete idea... Me maritu...»

«Non ci pensare, devi solo stare bene tu» le disse Franca. «Il resto poi, comu veni, si cunta.»

«Fra', se Dio vuole a me mi tocca imbottire sigari finché nasce 'sto picciriddu e poi con che faccia me lo porto qua dopo quello che è successo oggi? Il signor Enzo già mi risse che non posso cchiù pigghiarmi pause.» Singhiozzi e lacrime attiravano fin troppi sguardi, ma Maria non riusciva a calmarsi.

«Smettila di piangere ca ti talìano tutte. Avanti, ti dico che non ti devi preoccupare. Le cose cambiano, può essere che da qui a che nasce il picciriddu troviamo una soluzione» insisté Franca, asciugandole le lacrime col fazzoletto buono, quello che teneva in una tasca del grembiule e che non usava mai per non sciuparlo. Era un regalo della madre di Rosa e per questo lo portava sempre con sé: era una delle poche cose che possedeva.

«Fra', lo sapevo che eri pazza» le disse Maria, «ma non fino a 'sto punto. Quale soluzione si deve trovare? Qua un miracolo serve!»

Rosa si accorse che Franca si era fatta di sale, mentre il volto le si rabbuiava. «Maria, senti a me, Franca sa quello che dice, statti accorta e pensa alla salute tua e del bambino. E accanza piccioli se puoi, per i giorni che non lavorerai. Intanto inventaci una scusa a tuo marito, digli che per adesso ti pagano di meno e metti di lato qualche cosa.»

Maria guardò l'altra con aria rassegnata. «Non mi fare parlare assai, Rosa. I piccioli non ci bastano mai, sape iddu dove se li mastica tutti» disse sottovoce, e chinò il capo come se di colpo un enorme peso le si fosse appoggiato sulle spalle.

Franca ascoltava e a stento riusciva a trattenere la rabbia che le montava in corpo. Stringeva i pugni e cercava in Rosa un cenno d'intesa, ma l'amica la guardava con la solita occhiata torva, quella che diceva di non immischiarsi.

«Amunì, non è il posto dove discurrere chisto» tagliò corto Rosa e si spostò di lato, sulla via più breve per arrivare ai cancelli.

«Tu ora te ne vai a casa e non ci pensi più. Ti aiutiamo noi, siamo d'accordo?» aggiunse Franca decisa.

Maria la guardò con gli occhi rossi e le prese le mani tra le sue. «No Fra', non c'è proprio niente che va bene, e lo sai» rispose, allontanandosi a passi lenti verso casa.

Le due ragazze l'accompagnarono con lo sguardo, quasi una carezza sulle spalle curve dell'amica su cui ricadevano i morbidi capelli. Avrebbero voluto accompagnarla e sorreggerla, ma dovevano rientrare prima che facesse scuro. Le voci in sottofondo cantavano di amori travagliati e di una felicità rincorsa ma che non si poteva raggiungere.

Donna, ca duni acqua a dui vadduna,
e un poi furmari mai ciumi correnti,
donna ca amannu vai a tanti patruna,
e un li po' fari a tutti mai cuntenti,
amanni unu cu cori custanti,
e l'autri levatilli di la menti;
pirchì tu donna, pi amarinni a tanti
t'abbruci, ti consumi, e nun fà nenti.

Franca si unì al coro e Rosa la seguì immediatamente.

Ma quel giorno il canto non servì a spegnere i loro pensieri. Mentre Franca pensava a come aiutare Maria e tutte le donne nella sua stessa condizione, a Rosa il testo della canzone fece venire in mente quel ragazzo che di tanto in tanto incrociava al mattino al ritorno dal lavoro, mentre era intento a sistemare la barca. A Franca non aveva detto nulla, preferiva custodire l'emozione che aveva provato la prima volta che lo aveva visto per il timore che potesse svanire.

Sul ritornello le voci presero forza, vibrarono calde e intonate, si mischiarono le une alle altre. Ognuna di quelle donne aveva il suo carico di pensieri e trascinava i piedi per la stanchezza, eppure c'era in loro una luce negli occhi che brillava di coraggio e fierezza.

Da lontano Bastiana, che aveva appena sceso la rampa di scale, osservava le altre cantare. Nessuna si era preoccupata per lei, nessuna l'aveva aspettata o cercata. Solo in quel momento, in piedi in mezzo al cortile deserto, capì di non essere una di loro. La verità è che era sola e nessuna delle compagne di lavoro avrebbe mosso un dito per venirle in aiuto.

Maria camminava nonostante continuasse a sentirsi stanca: sentiva caldo, la temperatura alta di quei giorni l'aveva ancor più indebolita. Pensava a Giuseppe che cresceva lontano da lei, pensò a Bastiana e una morsa le chiuse lo stomaco. Era sfinita. Era così ingiusto quello che le era capitato, così umiliante.

Avvertì una fitta all'addome, si fermò di colpo e si chinò, poi arrivò un'altra fitta più forte. Il sangue scese copioso a macchiare la terra.

«Aiuto, aiutatemi» gridò, rivolta al gruppetto di donne che la precedeva.

Due di loro si fermarono e la raggiunsero. L'ultima cosa che vide fu la faccia preoccupata di Domenica, la cugina di Lena. Poi il buio.

12

Franca e Rosa seppero quello che era accaduto a Maria l'indomani mattina, appena varcati i cancelli.

Lena le prese da parte nel cortile di via Gulì spiegando loro che l'amica aveva avuto un aborto. E non era tutto. «Bastiana ha cantato come un gallo, spiuna che non è altro, ma tanto ormai non c'è più niente da ammucciare. Ormai il picciriddu non c'è più, ma se c'era, per Maria erano guai.»

Franca avrebbe voluto strappare la lingua a Bastiana, era sicura che quella scimunita aveva detto tutto a Ninni solo perché lui l'aveva minacciata di levarle la giornata. «Questa me la paga, eccome se me la paga, 'u Signure è grande e la ruota gira per tutte» sibilò tra i denti, poi salì svelta al piano superiore, in silenzio, senza dare confidenza a nessuno.

Lena che aveva sentito tutto le si avvicinò. «Franca, senti a me, un fare abbili cu Bastiana, è una curtigghiara.»

«Lena, Bastiana avrà quello che si merita un giorno, ma intanto noi qualcosa la dobbiamo fare, per Maria e per tutte le altre. Una soluzione si deve trovare e io già ho un'idea in mente.» Le scoccò un'occhiata decisa e le fece segno di avvicinarsi.

Rosa vide l'amica sussurrare qualcosa all'orecchio di Lena. La donna spalancò gli occhi e la guardò come si guarda una che ha perso il senno di colpo.

Sapeva che stava macchinando qualcosa e, dopo averla vista parlare con Lena, i suoi sospetti si fecero certezze. Da tempo aveva una delle sue idee in testa e quella testa era cchiù dura della ciaca.

Franca prendeva tutto di petto. Quando la rabbia le ribolliva dentro, pareva il Mungibeddu: sputava parole come 'a Muntagna sputava pietre e fuoco e solo guai cumminava. Doveva calmarla prima che fosse troppo tardi.

La raggiunse nella fila per ritirare i mannocchi e le sussurrò all'orecchio: «Maria si riprenderà. Hai sentito Lena? Sua cugina se la spirugghia meglio di una levatrice. Da quello che dice pare che Maria sta bene. Ringraziando 'u Signure il sangue si è fermato e tra qualche giorno potrà tornare al lavoro. Sono cose che succedono, ne arriveranno altri di picciriddi, si vede che non era destino».

Franca si voltò di scatto e la trafisse con un'occhiata. «Ro', ma che dici? Ma quale destino e destino? Maria ha perso il bambino e non si può alzare dal letto per quanto è debole, quasi ci restava secca. Ormai abita lontana e manco possiamo andare a trovarla. Io finché non la vedo coi miei occhi non sto tranquilla.»

«Sono cose che succedono. Maria è forte e si riprenderà presto» insisté placida Rosa, sistemandosi il grembiule in vita.

Franca scuoteva la testa. «Non basta, non si può andare avanti così. Ho pensato che la soluzione migliore per tutto è trovare un posto per i picciriddi. Ci vuole una stanza dove tenerli» disse d'un fiato.

«È questo ca ci ricisti a Lena poco fa?» le chiese l'amica.

Franca annuì in silenzio, prese i mazzi di foglie di tabacco e si diresse alla sua postazione.

Rosa rinunciò a discutere, le sembrava che quell'idea fosse una cosa folle, che fosse troppo pure per lei. Per il resto della giornata non ne parlarono più. Alcuni progetti somigliano più a sogni che a idee realizzabili. Come il fumo provocano un piacere illusorio destinato a svanire in fretta, e Rosa sperava che Franca a quella cosa dei picciriddi non ci pensasse più.

Il pozzo al centro del cortile era profondo una ventina di metri. Quel buco scavato proprio in mezzo agli edifici era il fulcro della Manifattura. Da lì si attingeva l'acqua per la prima lavorazione del tabacco e per i servizi igienici. Lì arrivavano le falde acquifere più profonde e ricche, nessuno ricordava di averlo mai visto asciutto. Tutto intorno il fabbricato era intonacato di rosso, ma solo esternamente: un colore insolito per una costruzione così imponente. A molte delle donne non piaceva perché sembrava una tinta troppo sfacciata per un posto pieno di femmine che travagghiavano; dopotutto quella era una fabbrica, mica un bordello, anche se qualcuno là fuori lo considerava tale – solo che le ragazze le mandavano a prendere in carrozza invece di andarci di persona.

Era al pozzo che le storie dei pochi uomini che lavoravano lì dentro si incontravano con quelle delle donne. Franca sapeva che le notizie più interessanti passavano di lì e talvolta di prima mattina indugiava nei paraggi, prima di salire nello stanzone. E proprio in una di quelle occasioni le era capitato di ascoltare un uomo, uno che era ammanicato coi sindacati e sapeva molte cose. Conosceva un sindacalista esperto in città, uno che si era messo a disposizione dopo che alla Fonderia Oretea c'erano stati forti malcontenti, tanto che puru 'u padrone, Ignazio Florio, ci era andato a discutersela con i lavoranti.

Col passare dei giorni Franca aveva raccolto storie e notizie incoraggianti, che subito aveva riferito a Rosa.

«So che ci sono state lamentele negli altri stabilimenti e alla Fonderia in città, perché gli operai dovevano travagghiare troppo e malamente, così raccontavano» disse un giorno, mentre addentava un tozzo di pane e cipolle, seduta al suo bancone. «Ho sentito che uno diceva che lamentarsi non serve, che si deve scioperare perché solo così, se non travagghi e gli fermi la fabbrica, i padroni si scomodano. Ci devi toccare i piccioli...»

Rosa masticava lentamente e la ascoltava senza troppa convinzione. «I padroni non danno retta agli operai, figuriamoci alle femmine.»

«Io ci voglio provare. Se queste si convincono, forse qualcosa qui dentro cambia. Io il posto di Maria vuoto non lo posso vedere» replicò mestamente, alzandosi in piedi per scrollarsi di dosso le briciole.

Ai tavoli tutt'intorno ognuna mangiava un boccone, quel che bastava per non scoppare a terra; gli occhi bassi, le cuffie strette in testa, gli sguardi assenti. Quelle coi picciriddi rinunciavano a mangiare pur di occuparsi dei figli. Si chinavano a terra in un angolo e si posavano i neonati in grembo perché non avevano dove cambiarli, li avvolgevano in fasce asciutte e porgevano loro il seno, girandosi verso il muro per pudore.

«Guardale, Ro'. Guardaci, sembriamo dei cani in gabbia. Siamo talmente abituate a calare la testa che tutte le soverchierie per noi sono buone» disse sottovoce ma con tono accorato, indicando le altre donne nella stanza. «Quando Maria tornerà, cosa le diremo? Le avevamo promesso aiuto...»

Rosa quel giorno aveva poca voglia di starla a sentire. Pensare all'amica le faceva venire un groppo in gola. Voleva solo tornare al lavoro il prima possibile per non arrivare alla sirena con gli avanzi di tabacco come la sera precedente. Lei, i pensieri tristi, proprio non ce la faceva a inseguirli. Preferiva allontanarli dalla mente e rivolgere la sua attenzione ad altre cose. Vedeva il buono ovunque e in chiunque, era più forte di lei. Non sapeva portare rancore e non si curava troppo delle faccende che non la riguardavano. «Fra', senti a me, pensiamo alle cose da finire ora, mi manca il ripieno di almeno tre sigari, perciò sbrigati. Tu ti pigli troppi pensieri che non ti spettano. Maria tornerà a giorni e per un poco starà bene.»

Capita la malaparata, Franca non rispose. Rosa però sapeva che quel silenzio non lasciava presagire niente di buono ma fece spallucce, la giornata ancora non era finita e mancavano ancora diversi sigari nella griglia da mandare all'essiccatoio. Nella mente in quei giorni c'era solo un pensiero, Turi.

Doveva essere quello il nome del ragazzo che aveva visto con le reti in spalla. Rosa se lo ricordava da quando accompagnava suo padre al mercato. Sua madre le aveva detto che si era fatto un bel giovanotto ma lei, che travagghiava sempre, non lo aveva visto più. Sapeva che era senza genitori e che viveva con la zia, ma nonostante tutto, da ragazzino era sempre contento e saltava come un grillo attorno alle casse del pesce. Il ricordo le strappò un sorriso.

«Ro', ma che hai, ridi sula? Ma bedd'a virità, 'u saccio io a chi stai pensando tu» disse Franca.

Rosa tornò di colpo seria. «A nuddu pensavo.»

«Se se, forse ti pare ca scimunita sugnu? Ti pare che non lo vedo quel beddo picciotto che ogni sera sta sulla barca quando passiamo per tornare a casa e ti talìa, ti talìa buono? Come si chiama, Turi?»

Rosa avvampò, perciò pure Franca si era accorta che Turi la guardava, allora non era solo impressione sua.

«Amunì. Fra', ora zittuti, non ti prendere pensieri per me, che già ne hai di tuoi e sono più importanti per adesso di un picciotto su una barca. Finisci di arrotolare, che sennò restiamo indietro oggi.»

13

Franca lasciò passare qualche giorno e poi si convinse che la cosa giusta da fare era cominciare a parlare alle altre donne dell'idea di scioperare per ottenere un asilo. Lo fece prima di tutto con quelle che stavano giù alle vasche o agli essiccatoi, e con quelle che incrociava alla latrina; lo ripeteva all'uscita alle operaie che si trovava accanto nella ressa che si formava ai cancelli, prima che Lena attaccasse a cantare. Ma stava sempre ben attenta a non farsi sentire da Maria, appena rientrata, per non metterla in difficoltà.

Voleva che la condizione delle donne migliorasse, che nessuno potesse togliere loro la paga della giornata né rimproverarle se stavano male. Ma più di tutto pensava ai bambini e ai neonati stretti al petto delle loro madri mentre erano chine sulle foglie da lavare, essiccare o arrotolare.

«Io non sciopero», «E io manco», «Manco io» le rispondevano infastidite a più voci le operaie, non appena Franca provava a convincerle.

«Chista è pazza» mugugnava qualcuna. «Scioperare! E i piccioli della giornata chi me li dà a me, lei?»

Rosa le sentiva tutte queste voci, le rimbalzavano in testa e spesso la infastidivano. Avrebbe voluto che Franca stesse zitta: non sopportava che l'amica rischiasse di cacciarsi in qualche guaio, non voleva che si mettesse in mezzo a discorsi che non la riguardavano.

Nelle prime ore del pomeriggio le grate con i sigari pronti da incartare erano belle piene e le due ragazze dovettero sostituire il signor

Enzo, che si era infortunato a una mano, e portare i manufatti nella stanza oltre il corridoio, dalle confezionatrici. In realtà era stata Franca a offrirsi di farlo, nella speranza di avere qualche minuto per parlare con le donne dell'altro reparto, che di rado le capitava di incrociare.

Mentre posava i contenitori sul bancone, cercò uno sguardo complice e provò a parlare con qualche operaia. Si rivolse soprattutto a quelle incinte: era palese che il pancione ostacolasse le loro operazioni certosine.

«E ancora non avete nutrichi appresso, come farete appena avrete partorito? Se mi date retta, possiamo provare a farci rispettare un po' di più qui dentro» disse. «Ma per farci sentire dobbiamo protestare.»

Anche in quel caso le donne la guardarono con sufficienza, nemmeno le diedero ascolto. Raccolsero i contenitori e si avviarono alle postazioni di confezionamento, dove ogni sigaro veniva incartato con un'impalpabile carta velina bianca e sigillato a mano con cura.

«Franca, ma un ti siddìa?» le chiese Rosa tra i denti mentre tornavano al loro reparto. «Non lo vedi che nessuna ti dà retta?»

«Quindi? Pensi che non lo sappia? Si scantano. Sono abituate a sopportare tutto pur di portare a casa la giornata.»

«E allora perché le torturi?» la incalzò Rosa. «Lassale ire, ca mi seccano 'ste scene.»

«Ti seccano? Aspetta, ma che vuoi dire, Rosa? Ti vergogni di me per caso? T'affrunti?» le chiese, afferrandola per un braccio e costringendola a girarsi e guardarla in faccia.

«Non stringermi così, lo sai che mi dà sui nervi!»

Franca si era fermata di colpo in mezzo al corridoio deserto e non mollava la presa, era furiosa: lei voleva sul serio cambiare le cose, ci credeva, voleva che dentro la Manifattura almeno i bambini avessero un posto dove stare al sicuro, voleva che le donne non dovessero più nascondersi quando scoprivano di essere incinte, specie quelle che salivano sulle carrozze fuori dai cancelli, voleva che potessero lavorare sapendo che i loro bambini erano al sicuro. Le ragazze che venivano prese dai lacchè dei nobili dopo il lavoro mettevano al mondo dei bastardi e si dovevano arrangiare, visto che i loro sfruttatori non ne volevano sapere né di loro né dei picciriddi. Di vergogna quelle poverette ne dovevano sopportare già a sufficienza, oltre al pensiero di una bocca in più da sfamare.

«Possibile che sei come le altre? Che ti sta bene tutto così com'è? Di cosa avete paura, dei capi? Ma non lo capisci che se siamo tutte unite possiamo farcela? È per tutte le cose storte che dobbiamo sopportare, per quelle di noi che si ammalano come tua zia Cetta, o che diventano mamme come Maria e devono lasciare i picciriddi ai genitori e non possono vederli quando tornano a casa la sera. Ma tu ci pensi a come deve stare l'amica nostra?» disse tutto d'un fiato mentre gli occhi le si riempivano di lacrime.

Rosa la guardava allibita, senza parole. Sentiva il cuore pulsare in gola e di colpo le sue gambe si erano fatte di legno: mai avrebbe immaginato che l'amica covasse tutti questi pensieri, sapeva che era insofferente alle ingiustizie, ma non fino a questo punto.

«Ti piace indossare questa maledetta cuffia che ci fa grondare?» continuò Franca, come un fiume in piena, impugnando quel ritaglio di tela chiazzato da un alone di sudore.

«A me danno sui nervi i controlli, perché li fanno delle donne come noi che non vogliono che portiamo via il tabacco. Non era per rubare, alcune sigaraie ne trafugavano un po' quando qualcuna era nei guai, in genere per aiutarla a comprare medicine. E allora se siamo così unite nel bisogno, perché non possiamo esserlo nel farci ascoltare?» Franca aveva il fiatone, le guance arrossate, gli occhi umidi, gesticolava. Poi di colpo la sua foga smontò, lasciò spazio alla stanchezza.

Rosa la ascoltava come sempre in silenzio, aspettando che sfuriasse.

«Tu per ora mi pare che solo un pensiero hai, e non te ne faccio una colpa. La testa ce l'hai a Turi e non ti accorgi di tante cose.»

Rosa sussultò, Franca aveva ragione, lei da un po' aveva i pensieri in subbuglio. Si ritrovava a fantasticare di sposarsi. Si immaginava in chiesa, col velo chiaro bordato di pizzo a coprirle la testa, con la lunga gonna che era stata di sua madre, la camicia bianca dalle maniche affusolate. Altre volte non era una camicia ma un corpetto. L'unica cosa che nei suoi sogni a occhi aperti non cambiava mai era lo sposo al proprio fianco: Turi. Il solo pensiero le strappò un sospiro, nemmeno le importava più cosa aveva detto Franca.

Rosa sapeva che quando l'amica si infuriava non diceva le cose per male ma le venivano fuori e bisognava lasciarla stare, farla parlare e poi scordarsi di tutto, ché se ti ci apprecavi c'era di non rivolgerle più parola. Però sapeva anche che Franca non ce l'aveva con lei, ma con lei si sfogava perché sapeva che ci sarebbe sempre stata, la considerava il suo porto sicuro, anche quando le acque erano troppo mosse.

Quando Franca smise di parlare, Rosa si accostò a uno dei finestroni aperti del corridoio che dava sul giardino. Le cicale avvolgevano col loro frinire l'aria ferma e sembravano levarsi in coro per annunciare la fine della giornata e l'agognato riposo. Pennellate rosa e indaco accarezzavano le pendici dei monti all'orizzonte. Le morbide nuvole coloravano l'aria di arancio e promettevano una serenata. L'estate era scoppiata di colpo, tanto da sentirne l'odore mentre il cielo rimaneva azzurro ogni sera fino a tardi.

«Te lo dico io il perché» rispose Rosa con tono fermo, senza distogliere lo sguardo dalla finestra, «perché i fimmine hanno a stare zitte, sempre.» E chiuse così il discorso.

Franca si sentì mancare la terra sotto i piedi. Le costava ammettere che l'amica aveva ragione, lei da sola non avrebbe potuto fare nulla, ma non si rassegnava all'idea di dover stare zitta e buona. Avrebbe aspettato il momento giusto per tornare alla carica.

«Ora rientriamo, perché sennò passiamo i guai, spaite ca ficimo pure una cosa che non ci spetta» sentenziò Rosa.

Una volta rientrato dall'infermeria, il signor Enzo aveva mandato Maria a cercare le due ragazze ché, a senso suo, mancavano da troppo tempo. Poco dopo aver imboccato il corridoio, la giovane aveva sentito le voci delle amiche, ma quando aveva capito che parlavano anche di lei si era fermata di colpo. Voleva ascoltare cosa dicevano e, anche se sapeva che non stava bene origliare, non poté farne a meno perché Franca stava dicendo che voleva trovare un modo per cambiare le cose lì dentro, soprattutto per le donne con i bambini piccoli.

Maria non credeva alle sue orecchie: Franca non aveva abbandonato l'idea dell'asilo. Voleva davvero fare qualcosa per lei, per tutte loro, anche se lei si era rifiutata di darle retta.

Sentì un dolore sordo al centro del petto, un misto di stanchezza, rabbia, delusione e rassegnazione. Ma si sentì anche grata, perché sapeva di non essere sola e che qualcuno si stava preoccupando per lei. Girò sui tacchi alla svelta e rientrò al suo posto.

«Qua sono, stanno arrivando» disse al signor Enzo che la guardava con aria interrogativa. «Non le ho aspettate ché devo finire il lavoro, ora s'arricampano, nel corridoio sono.»

14

Di Salvo, Franca aveva sentito parlare giù al pozzo: gli uomini raccontavano di un operaio scaltro che aiutava i lavoratori e riusciva a spuntarla anche con i proprietari più restii ai cambiamenti. Si diceva fosse uno in gamba, che travagghiava al sindacato e si faceva rispettare assai.

Le avevano detto che ogni domenica pomeriggio stava al tavolo di una taverna dalle parti di Ballarò: ci era andato Nunzio, uno dei lavoranti che scaricavano i carramatti. Franca se lo ricordava bene perché camminava a fatica, piegato sotto il peso del tabacco.

Nunzio diceva che li trattavano come bestie, gli scaricatori, e che si spezzavano le reni a furia di sollevare e scaricare pesi; lui aveva avuto dei problemi con la schiena e un bel giorno non si era potuto alzare più dal letto. Aveva perso giornate che nessuno gli aveva pagato, e se non travagghiava i suoi figli non potevano mangiare.

Questo Salvo era riuscito a farlo spostare al controllo delle merci.

La storia era passata di bocca in bocca e, una volta arrivata alle orecchie di Franca, aveva acceso in lei la speranza che qualcuno potesse interessarsi delle situazioni più difficili.

«Rosa, voglio parlare con questo Nunzio e capire come incontrare il signor Salvo» disse la giovane con aria grave. «Ci dobbiamo muovere noi, qui sono tutte come l'erba col vento, si piegano e basta.»

«Gli uomini, Fra', gli uomini ci vanno a discutere di travagghio. Se tu pensi di poter andare a incontrare questo tizio, allora sei più fuori di testa di quello che credevo» borbottò Rosa, continuando ad arrotolare le foglie china sul banco da lavoro, nella speranza di chiudere lì la conversazione.

«Io ci devo parlare» insisté l'altra. «Mi deve aiutare, dobbiamo far aprire un nido dentro la fabbrica. Ma non pensi a Maria che ha dovuto rinunciare a Giuseppe? Non ti fa uscire pazza questa cosa?»

Franca parlava e Rosa non alzava lo sguardo, non voleva darle corda e poi il signor Enzo le aveva già richiamate.

«'Sti picciriddi possono ammalarsi e morire solo perché le loro madri devono lavorare? Non li senti quando piangono disperati? A me il cuore mi diventa tanto...» Avvicinò il pollice e l'indice fino quasi a sfiorarsi. «Basterebbe una stanza con qualche culla e qualcuno che possa badare ai bambini e chiamare le madri quando è ora di allattarli.»

Vedendo che Rosa continuava a tacere senza distogliere lo sguardo dal bancone, Franca proseguì: «Non ce la faccio. Potremmo esserci noi due nella stessa situazione fra un paio d'anni, senza nessuno che ti dà una mano, con lo scanto che ti buttano fuori perché tuo figlio ti toglie troppo tempo e non rendi come dovresti».

Il signor Enzo si schiarì la voce per richiamarla, ma Franca nemmeno se ne accorse. Anche se Rosa fingeva di ignorarla, sapeva benissimo che la stava ascoltando.

«Siamo un gruppo e siamo tutte donne: dobbiamo aiutarci, io voglio almeno tentare. Vorrei sapere se ci sono delle leggi, se quei signori che danno una mano agli operai possono fare qualcosa. Nessun altro posto qui ha mille donne dentro, se ce ne andassimo per loro sarebbe un guaio. Lo sai quanti sigari escono da qui ogni giorno? Lo sai quanto ci guadagnano? Bisogna far capire a quelli che dirigono la Manifattura che avere un posto sicuro per i bambini non sarebbe una spesa in più, ma che addirittura potrebbe migliorare 'u travagghio.»

«Io direi che è meglio pensare ai sigari e stare un poco zitte» disse allora il signor Enzo senza mezzi termini.

Rosa guardò con la coda dell'occhio l'amica e nei suoi occhi vide avvampare un ardore che difficilmente sarebbe riuscita a smorzare. Capì che sarebbe stato impossibile farla desistere, quando Franca voleva una cosa riusciva sempre a ottenerla.

Era stata così fin da piccola. All'Arenella maschi e femmine difficilmente giocavano insieme. Le bambine venivano subito instradate alle faccende e comunque preferivano stare fra loro a giocare. Franca no, lei si annoiava, voleva sempre fare le cose dei maschi, perché erano più liberi: potevano sporcarsi e rimanere fuori tutto il tempo, nascondersi nelle grotte di arenaria, pescare e arrampicarsi sulle piante a prendere la frutta, invece di accontentarsi di quella che cadeva a terra e che il più delle volte era ammaccata o beccata dagli uccelli. La sua ribellione infantile era stata spesso punita ma mai domata: per ogni divieto posto, lei ne infrangeva uno nuovo e per la legge dei grandi numeri, alla fine, riusciva sempre ad averla vinta.

Rosa sapeva che, se non l'avesse assecondata, Franca avrebbe trovato comunque il modo di andare da quel tizio, col rischio di cacciarsi in qualche guaio. Tanto valeva chiedere a suo padre di accompagnarle, ancora non aveva deciso quale scusa usare, ma era certa che lui non le avrebbe lasciate andare sole.

Mimmo non era come gli altri uomini dell'Arenella, era un lavoratore silenzioso, non aveva molti amici perché stava bene a casa sua, con la moglie e la figlia. La sua prima moglie era morta tragicamente, battendo la testa sugli scogli mentre sciacquava dei vecchi canestri. L'avevano trovata a faccia in giù in un palmo d'acqua e schiuma rossastra. Con quella disgrazia sul groppone, Mimmo si sentiva a credito col destino, ma con gli anni aveva smesso di essere arrabbiato. Nel dubbio, però, si segnava ogni sera e ogni mattina, che un po' di protezione dal Signore male non poteva fare.

Era affettuoso a modo suo, impacciato. Faticava a parlare coi cristiani, forse perché aveva lavorato la terra tutta la vita, curando le piantine e le semenze. Ma per Rosa aveva sempre avuto un debole e quando era andata a lavorare ci aveva sofferto, chiudendosi in un mutismo ostile. Era stata Graziella a farlo ragionare, dopotutto quei soldi avrebbero fatto comodo e Rosa avrebbe imparato un mestiere. E così, quando la vedeva alzarsi all'alba e avvolgersi nello scialle pronta per uscire, la raccomandava a Dio e si acquietava solo al suo ritorno.

Dal terreno che lavorava riusciva a cogliere arance grandi quanto la testa di un picciriddu, e quel poco di frutti che metteva da parte di nascosto dal padrone lo vendeva al mercato da ottobre a fine inverno o lo barattava con altro. Quando poteva, coglieva erbe nei paraggi e sua moglie ne faceva minestre bollenti cui aggiungeva una crosta di cacio per insaporirle, minestre che scaldavano le serate più buie in inverno.

Rosa quella sera tornò a casa con la testa piena delle parole di Franca e con lo sguardo contrariato del signor Enzo impresso nella memoria. La madre era di nuovo in cucina, indaffarata. Rimestava le erbe bollite e due pugni di cicerchie con un cucchiaio di legno annerito. La cucina odorava di buono: per Rosa quell'odore era casa.

«Cca sugnu» disse, osservando la madre di spalle. «Arrivavo.»

«Bedda matri, Ro', mi facisti scantare, già qui sei?» chiese la donna sorpresa.

«Che beddu ciavuru, ho una fame!» e l'occhio le cadde su un involto biancastro. Graziella se ne accorse.

«Rosa, tuo padre ti vizia. Appena sa che zu Tanino mette il pentolone col latte già gli fa conservare due formaggelle per te. Amunì, va', lavati i manu che la cena è pronta e chiama tuo padre che è nella stalla a parlare col suo mulo, manco fosse un cristiano quella bestia.»

Rosa si affacciò sulla porta dell'edificio accanto a casa e intravide Mimmo che accarezzava il dorso dell'animale e gli rivolgeva qualche parola biascicata. «Mangia» gli diceva, «e poi riposati, che domani abbiamo carichi da portare.» Il mulo sembrava capirlo, lo fissava con occhi acquosi e calava la testa per farsi dare un'ultima carezza.

«Pa', la cena è a tavola» disse Rosa, fingendo di essere appena uscita. «Allestiti, sennò ti si fredda.»

Mimmo bofonchiò qualche parola sconnessa, afferrò il lume e chiuse la porta della stalla tirando con forza il chiavistello di ferro battuto, che cigolò leggermente. Rivolse un'occhiata alla ruota destra del carretto: negli ultimi giorni emetteva un suono che non gli piaceva. Aveva provato a sistemarla, a ungere un poco il giunto, ma il rumore non se n'era andato.

Quella sera a tavola la luce fioca illuminava di arancione il volto sorridente di Rosa. «Franca e io dobbiamo scendere in città una domenica di queste, è importante, sono cose di lavoro» disse a bruciapelo.

«Cose di lavoro? A ruminica che è festa? Sule non ci potete ire, vi porto io e non si discute» fece Mimmo. «Ora mangia, che sei fatta magra. Non è che lavori troppo, tu?»

«Ma quando mai? Ma quale magra e magra, magari. Sempre la stessa sono.»

«E quando lo trovi un fidanzato se sei troppo sicca?» ribatté sua madre. «I maschi, le spose le cercano sane e in carne.»

«Mamma, ti prego» sbuffò Rosa, «sempre i soliti discorsi fai?»

Mimmo sorrise sotto i baffi. Rosa era tutto il suo mondo e non gli importava nulla di non avere avuto maschi, al cognome non ci teneva, né alla discendenza. Col suo coltellino si tagliò un pezzetto di formaggio che masticò lentamente. Con la mente era già sul carretto: doveva far controllare la ruota a Tommaso, l'unico in paese che ne capiva. Senza carretto non poteva lavorare né portare le cassette al mercato. Quel cigolio non gli piaceva per niente, così come non gli piaceva l'idea che due ragazze andassero in città, ma sapeva che non erano due sprovvedute. Ruota o non ruota, avrebbe fatto riparare il carro e ci sarebbe andato lui con loro, ma manco a dirlo proprio.

15

Quando Mela vedeva la carrozza del baronetto fuori dai cancelli, da un lato avrebbe voluto scappare e dall'altro si aggrappava all'idea che, per quanto sgradevole fosse, quell'uomo era la sua unica speranza di cambiare vita.

Il viaggio fino in centro città era per lei il momento più bello, sognava di essere una ricca signora portata a spasso dal lacchè del marito. Sognava cibi raffinati e abiti lussuosi, morbidi e lisci come la pelle di un neonato. Immaginava di possedere collane luccicanti, bracciali e anelli variopinti come quelli che indossavano le donne nei quadri a casa del baronetto.

Non avrebbe più lavorato, questo è sicuro, e sua madre per una buona volta sarebbe stata contenta di lei invece di rummuliarsi tutto il tempo. Le avrebbe fatto avere cose da mangiare in abbondanza e magari, un giorno se la sarebbe portata a vivere con sé. Nella nuova casa avrebbero avuto chi cucinava per loro e qualcuno che si occupava di pulire. I picciriddi non avrebbero saputo cos'è la fame e avrebbero corso nel giardino o in cortile, invece che essere buttati in mezzo a una strada tutto il tempo.

Non avrebbe più avuto preoccupazioni né miserie, questo bastava a Mela.

Era una ragazza di poche parole, non aveva studiato e non sapeva fare molto altro a parte sibizze e pulitura del tabacco. Ma di sognare era capace, quello le veniva facile e la sua immaginazione, ora che aveva visto le ricchezze della città, galoppava come un puledro.

«Mela, oggi il signore non è ancora arrivato» le disse Rita. «Assettati dà e aspetta, io mi devo sbrigare cose» aggiunse senza nemmeno degnarla di uno sguardo.

La ragazza si accomodò su una sedia, ancora si faceva riguardo a sedersi sul divanetto imbottito. Si guardò attorno e notò che dal mobile accanto al sofà mancava il cigno di porcellana. Sorrise, il baronetto glielo aveva promesso e magari quella sera gliel'avrebbe finalmente regalato. Chissà cosa avrebbe detto sua madre nel vederla tornare con quella meraviglia. Sentiva suoni di pentole e voci provenire dal piano di sotto. Pensava che il baronetto abitasse lì, e immaginò che avesse ordinato di preparare qualcosa di buono per farle una sorpresa. Per una volta, forse, avrebbero mangiato insieme.

«Mela, Mela, che fai? Dormi?»

Sentì la voce di Rita e una mano che la scrollava. Quando aprì gli occhi si accorse che era già buio e che nell'attesa si era addormentata con la testa posata sull'elegante tavolino di legno intarsiato.

«Che succede?»

«Te ne devi andare, questa sera il signore non viene più. La carrozza la trovi all'angolo al solito posto.»

«Come non viene più? E i miei soldi?»

«Soldi?» la governante scoppiò a ridere. «Questa sera il signore ha ordinato di cucinargli una cosa e quando è così significa che sua moglie, la baronessa, lo ha buttato fuori di casa: mi sa che piccioli per te non ce ne sono.»

Mela impallidì, il suo viso si fece di cera.

«Oh Gesù, pari caduta dal pero... Non dirmi che non lo sapevi che ha una moglie...» disse Rita con un tono di commiserazione. «Iddu non abita cca, questo posto lo tiene solo per incontrare le sue amanti, quelle come te. O ti sei bevuta pure che eri l'unica a venire qui?»

La giovane rimase in silenzio, ma bastava guardare la sua espressione sconvolta per capire il groviglio di pensieri che aveva in testa. Rita sospirò, quella ragazza era più ingenua di quanto credeva. Le altre le sembravano tanticchia cchiù scaltre di questa, di sicuro più esperte, pure perché quando erano arrivate non sembravano intimorite, anzi, senza tante storie andavano dritte nella stanza e ne uscivano a testa alta mentre si rassettavano un poco i capelli o le vesti. Una in particolare se la ricordava, non era giovanissima, prima di andare via si faceva il segno della croce sulla porta, manco fosse stata in chiesa. A Rita quel gesto pareva una bestemmia e non se lo spiegava. Una volta glielo aveva chiesto il perché, l'aveva fermata. «Mi segno prima di tornare a casa, per non portarmi dietro niente di questo posto» le aveva risposto la ragazza con un tono di voce sprezzante.

Mela scosse il capo, come risvegliandosi da un brutto sogno, e di colpo comprese che tutte le promesse ricevute, tutte le speranze che aveva riposto nel baronetto erano solo un mucchio di bugie.

Un senso di nausea fortissimo le prese lo stomaco, sentiva girare la testa. Si alzò e imboccò l'uscita. Non appena fu per strada rovesciò sulle lucide piastre grigie del selciato il misero pranzo che ancora non aveva digerito.

In lontananza la luna brillava sopra un mare liscio e placido, non tirava un fiato di vento.

Mela pensò che sua madre le avrebbe pure rinfacciato che era tornata tardi, a stomaco vuoto e quel che è peggio senza piccioli, sperò che la carrozza che la riportava a casa sbagliasse strada. Sarebbe andata ovunque, fuorché nel posto in cui stava tornando.

16

Salvo era nato povero ma non si era mai rassegnato a una vita spesa solo a sgobbare. In lui fin da piccolo covava il desiderio di farsi portavoce dei più deboli e di chi non riusciva a farsi valere. Quella domenica era seduto come sempre al suo tavolo bisunto nella taverna di Ballarò, dove tutti sapevano di poterlo trovare. Aveva abbastanza parole per sé e pure per gli altri, non gli erano mai mancate la lingua svelta e nemmeno una giusta dose di sfrontatezza e di coraggio. Si era fatto le ossa seguendo Colajanni e ascoltando i suoi comizi, aveva conosciuto Garibaldi Bosco, 'u ragioniere, e ne aveva ammirato la determinazione.

I fasci siciliani lui li aveva vissuti in prima persona pochi anni prima: aveva visto nascere coi suoi occhi una nuova coscienza fra i lavoratori che sempre più spesso si rivolgevano a persone di fiducia, ai primi sindacalisti, per rivendicare diritti e per chiedere maggiori tutele. Erano passati solo tre anni da quel maledetto gennaio del 1894 in cui il Traditore, un siciliano come loro, aveva dato ordine di reprimere il movimento con la violenza. Gli ordini di Crispi erano stati chiari: sciogliere tutte le sezioni dei fasci, arrestarne i capi, sottoporli a processo davanti ai tribunali militari e riportare a ogni costo l'ordine nelle campagne siciliane. Salvo aveva ancora vivo nel ricordo il dolore delle morti e degli arresti.

Al tavolo con lui c'erano due operai della Fonderia Oretea, insieme ai quali aveva vissuto l'esperienza dei fasci.

«Sa', ci su discursi. I picciotti scontenti assai su» disse uno dei due con aria grave.

«Se qualche scafazzato combina danno, noi non ci possiamo niente» aggiunse l'altro.

«Non possiamo permetterci rivolte alla Fonderia. Con la violenza non si ottiene niente e lo sapete. Quando presero il via le prime insurrezioni, voi eravate con me, non esisteva ancora un diritto del lavoro, non esisteva nemmeno un orario né un salario garantito. La paga la prendevi solo se avevi buttato l'anima a dovere» disse Salvo. «E soprattutto nessuno si dava pena di pensare agli altri e di spiegare che esistevano anche dei diritti.»

Salvo aveva combattuto e lottato, col tempo si era guadagnato la fiducia e la fama che facevano sì che lo cercassero in molti, a fine lavoro. Sapeva leggere e scrivere e aveva una naturale inclinazione al dialogo, non era intimidito dai padroni e soprattutto non aveva nulla da perdere, perché a quasi quarant'anni non aveva moglie né figli: aveva sposato solo la causa. Ai politici non credeva, alle loro promesse men che meno, e i suoi amici lo sapevano.

«Crispi, un siciliano come noi, che fece? Fermò con la violenza le proteste dei lavoratori. Questo non gliela perdono perché si è sporcato le mani di sangue, del sangue della sua gente, e non deve accadere più. Spiegatemi che succede in Fonderia e vediamo che dobbiamo fare subito per calmare le acque, troppi morti ancora freschi abbiamo in città.»

I tre si misero a discutere fitto fitto.

Franca e Rosa avevano dovuto aspettare a lungo in fila, nonostante fosse ormai pomeriggio inoltrato, perché Salvo stava discutendo ed erano parecchie le persone che volevano parlare con lui. Ma la loro presenza non era passata inosservata.

Che ci stavano a fare due femmine lì? Non ne avevano mariti o padri?

«Sapurite sono, ma quella mora di più» disse uno degli operai presenti.

«Cumpa', troppo sicca è, la sua amica a mia mi fa cchiù sangue» fece un altro.

«Mah, mi pare a mia che i tempi stanno canciannu: ora le donne si immischiano pure nei discorsi dei masculi, invece di stare a casa a fare sibizze e badare ai picciriddi» aggiunse un terzo con aria sprezzante.

Le giovani, ignare di quello che si mormorava alle loro spalle, attesero con pazienza e alla fine riuscirono a sedersi al tavolino e si presentarono. «Siamo Franca e Rosa, due sigaraie.»

«E chi vi ci porta qui?» rispose subito l'uomo. Ma la curiosità superava la diffidenza. «Due tabacchine che si prendono la briga di scendere fino in città per parlare con me... Sentiamo allora, che mi dovete dire? A quanto ne so non ve la passate poi così male in Manifattura, la paga è buona.»

«La paga è buona, ha ragione, ma non siamo venute a discutere di piccioli» rispose Franca. Piantò gli occhi scuri in quelli del sindacalista, per nulla intimorita, e in men che non si dica gli rovesciò addosso tutto il discorso che si era preparata a casa.

Salvo la ascoltava con attenzione, il viso pulito su cui spiccavano i baffetti sottili aveva un che di rassicurante. Era un uomo fatto, dallo sguardo profondo e aperto, uno sguardo che a Franca pareva familiare. I suoi occhi tradivano un groviglio di luce e tenebra, la stessa energia viva e combattiva che animava anche lei.

«... quindi i bambini si ammalano e le donne perdono intere giornate di paga, se li devono portare sul lavoro e se gli viene una febbre se ne devono andare. Non è un posto sano dove tenersi picciriddi al collo. Ci vuole uno spazio per questi bambini: ci sono tante stanze vuote sotto gli uffici, non si deve fare niente, se non sistemarle tanticchia» spiegò la ragazza. Poi, tirando un grosso respiro, concluse: «E questo è quanto. Ora lei deve dirmi se può aiutarci o no».

Salvo rimase in silenzio per alcuni secondi, spiazzato. Tutto si sarebbe aspettato quel giorno fuorché di incontrare due giovani lavoranti della Manifattura Tabacchi. Prese tempo. Si ravviò i capelli lucidi e scuri ben pettinati di lato e si sistemò il colletto della camicia e il gilet scuro che gli cadeva liscio sul petto asciutto.

«Signore» s'intromise timidamente Rosa, «signore, la prego, faccia qualcosa, perché la mia amica Franca non si darà per vinta... Chista ave i cuorna rure, la ascolti.»

A quel punto il sindacalista stava per scoppiare a ridere, poi si trattenne: che Franca avesse le corna dure lo aveva già capito, ma sentirlo dire alla sua amica così schiettamente lo aveva divertito. Il suo tono si ammorbidì un poco. «Quindi, se ho capito bene, voi vorreste che dentro la Manifattura Tabacchi venisse aperto un baliatico.»

«Un che?» chiese Franca. Non aveva mai sentito quella parola.

«Un baliatico... Un asilo, un posto dove si tengono i picciriddi» spiegò Salvo. «Di quanti bambini parliamo? Quante donne si portano i figli piccoli?»

«Di sicuro ci sono quasi un centinaio fra bambini e neonati, se non di più, e le operaie se li tengono appresso tutta la giornata.»

Salvo sgranò gli occhi, cominciò a lisciarsi i baffetti come se quel gesto lo aiutasse a pensare meglio, e per un lungo momento stette zitto, guardando nel vuoto. «Io non penso che si possa fare» sentenziò. «Non si è sentita mai una cosa così. Di solito da me vengono uomini per lamentarsi dei turni massacranti o delle paghe troppo basse, o di licenziamenti ingiusti. Mai mi sarei immaginato di dover discutere di un asilo dentro una fabbrica, e di certo non con questi numeri.»

Franca e Rosa si scambiarono un'occhiata perplessa, non sapevano che cosa pensare. Quell'uomo voleva liquidarle con troppa facilità.

«Devo dire che ne avete di faccia tosta, ragazze» aggiunse subito, notando il loro smarrimento. «Una bella faccia tosta, questo sì. Ci penserò, ma non vi prometto nulla» concluse. Stavolta il suo tono era diventato frettoloso.

«Dice sul serio, signor...?» chiese Rosa timidamente.

«Ma quale signore e signore, chiamatemi Salvo. Qua tutti uguali siamo. I titoli si danno a chi ci comanda. Ora andate, su, quel brav'uomo che vi ha accompagnate non ce la fa davvero più ad aspettarvi» fece un rapido cenno verso il padre di Rosa che le osservava poco distante.

Mimmo era in imbarazzo, non aveva idea di cosa avessero a che fare le sue ragazze con quell'uomo, né cosa stessero combinando, ma qualunque cosa fosse non gli piaceva per niente. La sua espressione era smarrita e confusa.

«È mio padre, signor Salvo» spiegò Rosa. «E, a dirla tutta, qui non voleva portarci manco ammazzato.»

«Abbiamo detto che mi dovete chiamare Salvo, senza signore, intesi?»

«Sì, mi scusi sign... volevo dire mi scusi Salvo» si corresse Rosa, paonazza in viso.

«Mi fate morire» disse lui, «certo che non vi voleva portare tuo padre, vi state immischiando in cose che sono più grandi di voi e ancora siete due picciridde.»

Le due ragazze si guardarono di nuovo, più confuse che persuase.

«Senta Salvo, noi non abbiamo tempo da perdere, là ci su picciriddi ca muoiono» intervenne Franca, puntando il dito. «Ma tanto a voi maschi che ve ne importa? Tutti gli stessi siete, buoni solo a parlare assai.» La ragazza si alzò e fece per allontanarsi, mentre sentiva una rabbia sorda montarle in petto.

Salvo di colpo si rabbuiò, un groppo gli salì in gola. Era la prima volta che qualcuno gli si rivolgeva in quel modo e lo spiazzava che a farlo fosse una giovane donna. Era sempre così sicuro di sé, aveva a che fare con maschi grandi e grossi e sapeva trattarli, mentre di fronte alle due ragazze non sapeva che pesci pigliare, ma un moto di orgoglio lo portò a rispondere subito. Quello sguardo fiero lo aveva colpito nel profondo. Gli ricordava com'era lui vent'anni prima. Riconosceva in Franca lo stesso ardore, lo stesso desiderio di cambiare le cose. Lei non aveva mai abbassato il viso, aveva sostenuto il suo sguardo senza il minimo timore, anzi, si era sorpresa della confidenza che si era subito creata con quell'uomo.

«Aspettate, tornate qui» disse quando Franca e Rosa gli avevano già dato le spalle, alzando la voce per farsi sentire.

Gli uomini che erano in fila per parlargli si voltarono all'istante, interrompendo i loro discorsi.

«Se fusse me figghia ci rassi ru timpulate» disse un omone dai profondi occhi neri, «due schiaffi proprio, i fimmine a casa s'hanno a stare.»

«Fatemici pensare, ma non vi prometto niente.» Si voltò verso Rosa e aggiunse: «Come si chiama tuo padre?».

«Mimmo.»

«Mimmo venga, venga pure.» Salvo lo chiamò e lo invitò ad avvicinarsi con ampi cenni della mano.

Si voltò verso l'oste e urlò: «Fili', portaci un bicchiere di vino a du cristiano, ché se lo merita». Poi, nel vedere l'espressione smarrita dell'uomo, disse: «Buonasera Mimmo, qui abbiamo finito, alla salute!».

Il padre di Rosa, che era di poche parole e non ne capiva nulla di quell'incontro, accettò di buon grado il bicchiere e ringraziò sfiorandosi velocemente la visiera del cappello, una coppola lisa e sformata. Non aveva idea di cosa avessero discusso, né voleva saperlo, erano faccende di lavoro che non lo riguardavano. Dopo aver bevuto, il viso gli si fece rubicondo: il vino era di quelli buoni, non mischiato con acqua come nelle altre taverne, era forte e lui non c'era abituato.

Si vedeva che era fuori posto lì: finché non era stato invitato al tavolo, aveva tenuto il cappello calato sulla fronte senza riuscire a stare fermo, guardando di sottecchi il tavolino dov'erano sedute le ragazze. Poi si sedeva sulle balate, poi si rialzava come se sulla pietra liscia e consumata ci fosse una distesa di chiodi piantati.

Salvo terminò il suo vino con calma, estrasse dalla tasca una manciata di caramelle, piccole e colorate come non le avevano mai viste. Si alzò e si avvicinò alle ragazze, porgendole loro. «Ecco qui, per voi e per i vostri fratelli, perché immagino che ne abbiate, giusto?»

Rosa scosse il capo, ma non disse una parola. Essere figlia unica in un mondo di famiglie numerose l'aveva sempre fatta sentire diversa, e il silenzio era l'unico modo per sottrarsi alle domande invadenti che l'accompagnavano fin dall'infanzia: «Ah, mischina, quindi tua madre è morta?», «Tuo padre non è con voi? Partì per l'America?».

Salvo invece non le chiese nulla, si limitò a osservarla.

«Io li ho i fratelli, pure per Rosa ne ho» fece Franca, arraffandogli le caramelle dal palmo prima che cambiasse idea.

La mano di Franca che sfiorava la sua lasciò a Salvo una sensazione strana, indefinibile. La ragazza che aveva appena incontrato era molto più giovane di lui, ma aveva un piglio deciso e lo sguardo fiero e risoluto di chi non ha paura di nulla ed è disposto a lottare per ciò in cui crede.

Le ragazze ringraziarono il sindacalista e lo salutarono, il padre di Rosa slegò il mulo e insieme si avviarono fra i vicoli stretti per arrivare dal lontano cugino di Mimmo, al quale avevano lasciato il carretto.

Salvo continuò con i suoi colloqui ma aveva la testa a quell'incontro.

Franca lo aveva colpito. Non gli era mai capitato di discutere direttamente con una donna di lavoro, di diritti da tutelare. Non poteva che ammirarne la determinazione e la dignità, ma era anche troppo sprovveduta e ingenua, non si rendeva conto di cosa comportasse farsi avanti a nome di un gruppo di donne in un mondo di uomini.

La sera stava calando e i tre dovevano rincasare prima che facesse buio. Parecchi tratti della strada da percorrere erano senza illuminazione, tuttavia Mimmo si concesse una piccola deviazione a sorpresa, passò dal centro anziché costeggiare la via del mare, per far vedere alle ragazze la bellezza del salotto di Palermo, uno dei pochi luoghi in cui le lampade a olio accese brillavano nell'oscurità. Passarono accanto al teatro Politeama, dai colori accesi, ammirarono i cavalli di bronzo sulla sommità dell'edificio. Sembravano veri e pareva che galoppassero verso il cielo. Gli affreschi variopinti dietro le colonne, la forma circolare del Politeama si impressero nella mente delle giovani. Avevano visto sempre e solo case e edifici rettangolari, squadrati: la forma insolita del teatro, a ferro di cavallo, e il colonnato tutt'intorno le sorpresero. Franca si sentiva piccola davanti a tutta quella bellezza, stringeva in pugno le caramelle e pensava alla faccia che avrebbe fatto Giovannino vedendole.

Erano le prime che gli portava, non erano un lusso che gente come loro poteva permettersi. Sicuramente Salvo conosceva qualcuno a bottega da uno speziale, erano cose di capriccio quelle, e solo per i ricchi, gli stessi che passeggiavano in quel momento lungo via Libertà e che Franca stava ammirando.

Un'elegante signora a braccetto col marito, che camminava verso una carrozza, attirò l'attenzione delle ragazze. Indossava un abito di seta celeste, con un corpetto abbottonato sul davanti. La gonna a cupola era arricchita da piccoli volant leggeri che sembravano danzare a ogni passo, Franca immaginò quanto liscio e morbido potesse essere quel tessuto e cosa si provasse a camminare con delle scarpe ai piedi, ché né lei né nessuna ne avevano mai viste di scarpe. Scalze erano.

Tutto intorno a loro era uno sfoggio di ricchezza. Grandi carrozze, giovani in abiti da sartoria, bastoni e cappelli di ogni foggia, e magnifici palazzi decorati, dietro i cui vetri si intravedevano soffitti dagli affreschi sontuosi. Franca e Rosa per un attimo furono catapultate in una realtà fatta di ricchezza e di sfumature mai viste, una realtà per loro inaccessibile e che faceva girare la testa. Il centro di Palermo era un grande salotto a cielo aperto dove aristocratici e ricchi borghesi passeggiavano sfoggiando gli abiti migliori.

Anche se solo di sfuggita, le ragazze videro dei negozi di abbigliamento, di mobili e ceramiche, e perfino una libreria e una vetrina zeppa di dolci e caramelle. Rosa, che non riusciva mai a immaginare il Paradiso, pensò che potesse somigliare assai a quello che vedeva. Era senza parole. Aveva gli occhi spalancati per lo stupore e la meraviglia. «Quindi così vivono i ricchi» disse sottovoce, e poi si strinse nel leggero scialle. Erano fuori posto lì. Con sollievo Rosa vide che suo padre si era mantenuto in disparte e aveva percorso solo un breve tratto di via Libertà, stava riscendendo verso via Mare. Il carretto lasciò lentamente la città illuminata e imboccò la strada che costeggiava la zona dei cantieri navali. Qualche lucina tremula cominciava a riflettersi sull'acqua immota, il silenzio era rotto solo dalle ruote del carro che percorrevano lo sterrato. All'imbrunire gli alberi diventavano neri, il promontorio non era più leggero, ma una sagoma imponente e minacciosa. Le ragazze, che si erano appena lasciate alle spalle un mondo di colori, avevano gli occhi al cielo plumbeo che sembrava voler rovesciare addosso a tutti il buio più nero.

Franca sembrava di colpo essere diventata altrettanto cupa, appariva infastidita.

Mimmo, seduto sullo scranno, teneva le redini mollemente e fischiettava uno stornello. Ogni tanto faceva schioccare le cinghie di cuoio e cacciava un «Ohhh» poco convinto.

«Ma che hai?» bisbigliò Rosa per non farsi sentire dal padre. «Muta addiventasti? Fra', non vedevi l'ora di parlare con il sindacalista e ora che ci hai parlato pari tramutata.»

«Non è per quello Ro', nun lu viristi? Non hai visto chi c'era quando siamo passati sotto il Politeama?» disse.

«Veramente c'era un manicomio di gente, chi è che dovevo vedere?»

«Abbassa la voce, vuoi che tuo padre ci senta?» Franca aveva un'espressione strana, disgustata. Il tono di voce e lo sguardo rabbioso fecero allarmare Rosa.

«Fra', amunì, accussi mi fai scantare, ma che è?»

«Ho visto un tale che mi pareva di conoscere» disse la ragazza scandendo bene le parole, un sopracciglio inarcato in modo innaturale. «Passeggiava a braccetto con una signorina molto elegante, sorridevano e si scambiavano sguardi da innamorati.»

«Eh, e quindi?»

«Rosa, non l'hai capito ancora? Ho visto Ninni.»

«Ninni? Bedda matri santissima» disse Rosa soffocando le ultime parole fra le mani che si era portata alla bocca.

«Ho ragione o no a dire che sono tutti delle cose inutili i masculi? Chiddu fa il prepotente tutto il tempo e inquieta a me. Forse pensa che può fare quello che gli pare solo perché non sono ricca come la sua fidanzata. Mischina dà picciotta, secondo te lo sa chi si sta per sposare?»

Mimmo continuava a fischiettare e a guardare il suo mulo che ciondolava lento, sentiva le ragazze parlottare fra loro come sempre, quelle due fin da quando erano piccole non si stavano zitte un minuto, come le cicale in estate.

«Se è per quello, manco 'sto Salvo poco fa ci voleva dare conto. Se non ti ci appizzavi tu, manco ci calcolava» aggiunse Rosa, «si vede che è giornata proprio.»

«Non se ne salva uno, buoni solo a farsi servire e a comandare» biascicò Franca con un'espressione di disprezzo.

Rosa non la pensava come l'amica, ma non replicò. Era sopraf-fatta da tutto ciò che era accaduto quel giorno e si sentiva stanca. Voleva solo arrivare in fretta a casa e andarsi a coricare.

Franca non riusciva a smettere di pensare alla faccia compia-ciuta di Ninni che, stretto a quella ragazza, camminava lungo la via più elegante della città toccandosi di tanto in tanto il cappello per rivolgere dei cenni di saluto alle persone che incontrava.

C'era da sputarci su quella faccia, ecco cosa c'era da farci, ma non lo disse a Rosa, le prese la mano e la strinse forte per un atti-mo. Le ragazze smisero di parlare, il carretto si era già allontanato un bel po' dalla città e faceva troppo buio ormai per vederci bene. La pallida luce della luna indicava la strada del ritorno a Mimmo che, con la schiena rotta per le buche lungo lo sterrato, sognava solo un piatto di zuppa calda.

17

L'Assunzione di Maria era uno dei giorni più sentiti all'Arenella. 'A Madonna era sacra e non si travagghiava di festa. Il caldo era il fiato di una bestia feroce che spalancava le sue fauci e toglieva il respiro.

«Ma tu quando pensi di trovare un bravo picciotto e mettere su famigghia?» se ne uscì di colpo Zina.

Era quasi sera e a momenti sarebbe stata pronta la cena. Franca stava portando in tavola le ciotole sbrecciate per la magra brodaglia allungata che la madre era riuscita a mettere insieme con un po' di erbe di campo amarognole e la crosta di formaggio di capra che Rosa le aveva infilato in tasca il giorno prima.

«See, e con cu m'avissi a maritare? Manco ce l'ho il tempo, mica sugnu schiffarata come le altre che abitano qui» rispose seccata, sbattendo le ciotole sul tavolo. Quei discorsi le davano sui nervi: l'unica cosa che interessava a sua madre era che la gente non sparlasse della sua famiglia.

«Figghia mia, ormai hai già diciott'anni, io alla tua età ero già bell'e maritata» le ricordò la donna, rimestando la zuppa.

«'U saccio.»

«Ma picchì fai d'accussì?»

«Perché io a maritarmi non ci penso» rispose la giovane, cercando di tornare calma. Avrebbe voluto spiegare alla madre cosa le passava per la testa, ma non era certa che lei lo avrebbe compreso. Non avrebbe potuto capire ciò che la tormentava. «Ma', io sogno di trovare il modo di fare stare meglio le mie compagne giù alla Manifattura, troppe cose storte ci sono» disse infine, guardandola negli occhi.

«Con i sogni non ci campi. Pensa a te e fatti i fatti tuoi. Trovati un marito che non ti ammazza di botte ogni volta che s'arricampa ubriaco, chisto devi fare.»

«Ma', io non la faccio la fine di Maria, sta' sicura, a mia un marito non mi serve.»

«Figghia mia, un dire fissarie, spirugghiati e cercati un bravo ragazzo da maritare. Se aspetti ancora non ne trovi cchiù di buoni.» La donna aveva preso il lungo mestolo dalla piattaia e stava assaggiando la minestra fumante. «Chiama i tuoi fratelli e facci lavare le mani, che mangiamo.»

Dopo cena Franca, come faceva sempre nei giorni di festa, andò a casa di Rosa. Trovò 'a zia Graziella in cucina che rovistava fra le pentole, brontolando perché non riusciva a trovare il tegame dell'acqua. «Sape unne 'u misi» diceva spostando le stoviglie.

Franca e Rosa, sedute a tavola, aspettavano la tisana con le foglie di alloro che la donna preparava sempre.

«Sto diventando vecchia, mi scordo dove poso le cose» disse la donna sconsolata. «Vulissi diventare nonna, però, non solo stolita e vedervi sistemate una volta per tutte.»

Le ragazze si guardarono. Franca se n'era scappata da casa sua per non sentire più quei discorsi e ora si ci metteva puru 'a zia Graziella. Si chiedeva che avessero quel giorno tutti quanti.

«Che vi siete messe in testa voi due non lo sacciu, non vi capisco proprio, vi sentite moderne perché lavorate e portate piccioli. Cominciate a pensare di sistemarvi, invece, che cca 'a gente parla, e puru troppo.»

La madre di Rosa aveva attaccato con la sua litania mentre stringeva le mani intorno alla stoffa del grembiule logoro. Un gesto di pudore, ché non stava bene sventolarle in aria, come facevano le signore in città: le loro di mani erano curate e piene di gioielli, potevano anche mostrarle a tutti, non erano finite dal lavoro e dagli anni come le sue. I movimenti sapienti e la grazia con cui le dita di zia Graziella ricamavano operose avevano sempre ricordato a Franca la danza delle api, che delicate si posano sui fiori e che trasformano il polline in miele profumato.

«Voi ragazze, la vostra di fortuna ve la dovete cercare qui: un bravo giovane che abbia voglia di lavorare si trova. Turi, 'u nipote di zia Tanina... Turi è bieddo e buono e lo vedo sempre con le casse sulle spalle che scarica 'a barca e aiuta so zio a vinnere 'u pisci.»

Rosa fece un balzo sulla sedia, arrossendo fino alla punta delle orecchie, mentre Franca si portava una mano alla bocca per soffocare una risata.

«Toni è sapurito e Gennaro puru» continuò Graziella senza accorgersi della reazione delle ragazze. «Hanno qualche anno più di voi, ma di vista li conoscete sicuro.» Nel frattempo non smetteva di girarsi intorno alla ricerca del tegame.

«Zia, lassa ire, non la fare l'acqua e alloro, fa caldo stasera» disse Franca.

«No no, 'u trovavo 'u tegame, ora 'a fazzo che a Mimmo ci fa bene. Chissà ve la bevete cchiù tardi, quanno è tiepida» rispose la donna, stringendo in mano una manciata di foglie.

I giorni di festa passavano fin troppo in fretta, nemmeno il tempo di girarsi che era già ora di tornare al lavoro.

Alla Manifattura Tabacchi l'estate era tosta. Il caldo avvolgeva come una cappa lo stanzone e le sigaraie, con le braccia scoperte e i capelli raccolti, si passavano le mani sulle sottane per asciugarle dal sudore. A Franca bastava un fiato per diventare nera. Il grembiule di stoffa pesante era stato sostituito con uno di cotonina che malizioso seguiva le sue forme generose nonostante il fisico esile.

Le finestre rimanevano sempre aperte e le grida degli uccelli entravano nello stanzone insieme al profumo della salsedine e alle voci dei pescatori, che con i gozzi scivolavano lungo la costa per guadagnare il largo e gettare le reti.

Franca a Ninni non dava confidenza, perché era cosa da sgualdrine: in presenza del giovane non proferiva parola, si faceva di sale. Aveva notato che, da quella volta che aveva provato a baciarla e lei era filata via di corsa, usciva più spesso dall'ufficio e ogni pretesto era buono per avvicinarsi alla sua postazione. Ormai lo riconosceva dal passo, dal rumore cadenzato delle suole di cuoio sul pavimento, dal fruscio dei pantaloni, poi sentiva il suo profumo. Non sapeva cosa fosse quell'aroma dolciastro, quel sentore cui non era abituata, ma le note della colonia di Ninni le si erano impresse nella mente e per lei erano sinonimo di guai in vista.

«Guarda che lo so a cosa pensi, Fra'» disse Rosa, dandole una gomitata mentre tornavano a casa appollaiate sul cassone di don Carmelo. Anche in quella fresca serata estiva Franca aveva lo sguardo assente, perso nel mare.

«Ormai lo sai che non mi tiro indietro.»

«Pensa se Ninni scopre quello che vuoi fare. Matri mia! Chiddu un ne vuole camurrie, addiventasse una belva, a iddu ci interessa solo che tutte travagghiano» fece Rosa mettendosi una mano davanti alla bocca.

Franca si rabbuiò, si abbracciò le ginocchia e ci posò il mento. «Eh già, Ro', ma tu ora vai, trasi rintra, a casa siemu, statti bene» le disse quando furono davanti alla soglia invitandola a entrare in casa. La ragazza si alzò aggiustandosi la sottana, saltò dal carro e si incamminò verso l'uscio sorridendole. Zia Graziella si affacciò per salutare Franca con la mano.

Il frinire delle cicale faceva eco alle voci stanche che uscivano dalle case tutt'intorno. La giornata ormai era finita.

Ai bordi delle stradine di campagna la vegetazione esplodeva di odori e colori, l'erba dei campi era luminosa sotto il chiarore del giorno che finiva.

La strada era una pennellata di ocra nel bianco delle facciate spoglie, ma qua e là piantine di rosmarino e timo ne addolcivano i contorni. Più avanti, la spiaggia e il mare rilucevano di riflessi argentei e la brezza portava l'odore di sale. Nessun malo pensiero poteva offuscare tanta bellezza.

18

La spiaggia dell'Arenella ardeva sotto i raggi di un sole che non dava tregua. I picciriddi si buttavano in acqua schiamazzando. Qualche volta, di domenica, Maria era stata al mare davanti a casa con le sue amiche e il piccolo Giuseppe, che stava ancora da sua madre. Avendo solo un giorno di riposo a settimana, il primo pensiero delle sigaraie nate all'Arenella era scendere sulla battigia a rinfrescarsi e respirare aria buona.

La giovane aveva preso colore, le lentiggini parevano essersi moltiplicate sul viso e sulle braccia, donandole un'aria sbarazzina, e la vista di tutto quell'azzurro aveva mitigato un poco la malinconia che aveva sempre negli occhi. Giuseppe voleva tornare a casa con lei, ma era ancora troppo piccolo e Maria non poteva tenerlo con sé alla Manifattura. Ogni volta che si salutavano il bambino piangeva e glielo dovevano strappare dalle braccia. In quei momenti si augurava di non avere altri figli: lo sapeva che doveva fare di tutto perché campassero bene, ma non credeva di avere un cuore abbastanza grande da sopportare di doverli lasciare per andare a lavorare.

Farli vivere, era questa la regola che gli adulti osservavano nei confronti dei figli. Più un istinto che una regola, a dir la verità, perché ognuno ci riusciva come poteva.

Erano i mesi più caldi. I mesi in cui non era difficile portare qualcosa in tavola, ma che più mettevano alla prova i lavoratori, e non solo quelli che andavano per mare. I pescatori della borgata stavano ore sulle barche, approfittando della calma piatta delle onde per fare incetta di ricciole, saraghi, sogliole e triglie. La canicola annichiliva e rendeva faticoso anche il riposo. Si prendeva sonno solo a tarda notte, quando un po' di aria fresca spirava dal mare verso le case e attraversava le finestre spalancate delle stanze da letto. I giorni trascorrevano tutti uguali, stancanti per via di quell'afa che fiaccava anche i più forti.

L'ultima domenica di agosto, come da tradizione, Franca e Rosa la passarono al mare di fronte a casa. Ci erano nate dentro quell'acqua, era il loro rifugio e sollievo. Ora che erano cresciute e che lavoravano avevano sempre meno tempo per scendere al mare a farsi un bagno. Quando erano bambine, passavano ore in acqua e poi sdraiate sulla sabbia a chiacchierare. Le madri le lasciavano fare, sapevano che una volta cresciute il mare sarebbe diventato un lusso che una donna difficilmente poteva permettersi: il mare era dei maschi, ma per travagghio e fatica, e quelli non mancavano mai.

«Oggi picchia, eh?» disse Rosa toccandosi la testa.

«Statti all'ombra, ché sennò torni a casa con la faccia rossa come un gambero» disse Franca.

«Mah, non portarmi attasso tu, scorpioncella che sei» esclamò Rosa.

«Invece parliamo di cose serie, che hai portato da mangiare? Che io ho una fame orba» chiese Franca.

«Fra', sei sempre la solita, ma come si fa? Prima il bagno!»

Con delicatezza Rosa sfilò uno strofinaccio di lino da una borsa, scostò i lembi e mostrò all'amica un pezzo di caciotta di capra, due grosse fette di pane e la bottiglia con l'acqua che sua madre aveva preparato, sapendo che il mare mette appetito e sete.

L'acqua era fredda, non fecero il bagno ma si schizzarono e scherzarono come sempre.

Poco distante, un gruppo di ragazzi le osservava, senza che se ne accorgessero. Turi indugiò sul viso di Rosa, poi sul corpo, e pensò che era diventata bella. Se la ricordava da quando era una ragazzina impacciata e accompagnava il padre a scaricare le cassette delle arance al mercato della piazzetta. Da piccola non parlava mai, e anche le volte che l'aveva vista di recente era sempre stata zitta, ma ora per la prima volta la vedeva ridere e scherzare con la sua amica, disinvolta e sicura.

«Amunì, Turi, e che hai visto, 'a Madonna?» lo spintonavano gli amici, facendolo cadere in acqua e mettendogli la testa sotto.

«La piantate di fare gli scemi? Uno manco può guardare in pace una picciottedda ora?»

L'acqua le aveva incollato addosso la camicia bianca e la lunga gonna e Turi non riusciva e distogliere lo sguardo da lei. C'era qualcosa che lo attirava in quella visione, la pelle candida che spiccava fra l'azzurro delle onde, il viso incorniciato dai capelli bagnati, il sorriso ampio e sincero. Turi avrebbe voluto gettare una lenza fino a lei, abituato com'era a pescare i pesci più belli del mare che guizzavano a pelo d'acqua con le squame argentee. Avrebbe voluto che lei si voltasse e lo vedesse, e invece era tutta presa a schizzare la sua amica che non ne voleva sapere di bagnarsi oltre le ginocchia.

«Turi, ma dici vero? Ma chi, Rosa? Quella non degna di uno sguardo nessuno, si sente tutta lei perché travagghia alla Manifattura, lassala ire, non è cosa proprio» gli dicevano gli altri.

«Vedremo» mormorò lui sottovoce, e sorrise. Sorrise dopo tanto tempo perché da quel momento in poi ogni suo pensiero sarebbe stato per lei, per la ragazza che sarebbe diventata, ne era sicuro, sua moglie.

Rosa e Franca, intanto, finito il bagno, si sedettero al sole ad asciugarsi. Erano intente ad assaporare la formaggella, ignare di essere osservate.

«Non so, pensavo che forse dovrei cominciare a guardarmi intorno, a cercare un bravo ragazzo, a te non viene in mente ogni tanto che le nostre madri a diciott'anni erano già maritate?»

«Ma sei matta o cosa? Io per ora non ho intenzione di sposarmi, me ne esco dalla padella per andare nella brace, secondo te? Ancora sto annacando picciriddi che non sono miei, in una casa dove non c'è mai un attimo di respiro.»

«E appunto, se ti sposi, almeno per un po' te ne puoi stare in pace.»

«Rosa, non è cosa per me. Non ho tutto 'sto spinno di maritarmi e a dirla tutta sono pure un poco schifata da questi maschi.»

«Dici così solo perché Ninni ti dà il tormento. Mica tutti i picciotti hanno un frutto nella mano e pensano a morderne un altro... mica sono tutti capricciosi come iddu, ci sono pure quelli sistemati, onesti.»

«Dici? E da quando saresti diventata così esperta tu? Sentiamo» la canzonò Franca. «C'entra niente Turi? Perché iddu un bravo picciotto pare.»

«No, ma quale esperta, dico solo che secondo me non sono tutti come Ninni, ci sono pure i bravi uomini, e grazie a Dio! Io a Turi non lo conosco, ma Salvo sì. Lui è uno per bene...» E si stampò in faccia un'espressione convinta.

«E che c'appizza Salvo adesso? Non cambiare discorso, Ro'» replicò Franca.

«E che è? I discorsi si cambiano solo quando fa comodo a te?»

«Amunì» sbuffò Franca, «finisci 'sto pezzo di pane che devo scappare a dare una mano a mia madre, ché per venire al mare con te mi sono alzata all'alba.»

Rosa le si avvicinò e le stampò un bacio sulla testa. «Grazie, bedda mia, ogni tanto me lo scordo che mala vita fai.»

A Franca si inumidirono gli occhi, si portò le ginocchia al petto e le strinse forte con le mani, fino a quando le nocche diventarono bianche. «Grazie a te, Ro', per le cose che mi hai portato da mangiare. Sei tanto buona con me e anche i tuoi genitori. Io lo so che tuo padre, quando torna dal mercato, lascia sulla nostra porta una manciata di noci o un mazzo di cicoria e che non si fa vedere per non darci imbarazzo, è un santo davvero.»

«Mio padre ti vuole bene come una figlia, e sa pure che altri sei picciriddi da sfamare non sono uno scherzo» le disse Rosa con una sincerità disarmante. «Lui ha solo me...» e non finì la frase, perché le sembrò che un po' di sabbia le fosse scesa in gola. Poi un lampo di gioia le illuminò il viso e riprese: «Quasi me ne dimenticavo... ho una sorpresa per te! Mia madre ci sta cucendo due fazzoletti nuovi, con un pezzetto di pizzo sul davanti. È riuscita a salvarne un poco da un lavoro che ha fatto per una baronessa. Non vedo l'ora di farteli vedere.»

Franca le gettò le braccia al collo e insieme si voltarono verso il mare nell'ora in cui il sole se ne stava al centro, dritto dritto come un limone maturo, e buttava i raggi più gialli.

Dopo qualche istante Franca si ritrasse e si chinò a scuotere il tovagliolo di lino. «Ro', io non vorrei, ma è meglio se andiamo, o davvero ti scotti come l'anno scorso.» E si incamminò svelta lungo la spiaggia.

«Ti stai calma, ma che è? Che premura hai? Vuoi camminare piano? Un cinnè carri da prendere oggi eh.»

«Amunì, chi sei lagnusa, arruspigghiati o arrivi a casa che è il tramonto con la tua calma» la canzonò Franca.

Era da poco passato mezzogiorno e perfino le lucertole scappavano a cercare ombra, perché il caldo era insopportabile. Franca aveva fretta di tornare a casa: sapeva che sua madre aveva bisogno d'aiuto e che di sicuro qualcuno dei suoi fratelli era scappato al mare senza permesso. Erano già grandicelli Natale ed Enzo, ma troppo testa in aria, e la madre si spaventava che potesse succedere loro qualcosa. Il mare sa essere traditore anche nei giorni di bonaccia, anzi proprio quelli sono i più pericolosi perché si abbassa la guardia.

Mentre erano già in vista delle case, un gruppo chiassoso di ragazzi le sfiorò. Uno di loro indugiò con lo sguardo su Rosa, poi si voltò e corse via. La giovane si sentì trafiggere, quegli occhi neri erano una calamita che le rimestava il sangue.

«Ma quanto urlano questi?» disse Rosa arrossendo.

«E quanto guardano pure!» rispose Franca con una punta di malizia. L'occhiata che Turi aveva lanciato a Rosa era una lama affilata.

«Una volta si usava almeno salutare» disse Franca rivolta al gruppo dei giovani.

Rosa non credeva alle sue orecchie, non poteva averlo detto. I ragazzi si erano fermati e lei, disordinata com'era, appena uscita dal mare e mezza bagnata, voleva solo sparire.

Turi tornò indietro seguito dai suoi amici. «Buongiorno a voi, io sono Turi e loro... Be', loro si presentano soli, se vogliono» disse imbarazzato.

«Io Franca sono e lei Rosa, ma tanto lo sapete già, credo» esclamò, ridendo con una sfacciataggine senza pari.

Rosa arrossì come un gambero, teneva gli occhi bassi e con le braccia cercava di coprirsi il seno che la camicia bagnata aveva messo in evidenza.

«Noi stiamo tornando verso casa, se volete possiamo fare strada insieme» fece subito Turi.

«Ma quale verso casa?» esclamò uno dei ragazzi. «Non stavamo andando alla spiaggia di Vergine Maria?»

Turi gli piantò una gomitata nelle costole. «Ma quando mai? Al solito tuo capisci rava per fava... Amunì, che a casa stiamo tornando tutti quanti.»

Il gruppo si incamminò ma nessuno parlava, i ragazzi davanti e poco distanti le due giovani, come era conveniente per non far parlare la gente.

Turi si voltava spesso verso Rosa e lei gli sorrideva e poi abbassava lo sguardo. Franca camminava a testa alta come un soldato, sorridendo compiaciuta. Rosa doveva solo farlo rosolare un poco, perché a lei quel Turi pareva già bell'e cotto.

Le due amiche camminavano, coi capelli ancora gocciolanti sulla schiena, nessuna però sospettava che quella sarebbe stata la loro ultima giornata di mare insieme.

Giovannino la aspettava seduto sulla soglia di casa. Piangeva ed era pieno di graffi, Franca gli corse incontro preoccupata.

«Che è? Che è successo, sei caduto dall'albero?»

«No» rispose singhiozzando.

«E che hai fatto?»

«Niente...» E tirò su col naso.

«Dai, a me lo puoi dire» lo incoraggiò Franca.

Giovannino, i grandi occhi simili a due nocciole selvatiche, non era abituato a parlare perché, essendo il più piccolo, nessuno lo ascoltava. E poi, che avrebbe dovuto dire? Che nemmeno quel mattino era riuscito ad arrampicarsi sull'albero secco e spoglio in fondo al cortile della casa di Rosario? Le braccia non lo reggevano, lui afferrava i rami ma poi non riusciva a tirarsi su e rimaneva appeso come un sacco vuoto. Allora si lasciava cadere a terra, mentre tutti gli altri salivano fino ai rami più alti e da lì lo prendevano in giro. Quel giorno, però, non si erano limitati alle parole.

«Mi dettero legnate» disse fra i singhiozzi.

«Cosa? E chi è stato?» chiese subito Franca.

«Chiddi, i picciotti che stanno nel cortile di Palma, quelli che mi prendono sempre in giro, ma tu non ci dire niente a mamma, va bene? Me lo prometti?»

«Certo, muta sugnu. Amunì, andiamo dietro casa a sciacquarci.»

Franca fece scorrere un poco d'acqua della fontana, pulì i graffi del fratello e li asciugò con un lembo del suo vestito.

«Tu aspettami qui, che io sbrigo una cosa.»

«Dove vai?» chiese lui, allarmato.

«Torno subito, ho scordato di prendere una cosa da Rosa.»

Si incamminò a passi svelti e nervosi verso casa di Palma, lo sapeva che erano i suoi figli a dare il tormento a Giovannino, due scafazzati che avrebbero avuto bisogno di qualche legnata ogni tanto. Bussò forte alla porta, dentro sentiva rumore di stoviglie.

«Cu è?» chiese una voce dall'interno.

«Io sugnu, Franca Anello. Puoi uscire un attimo, Palma?»

La donna si asciugò le mani sul grembiule sudicio e non appena aprì la porta si trovò di fronte Franca.

«Palma, i tuoi figli ci hanno dato legnate a Giovannino, che è pure cchiù piccolo, in due contro uno.»

«E tu chi vuoi da mia? Venire a sparlarmi i me figghi? Ma chi ti credi di essere? Qui non sei alla Manifattura, qui non conti nulla! Vedi di abbassarti queste arie e di insegnare a tuo fratello come si sta al mondo, invece di rimproverare i me figghi. Se a Giovannino non conviene uscire, se si scanta e non sa giocare, sta a casa» urlò, tenendo con una mano la sottana e il grembiule. Il pesante seno si alzava e abbassava a ogni respiro, mentre prendeva fiato per sbraitare.

Franca si aspettava delle scuse, di certo non di essere attaccata a sua volta, eppure la prontezza d'animo non le mancava e replicò subito: «Ah, quindi la gente sistemata si deve stare chiusa per non essere azzannata dai cani randagi? Prima o poi chi morde trova uno che morde più forte, perciò vedi di stare accura tu e i tuoi picciriddi pure».

«A minacce finì? Vastasa che sei, non solo vieni a casa mia, ma insulti pure? Io te lo dico, appena viene mio marito, se la va a discutere con tuo padre questa cosa, che io non mi faccio sputare in faccia da una picciridda» gridò, guardandola con espressione disgustata e offesa.

Per tutta risposta la ragazza la incalzò senza alcuna remora. «Palma, che è? Non ti sai difendere da sola, di tuo marito hai bisogno? Appena mio padre gli dice che Giovannino abbuscò, i tuoi figli pigliano legnate, perciò vedi tu quello che devi fare o dire a tuo marito! Io sarò pure una picciridda, ma non mi scanto di certo né di te, né di nessun altro.» Poi, alzando la voce a favore di orecchie indiscrete che già spiavano la scena, aggiunse: «Ti salutavo, Palma. Va', sciacquati i piatti e la bocca pure, già che ci sei».

Se non altro le comari del vicinato avrebbero avuto un bell'argomento di conversazione. Nessuno aveva mai rivolto simili parole a quella pettegola che era buona solo a fare figli e poi manco li guardava, crescendoli senza regole né creanza.

Mentre tornava verso casa, Franca provava una gran soddisfazione e ripeteva fra sé le parole dette a Palma come a voler rivivere più e più volte quella scena, compiaciuta per averle tenuto testa. Doveva raccontarlo subito a Rosa come aveva messo a tacere quella curtigghiara, già s'immaginava la faccia dell'amica passare dallo stupito, all'incredulo, al divertito.

Se Palma credeva di poterle mettere i piedi in testa, si sbagliava di grosso. E soprattutto, lei non era più una picciridda da un pezzo, era ora e tempo che lo capissero tutti lì intorno.

19

Quella del tè delle cinque era una moda tutta inglese che era approdata anche nei salotti della Palermo bene. Le miscele pregiate venivano accompagnate coi dolci della tradizione siciliana: le morbide paste di mandorla, i biscotti, i buccellati coi fichi e la frutta secca, le torte di gelo di melone a base di frolla che erano la specialità della bella stagione.

Ninni non amava il tè, ma quella domenica pomeriggio i genitori della sua fidanzata lo avevano invitato prima di concedergli la consueta passeggiata con la figlia in centro, sotto la sorveglianza della sua cameriera personale.

La tazza bollente mandava un sentore agrumato di bergamotto.

«È una miscela nuova e molto pregiata» spiegò Angelica reggendo il piattino con la mano guantata. L'abito color malva era sicuramente nuovo, un ennesimo capriccio della giovane che il padre aveva assecondato.

Scialba e insipida, se non fosse stato per i gioielli e i costosi vestiti, sarebbe passata inosservata ai più. Era di indole tranquilla e non brillava per eloquio, ma possedeva una qualità che rispondeva esattamente a ciò che Ninni cercava in una moglie: un carattere docile e remissivo. Lui voleva una donna che si potesse tenere a bada con facilità e che non suscitasse desiderio negli altri uomini, e Angelica rispondeva perfettamente a queste caratteristiche.

«Il tè è davvero delizioso» disse Ninni sorridendole affabile.

La ragazza si sentì avvampare. «Lo è» rispose ritrosa, abbassando gli occhi sulla tazza. Era stata educata secondo i dettami di una severa etichetta che, a senso di sua madre, doveva supplire alla mancanza di un titolo nobiliare.

Angelica, dal canto suo, era innamorata di quel ragazzo, tanto affascinante e curato da suscitare l'invidia di tutte le sue amiche, e non vedeva l'ora che diventasse suo marito.

Perfino le donne della servitù mentre si affaccendavano attorno al tavolo dei dolci non poterono fare a meno di notare per l'ennesima volta quanto fosse bello il fidanzato della padroncina. «È sempre così a modo» sospiravano quando raggiungevano le cucine, lontane da orecchie indiscrete.

«Dai, raccontateci com'è» incalzavano le addette alla cucina che non avevano mai visto Ninni.

«Bieddo è bieddo, alto, scuro, con un viso che pare dipinto» dicevano le cameriere. «Ma poi è troppo educato... La signorina è fortunata assai.»

La madre di Angelica era seduta in salotto, poco distante dai ragazzi con le sorelle che erano venute a farle visita. Il trio guardava Ninni bere il tè con compiacimento. Era un buon partito e sembrava davvero un ragazzo a modo, nonostante la madre che si ritrovava. Si vedeva che suo padre aveva fatto con il figlio un lavoro migliore che con la moglie. E comunque era acqua passata. Al matrimonio lei non ci sarebbe stata, con buona pace di tutti.

Alle sei in punto Ninni si alzò.

«Le chiedo il permesso di poter accompagnare la signorina nella consueta passeggiata» disse, avvicinandosi alla futura suocera.

La donna annuì e lui si inchinò. Poi il giovane porse il braccio ad Angelica e insieme si avviarono verso l'uscita, seguiti dalla cameriera della ragazza che sorrideva da orecchio a orecchio. Berta era sempre entusiasta di scendere per tenere d'occhio i due giovani, perché così poteva godersi lo spettacolo del salotto di Palermo all'imbrunire. Complice il caldo, tutti scendevano nel tardo pomeriggio e le vie del centro si animavano di persone e suoni che erano di festa.

20

L'estate quell'anno era volata via come un gabbiano dalle ali maestose, veloce e guizzante.

Solo l'arrivo di settembre portò un po' di sollievo. Il 4, giorno di santa Rosalia, la città si fermò per l'acchianata: il pellegrinaggio tra preghiere e raccoglimento fino al santuario della santa, in un anfratto di roccia quasi sulla sommità di Monte Pellegrino. Qualcuno percorreva tutto il tragitto in ginocchio. Non era una processione quella dell'acchianata, bensì un cammino silenzioso.

«Ro', quando vuoi tu» disse Franca impaziente con le mani sui fianchi mentre aspettava che l'amica la raggiungesse. Con Rosa che la seguiva poco distante, aveva percorso tutto il sentiero in salita senza fare un fiato. Solo ora che era in cima aveva rivolto la parola all'amica: non voleva perdere tempo, era impaziente di entrare nella grotta; aveva cose importanti da dire a Rosalia.

Rosa invece indugiava ai piedi della scalinata che le divideva dal santuario. Voleva riprendere fiato e godersi lo spettacolo della città vista dall'alto.

«Ma sempre premura hai, pure nei giorni di festa? Entra, che io ti raggiungo.»

Rosa attraversò l'ingresso della chiesa scavata nella roccia umida, dove la meravigliosa statua di marmo bianco di santa Rosalia giaceva in una teca di vetro, coperta da un abito tutto d'oro. La santa era distesa con la testa poggiata sulla mano destra, sui capelli era adagiata una corona di rose anch'essa in oro e i polsi erano pieni di gioielli e bracciali massicci. Uno spettacolo da levare il fiato.

Franca era inginocchiata più avanti con il viso fra le mani. Non osò disturbarla. Pregava con grande intensità, cosa che non era da lei. La luce soffusa delle candele e le gocce d'acqua che scivolavano lungo le pareti della grotta creavano un'atmosfera di raccoglimento e di mistero. Rosa era certa che in quel luogo i miracoli accadessero sul serio.

Un giovane era intento a guardare la Santuzza rapito dalla bellezza di quella statua così finemente decorata. Era Turi. Quindi pure lui era devoto alla Santuzza, così immerso nella visione della statua da non accorgersi che lei gli era vicina. Si soffermò a osservarlo, la schiena larga e i folti capelli scuri le sembrarono rassicuranti. E lo sguardo rapito di quel giovane le fece desiderare di essere guardata allo stesso modo in cui lui guardava la Santuzza, con una devozione tale da far scomparire tutto il resto.

Rosa si avvicinò lentamente a Franca, si inginocchiò col velo che le copriva il volto e recitò alcune preghiere, raccomandando a santa Rosalia la salute dei suoi cari. Entrambe pregarono per Maria e per l'anima santa di quel picciriddu che non era mai nato.

Quando scesero verso valle passarono accanto al punto in cui ogni pomeriggio aspettavano il carro.

«Quest'anno ce la siamo fatta per qualcosa l'acchianata, mi pare di aver capito che la Santuzza ha ascoltato le tue preghiere» disse Franca con il sorriso di chi la sa lunga.

«Se mi stai prendendo in giro non è giornata. Mi pare a me ca mi buffonii» replicò Rosa, aggiustandosi la gonna e mostrando all'amica tutto il suo disappunto. I grandi occhi verdi si strinsero in due fessure.

Franca, che annusava aria di sciarra, la buttò sul ridere, era la cosa che le riusciva meglio quando si accorgeva di aver esagerato. «Ma quando mai? Mica serve il miracolo della santa per farti maritare! Per quello basta che tu e Turi vi parlate. Il miracolo ci serve per altro» aggiunse con sguardo sognante.

Rosa sapeva che qualunque cosa avesse in mente l'amica avrebbe portato guai, se lo sentiva. Era così ogni volta.

«Anche voi qui?» chiese timidamente una voce alle loro spalle. «Vi auguro un buon rientro».

Le ragazze si voltarono e videro Turi col cappello in mano che le salutava con un gesto del capo. Era in compagnia della zia che camminava a fatica, la schiena piegata da anni di stenti. La reggeva pazientemente per il braccio, mentre le persone di ritorno dal santuario sfilavano loro accanto a passi svelti.

«Buon rientro a voi» disse Franca guardando Tanina in segno di rispetto. Rosa invece si limitò a sorriderle, poi si voltò e accelerò il passo.

«Non hai mai avuto premura di camminare in vita tua, Ro', che ti prende ora?» chiese Franca, allungando il passo per stare dietro all'amica.

«Nenti, che devo avere? Sono stanca, voglio andare a casa e poi mi secca rallentare, pare che lo faccio per farmi guardare, non sta bene, amunì.»

Franca alzò le spalle. «Come vuoi, forse hai ragione. Troppi occhi oggi ci sono qui intorno.»

Imboccarono lo sterrato lungo il mare che portava direttamente verso le loro case.

Le pale verdi dei fichi d'India si ergevano maestose lungo lo sterrato, uno stuolo di muti spettatori. La luce settembrina ne tracciava ombre leggere, disegnando sul sentiero delle strane forme, tondeggianti come tante teste.

Al ritorno verso casa, le accompagnava l'odore del mare, maestoso e rassicurante, quello che sentivano da sempre, un misto di sale e sabbia bagnata. L'aroma del finocchietto selvatico, del timo e delle siepi spontanee di rosmarino riempiva l'aria, ma non era nulla in confronto a quanto profumavano al mattino presto, quando gli aromi erano più intensi ed esplodevano sotto il velo della rugiada.

«Ne viriemu domani mattina» disse Rosa appena giunse vicino a casa.

Graziella le aspettava sulla soglia con uno scampolo di stoffa fra le mani e l'ago appuntato sul grembiule. Era una donna massiccia, i fianchi avevano una morbidezza rassicurante come l'espressione del viso e gli occhi ridenti.

Salutò Franca con un cenno del capo e un sorriso. «Ti aspetto domenica che viene, come sempre» le disse, poi mise una mano sulla spalla alla figlia e rientrò chiudendo l'uscio.

L'odore forte di fave bollite e di cipolla aveva invaso l'aria scappando impertinente dalla porta. Il profumo del cibo svegliò Franca dal torpore, lo stomaco le si strinse per la fame. Quel breve tratto di strada che percorreva rimanendo da sola le ricordava ogni volta che la sua di madre non sarebbe mai uscita ad aspettarla, indaffarata com'era a correre dietro ai fratelli, e che lei tornando dal lavoro non avrebbe trovato il piatto pronto come Rosa. Anzi, sarebbe stata l'ultima a sedersi, dopo aver servito il padre e tutti gli altri masculi della casa.

Un sole tiepido e rosso si adagiava sull'orizzonte. Fra cielo e acqua una lunga striscia rosata divideva in due l'azzurro e fece brillare gli occhi di Franca.

«Quanto sei bello, mare» sussurrò ed entrò in casa, seguita dai fratelli che si rincorrevano.

21

L'aria morbida delle mattine lavorative di settembre accompagnava anche quel giorno i passi delle donne che raggiungevano i propri reparti.

«Tu va' avanti, che io arrivo» disse Franca a Rosa. E, reggendosi le sottane per camminare più spedita, anziché seguire le altre e imboccare la scala, deviò verso il pozzo.

Le avrebbe raggiunte in un attimo, prima però voleva passare dal punto di raccolta del tabacco, perché era lì che ogni mattina arrivavano, insieme ai carri, le notizie di quanto succedeva in città.

Mentre si guardava attorno in cerca di Nunzio, che era sempre il meglio informato, una mano salda la afferrò per un braccio.

Lei trasalì, mollò la gonna e cercò istintivamente di liberarsi con uno strattone energico.

«Non mordo mica» le disse Ninni, lasciando la presa.

Appena la ragazza si accorse che era stato lui a fermarla, avvampò. «Chiedo scusa, io non...» cercò di giustificarsi, senza trovare le parole. Rimase a fissare il giovane, che sembrava più divertito che seccato. Franca avrebbe giurato che rideva sotto i baffi, anche se cercava di non darlo a vedere.

«Certo che l'energia non le manca, signorina. Sembra una che sa difendersi» aggiunse lui incrociando le braccia sul petto. Poi di colpo si fece serio. «Potrei sapere cosa ci fa qui, anziché essere con le altre sigaraie? Mi auguro che non arrivi in ritardo al lavoro» aggiunse a voce alta.

Nessuno però sembrava badare a loro, impegnati com'erano appresso alle proprie faccende.

«Signore, stavo giusto per raggiungere le mie compagne» rispose lei, voltandosi velocemente e incamminandosi in direzione del suo reparto.

«Allora la accompagno, sto salendo in ufficio» fece prontamente Ninni.

Franca cercò di allungare il passo per evitare di camminargli accanto, guardava fisso davanti a sé. Sfilò la cuffia dalla tasca del grembiule e la indossò, stringendo per bene i lacci.

«Si direbbe che stia scappando» commentò Ninni, piccato, mentre cercava di tenere il passo.

Lei non rispose, lo ignorò e tirò dritto.

«Signorina, le consiglio di essere più gentile con i suoi superiori, non si sa mai cosa può succedere...» aggiunse poi in un tono brusco che alle orecchie della ragazza parve più una minaccia che un avvertimento.

Franca si irrigidì, le scapole si strinsero di colpo, le gambe le tremavano, ma non si fermò. Continuò a camminare, uscì dal porticato e imboccò il corridoio che si apriva sulle scale.

Bastiana, che l'aveva vista staccarsi dal gruppo, si era insospettita, voleva capire dove si fosse ficcata. Scese una rampa di scale e si affacciò alla finestra che dava sul cortile. Vide prima la ragazza e subito dopo Ninni sbucare dal portico, poi di colpo sentì dei passi frettolosi per le scale e una voce che diceva: «Signore, con permesso. Per me è tardi».

Bastiana risalì prontamente le scale a due a due, accodandosi alle sigaraie che entravano nello stanzone. Quando sentì Franca ansimare dietro di lei per la corsa si voltò con aria sorpresa. «Dove sei stata? Ti ho vista ai cancelli con Rosa, ma lei già è dentro da un pezzo.»

La giovane la ignorò, ci mancava solo quella curtigghiara a inquietarla.

Ninni passò loro accanto e si diresse verso l'ufficio con lo sguardo accigliato.

«Se non sapessi che sei una ragazza per bene, penserei che eri con il capo» fece Bastiana, guardandola dall'alto in basso. Poi aggiunse: «Qualcuna qui sale sulle carrozze per arrotondare, qualcun'altra, più furba, non si scomoda a uscire dalla fabbrica».

Franca rimase di sasso, non poteva credere alle proprie orecchie. Strinse con forza il corrimano della scala fino a che le nocche non diventarono bianche. «Bastiana» disse piano per non farsi sentire dalle altre.

La ragazza si girò.

«Non ti rischiare mai più a dire una cosa del genere o ti scippo tutti i capelli che hai in testa, e Dio solo lo sa che lo faccio.»

L'altra fece spallucce e la guardò trionfante. Avrebbe avuto di che parlare per quel giorno e pure per i prossimi. E questo le bastava.

Mela non aspettò che spuntasse la pancia, la nausea non la lasciava e il sangue non veniva da un bel po'. Sua madre non se n'era manco accorta e lei non sapeva che fare. Aveva paura, questa era l'unica cosa di cui era certa.

«Colombina mia, questa sera vengo con te in carrozza, ho una partita a carte lungo la strada» le disse il baronetto rivestendosi senza guardarla. «Così mi faccio perdonare per le cose brutte che ti disse quella pettegola di Rita tanno, quando fu. È solo invidiosa.»

Mela se ne stava seduta sul bordo del letto, in silenzio come sempre, lisciandosi la gonna sudicia di macchie di tabacco. Si chiedeva quando avrebbe smesso di lavorare alle vasche. Questo glielo aveva assicurato. Dopo le bugie sulla moglie, il baronetto le aveva giurato che avrebbe parlato con il direttore per farla trasferire in un reparto migliore.

«Questa sera mi sento generoso, ti avevo promesso una cosa tempo fa e ora eccola.» La ragazza immaginò la statuina di porcellana a forma di cigno e invece l'uomo estrasse un astuccio dal cassetto del boudoir ai piedi del letto. Conteneva un vecchio bracciale di scarso valore che il lacchè aveva trovato tra i cuscini della carrozza. Apparteneva a una picciotta dal viso tondo e rosso come una ciliegia, che al baronetto era subito venuta a noia: era la serva di un suo cugino e ogni volta che la rivedeva non faceva che chiedergli se aveva ritrovato quell'orrenda patacca.

«Questo è per te, colombina bella.»

Incredula, la ragazza strinse fra le dita quel dono inaspettato, una scatola lunga e sottile. Sembrava un po' impolverata, ma forse si era sporcata stando nel cassetto.

La aprì e nel vedere quel piccolo bracciale in corallo rosso si portò una mano alla bocca.

«Ti piace?» le chiese l'uomo.

La giovane annuì e lo ringraziò. Non aveva mai visto nulla di più bello e prezioso. Fino a qualche minuto prima era indecisa sul da farsi, non sapeva se il baronetto avrebbe accettato il bambino, ma ora, dopo quel dono, era certa che ne sarebbe stato felice. Dopotutto lui non amava più sua moglie e anche i suoi figli erano grandi: Mela avrebbe potuto sistemarsi in quella casa col picciriddu e lui l'avrebbe mantenuta.

«Avanti, andiamo che è tardi. Prima scendi tu senza farti vedere, il lacchè farà un giro e poi salgo io, siamo intesi?»

Mela scese le scale correndo e si infilò nella carrozza. Una volta seduta, strinse il bracciale a sé e baciò l'astuccio che conteneva il pegno d'amore dell'uomo.

Qualche minuto dopo la raggiunse il baronetto e mentre percorrevano il primo tratto di via Libertà Mela si decise a parlare: «Signore, una cosa vi devo dire, importante».

«Dimmi, Colombina bella.»

«Io non sapevo se dirlo o no, ma dopo questo dono, dopo questa sera...»

Il baronetto si insospettì e la guardò di traverso. «Che devi dirmi?»

«Io credo di aspettare un bambino, anzi ne sono sicura.»

L'uomo si fece di pietra. Rimase in silenzio e poi scoppiò a ridere, rideva così forte che Mela non sapeva più cosa pensare.

«Colombina, io sono arrivato, ora il lacchè ti riporta a casa» fu l'unica cosa che disse. Scese che ancora rideva. A pochi passi, l'ingresso del circolo dove lo attendevano era illuminato da due grandi lampade a olio.

Prima di allontanarsi il baronetto si avvicinò al suo lacchè. «Portala a casa» ordinò, «e scordati la strada, perché da domani non ti ci mando più a riprenderla.»

L'autunno era un'estate che sembrava non finire mai in quella parte di Sicilia spalmata lungo la Conca d'Oro.

Il caldo si allungava per altri due mesi pieni dopo la fine di agosto. Quando ottobre era agli sgoccioli, al mattino, finalmente cominciava a fare fresco mentre di giorno ancora soffiavano folate di aria calda. Le pendici del Monte Pellegrino ingiallivano timidamente, il mare si era fatto più scuro e le giornate avevano iniziato ad accorciarsi. Le donne che si recavano di buon'ora alla Manifattura, con le braccia strette negli scialli di lana, non avevano troppa nostalgia del sole mattutino... Eppure a Rosa mancava l'estate, mentre camminava e il vento dispettoso le scompigliava i lunghi capelli. La sua carnagione, a differenza di quella di Franca, era già tornata pallida.

A Palermo però il vero cambio di stagione cadeva nel mese di novembre, che sarebbe arrivato di lì a poco, quando l'aria umida cominciava a insinuarsi ovunque, costringendo le donne a tirare fuori gli abiti pesanti dalle cassapanche di legno.

Il freddo era alle porte, sembrava quasi di sentirlo bussare nei *chiù* dei pochi uccelli che non erano partiti per svernare in paesi lontani.

Tutt'intorno, le casette sghembe tirate su pezzo a pezzo sembravano un presepe: risuonavano di voci e cantilene, trasudavano odori forti, di pesce soprattutto, che in quella sinfonia di aromi spiccavano come voci fuori dal coro. Le cucine a piano terra si aprivano sulle stradine polverose, protette solo da tende grezze.

Nessuno chiudeva a chiave, non serviva, erano tutti consapevoli che non c'era nulla da rubare e poi si conoscevano e si rispettavano, sapevano bene cosa significavano la fatica di campare e il lavoro duro. Quando la miseria è la stessa per tutti, a nessuno salta il grillo di prendersi qualcosa che non è suo.

Novembre arrivò portandosi addosso la sua cappa di mestizia.

Schiere di morti iniziavano la ronda, tornando vivi nelle parole e nei gesti della gente, varcando le fessure nere dell'aldilà, con le mani cariche di frutta secca per i picciriddi.

Novembre recava con sé la tristezza dei ricordi e i racconti inquietanti di Lena, che sapeva molte storie sulle anime senza requie che a suo dire infestavano l'edificio fin da quando era un lazzaretto.

Il giorno dei morti Franca e Rosa trovarono uno strano capannello accanto ai cancelli. Si avvicinarono e videro Lena circondata dalle operaie più giovani.

«C'è il fantasma di una picciottedda come vuatre che piange ogni sera, proprio là in fondo al corridoio prima di salire la scala» diceva la donna, abbassando la voce e indicando l'ingresso della Manifattura. «L'hanno vista i custodi, l'ha vista pure il signor Enzo una volta, dopo che noi eravamo uscite e tutto era in silenzio. Di giorno non si sente perché c'è troppa confusione, ma verso sera e di notte si lamenta.»

Rosa e Franca si scambiarono un sorriso: Lena ripeteva quella storia ogni anno, senza cambiarla di una virgola, proprio come si fa con i picciriddi per metterli a dormire. A causa di quei racconti, però, erano tante le donne che si erano fissate con l'idea che gli spiriti meschini degli appestati fossero rimasti intrappolati fra le mura dell'edificio.

«Quante fissarie...» commentò Rosa.

«Peccato che con i cunti non si fanno i piccioli... Su, entriamo, che oggi fa pure freddo» disse Franca, tirando per un braccio l'amica.

A metà mattina Rosa si alzò per andare alla latrina e mentre attraversava il corridoio sentì un gemito. Si fermò e si guardò intorno ma non c'era nessuno. Riprese a camminare, aveva la sgradevole sensazione che qualcuno la stesse spiando e che i suoi passi risuonassero in modo strano.

Quando tornò al proprio posto era bianca come un cencio e non riusciva a smettere di tremare.

«Ro', che tieni?»

Rosa si guardò attorno per essere sicura che nessuno badasse a loro. «Credo di aver sentito il fantasma della ragazza» disse in un soffio. «Anzi, ne sono sicura. Mi scantavo morta, c'era vero, l'ho sentita.»

«Bedda matri! Vedi di finirla pure tu, non esistono i fantasmi, ci manca solo che cominci a credere a queste fissarie.»

«Non sono fissarie! Sentivo i passi e la sua voce.»

«Ro', amunì, piantala» tagliò corto Franca.

Per Franca quelle sui fantasmi erano tutte invenzioni. «Dei vivi ci si deve scantare, no dei morti! Queste sono solo delle sciocche dicerie messe in giro per far scantare le operaie e tenerle buone.»

Ma era vero: un tempo, proprio dove loro lavoravano, sorgeva un lazzaretto.

Nel 1624 una terribile epidemia aveva trasformato Palermo in un enorme cimitero. Laddove prima pulsava dirompente la vita, nel giro di pochi mesi spadroneggiava la morte.

«Franca, ma te lo ricordi quando tua nonna ci raccontava la storia di santa Rosalia?» chiese Rosa. Le due erano accovacciate ai bordi della strada ad aspettare don Carmelo, stranamente in ritardo. Franca teneva le mani annerite raccolte in grembo e si massaggiava un poco i polsi indolenziti. Si riconoscevano le tabacchine per quel colore che non andava mai via, i macchie così nivure le facevano solo le noci, le seppie e i carciofi, e nessuna, con la fame che c'era, aveva mai toccato quel bendidio.

«Tua nonna diceva che nel 1600 la nostra Santuzza salvò Palermo dalla peste. Mi ricordo che ci parlava di un povero saponaro che dopo aver perso la moglie era salito sul Monte Pellegrino per buttarsi in un burrone, mischino.»

133

Franca guardò l'amica di traverso, aggrottò la fronte e poi sbottò: «Se, mischino proprio! Quello si voleva buttare perché ci mancava la serva, mica perché ci mancava so mugghiere».

«Sei sempre la solita! Se ti sentisse tua nonna! Idda, buon'anima, era vero devota alla Santuzza.»

«Raggiune hai, Ro', mia nonna, buon'anima, era vero devota» disse Franca e un lampo di tristezza le attraversò gli occhi.

«Vero sì, ti ricordi? La nonna tua ci diceva sempre che quando quel poveretto stava per buttarsi dassutta, vitte una ragazza troppo bedda che lo portò giù per mostrargli la sua grotta.»

Franca quella storia la conosceva bene, la nonna la raccontava ogni domenica mentre portava le due bambine alla messa: «La santa scinnì cu iddu in città, ci risse di pentirsi e convertirsi, di cercare l'arcivescovo e dirgli che le ossa trovate in quella grotta erano proprio le sue, quelle della santa. Poi aveva detto che le dovevano portare in processione per Palermo, perché la Madonna le aveva detto che solo così la peste si sarebbe fermata. E così fu».

Come la nonna di Franca, anche Rosa ogni volta che ripensava a quel racconto si infervorava. Le guance le si arrossavano, si scioglieva i capelli e il fermaglio le restava tra le dita mentre continuava a gesticolare. Le ciocche ondulate ricadevano sulle spalle e lo sguardo si perdeva in un'epoca lontana. Lei ci credeva davvero che fosse successo tutto quello che le avevano raccontato, era sempre stata una sognatrice, Rosa, e quando iniziava a parlare non la smetteva più. Le storie di un tempo erano le sue preferite, le ricordavano di quando era una bambina e voleva essere come la Santuzza, aiutare la sua gente; del resto, portava lo stesso nome.

«Che storia bellissima eh, Fra'? Una ragazza come noi, che salva una città intera, ma ci pensi? Ricordi quando ci facevamo le coroncine e ce le mettevamo in testa per somigliare alla Santuzza? Andavamo a raccogliere i fiori nei campi con Maria. Ci mettevamo un sacco di tempo a fare le coroncine e gli facevamo tre o quattro nodi stretti, che però si scioglievano sempre mentre correvamo. Ogni volta che perdevo la mia piangevo.»

«Eri già una lagna da picciridda» disse Franca ridendo.

Rosa fece finta di non averla sentita. «Te lo ricordi che poi tua

nonna ci prendeva in braccio e ci faceva ripetere tutte le preghie-
rine, ma tu ti stancavi subito e scappavi e ti mettevi a correre
tutt'intorno? Eri già una peste!»

Franca fece spallucce, conosceva ogni parola dell'amica. Rosa
viveva ancora in un mondo incantato, fino a pochi anni prima giocava con le bamboline di pezza che cuciva sua madre. Non aveva
fratelli o sorelle con cui doversi dividere perfino l'aria da respirare.

Però la vicenda della Santuzza, quella volta, mosse qualcosa nel
suo animo, forse la consapevolezza che la forza di volontà poteva
cambiare le cose. E in cuor suo sperò che i miracoli non fossero
soltanto le vecchie storie che raccontavano le nonne.

24

Passato da poco il giorno dei morti, Ninni scese nello stanzone delle sigaraie per uno dei consueti giri di controllo. Gli occhi sembravano non posarsi mai troppo a lungo su nessuno, intenti com'erano a tenere sempre tutto sotto controllo. Quel giorno indossava una giacca scura, chiusa da un solo bottone di madreperla grigio. Si avvicinò a Franca e, sapendo che nessuna avrebbe osato alzare lo sguardo dal tabacco, specie in sua presenza, le fece scivolare nella tasca della gonna una minuscola pallina.

Si chinò, le sussurrò all'orecchio: «Questa è per te», e con aria distratta si accarezzò la mascella squadrata che gli dava un'aria da uomo fatto. Infine si allontanò fischiettando, non prima di aver preso uno dei sigari appena fatti, contemplandolo e annusandolo delicatamente. Nell'aria c'era odore di pioggia, ma non una sola goccia era scesa sulla Manifattura. Tutto restava sospeso in un'attesa muta. Anche il verde delle piante sembrava più scuro, come se si stesse preparando all'assalto violento del maestrale che, in lontananza, già aveva iniziato a tormentare il mare e a piegare le palme sul litorale.

Franca era rimasta impassibile. Quando Ninni si avviò a lunghi passi verso l'ufficio, lei cercò di arrotolare il sigaro, ma le dita non volevano smettere di tremare. Rosa aveva fatto finta di nulla, chinandosi ancor più sul bancone, finché non aveva sentito i passi del giovane uomo echeggiare lontani. Le due amiche non dissero una parola, si scambiarono solo un lungo sguardo.

Maria non si era accorta di niente; si muoveva spedita ora che stava meglio. Bastiana, curva sui sigari, sembrava assorta nei suoi pensieri, ma in realtà aveva sbirciato di sottecchi la scena: era più forte di lei, la curiosità era una fiammata che le saliva in petto e che non poteva domare.

Qualche minuto dopo, facendosi forza, Franca lasciò la postazione per andare alla latrina. Scese le scale, uscì in cortile e finalmente respirò a pieni polmoni l'aria gravida di odori portati a spasso da una brezza dispettosa. Ebbe il coraggio di infilare le mani nella tasca solo dopo essersi chiusa in bagno. Le sue dita toccarono una piccola sfera appiccicosa e molliccia. Sfilò la mano dalla tasca e poi aprì lentamente il palmo per vedere cosa fosse. Sgranò gli occhi: era un'arancia di martorana nica nica quanto una noce. La pasta di mandorle, amalgamata con il miele, era stata dipinta per somigliare alla frutta vera e aveva pure il picciolo e una lucida fogliolina verde scuro. Franca non poteva sentirne il profumo perché il fetore tutt'intorno la costringeva a tenere le narici tappate.

La ragazza rimise subito la martorana in tasca, poi sollevò la gonna perché non toccasse il pavimento bagnato e uscì da quel tugurio maleodorante.

Che c'appizza 'sta arancia? si chiedeva cchiù confusa che persuasa. Non comprendeva il senso di quel gesto, né perché Ninni avesse scelto proprio un'arancia, forse dietro c'era un messaggio che lei non riusciva a decifrare. A senso suo Ninni era come un frutto maturo dalla buccia intatta, perfetta, ma qualcosa le diceva che dentro era guasto, e ogni volta che si avvicinava le venivano i brividi.

Lei non voleva essere il passatempo di nessuno, men che meno di un pezzo grosso della Manifattura. Sapeva cosa avrebbe fatto di quella martorana, le era venuto in mente in un lampo di lucidità mentre risaliva in fretta le scale.

La sera, al suono della sirena, Ninni stava impalato sullo stipite della porta del magazzino con uno sguardo a metà fra il divertito e lo sfacciato. Teneva in mano una grossa arancia e aveva iniziato a sbucciarla affondando le dita nella scorza polposa. Poi aveva portato il frutto alla bocca e lo aveva addentato. Il succo gli colava tra le dita e gocciolava a terra, impastandosi con la polvere.

Tra la moltitudine delle operaie a fine turno, Franca e Rosa attraversarono il cortile e quando Franca fu davanti a lui, senza farsi vedere dall'amica, prese l'arancia dalla tasca e la scagliò a terra davanti ai suoi piedi. L'occhiata che lanciò a Ninni diceva che lei non apparteneva a nessuno e che niente avrebbe potuto comprarla.

Franca non riusciva a spiegarsi perché di colpo pensò a Salvo, a com'era diverso il modo in cui l'aveva guardata e rassicurata. Ninni, invece, ti gettava addosso il suo sguardo come fosse una manciata di fango, riusciva solo a sporcare.

Le donne in uscita erano rumorose come uno stormo di colombe. Nella calca Maria cercò la sagoma delle amiche e le vide mentre si dirigevano in fretta e furia verso il cancello. Non capiva perché Rosa e Franca avessero tutta quella premura, manco una parola avevano detto. Allungò il passo per raggiungerle, ma non fece neppure in tempo a salutarle che subito vennero accerchiate dalle operaie più anziane.

«Mi sa tanto che chisto s'incapricciò» esclamò Lena, indicando Franca e Rosa con un cenno della testa. «Spero che nessuna delle due ci caschi, quel Ninni non mi cala proprio a mia.»

«Manco a me mi piace 'sto caruso» fece subito Annamaria con un piglio deciso. «Si devono stare accura le picciottedde.»

Le tre amiche sentirono tutto. Del resto, Lena aveva tenuto il tono della voce alto proprio perché il suo avvertimento arrivasse dove – e soprattutto a chi – doveva arrivare.

«A qualcuna qui il capo mette le mani in tasca» disse all'improvviso Bastiana con un tono perfido. «Sa cu ci infilò... Piccioli magari, ché forse a sua di iurnata vale doppio delle nostre» insinuò stando bene attenta a farsi sentire.

Franca non credeva alle proprie orecchie: quella pettegola di Bastiana aveva visto tutto e aveva aspettato che le operaie fossero fuori per sputarle addosso il suo veleno davanti a tutte.

Le donne guardarono prima Bastiana e poi Franca: non era possibile, Franca non aveva niente a che fare con Ninni, ne erano certe.

«Perché vuoi dare del tuo agli altri, Bastiana? Quella che è rimasta chiusa nell'ufficio di Ninni fin dopo la sirena fusti tu, non io. Sape che c'avevi a cuntare, o che dovevi fare lì da sola con un maschio...» e sottolineò il *da sola* con una mossa della mano che mimava una carezza.

«Vero è, non si arricampò cchiù Bastiana dall'ufficio quella volta, ha ragione Franca» rincarò la dose Rosa.

Le donne mormorarono fra loro che sì, in effetti, la prima gallina che canta è quella che ha fatto l'uovo.

Bastiana era in piedi, poco distante, coi pugni stretti, le labbra serrate e uno sguardo così rabbioso che pareva un cane arraggiato.

«Amunì, spirugghiamone, lassala ire a chissa, Fra'» le disse Annamaria.

Solo Maria non aveva proferito parola. Sapeva che Bastiana era una pettegola, ma sapeva anche che non si inventava le cose, ormai aveva imparato a conoscerla. Si chiedeva cosa c'entrasse Franca con l'uomo che le aveva tolto la paga il giorno che aveva perso il suo bambino. In quel momento una crepa invisibile le si aprì in mezzo al petto. Aspettò quindi che le donne si allontanassero, poi afferrò l'amica per un braccio.

«Fra', che storia è questa? Allora Rosa aveva ragione quel giorno a dire che Ninni ti inquieta?»

Franca cercò di liberarsi dalla stretta di Maria, non riusciva a guardarla in faccia: «M'inquieta, sì, ogni pizzuddo».

«Non ti riconosco più, pensavo fossimo amiche, come puoi dare corda a quello schifoso?» Maria era su tutte le furie, batteva i piedi a terra e le strinse ancor più forte il braccio.

«Lasciami, io non ho dato confidenza a nuddu, è lui che continua. L'unica corda che darei a quello non te lo dico per cosa servirebbe» replicò Franca, mettendosi le mani al collo e fingendo di stringere.

«Quello è un fango. Sai cosa ha detto a Bastiana?» continuò Maria, decisa a vuotare il sacco. «Che la prossima volta che mi aiutava levava la paga a lei, voleva sapere se ero incinta e lei ha dovuto dire tutto o non le dava i soldi della giornata.»

«Certo, e chidda piscialietto cantò» le ricordò Franca. «Una bella compagna di lavoro hai!»

«Non ho finito» continuò Maria abbassando la voce. «Quando la sirena è suonata, lei voleva uscire e lui ha chiuso la porta, la guardava strano. Poi ci risse: "Vattinne, che con te mani non me ne sporco".»

Franca avrebbe voluto urlare all'amica che lo sapeva eccome che Ninni era un malacarne, ma non poteva raccontarle quel che era successo a lei.

Rosa, che fino a quel momento era rimasta in disparte e non si era immischiata, cercò di minimizzare. «Maria, 'u diavolo non è mai così nivuro come lo pittano. Ninni è quello che è, punto. E poi è fidanzato, fa solo lo scimunito» disse risoluta, quasi a voler tagliare l'aria, oltre che la discussione. «Franca è troppo bedda, ti pare che iddu non ce li ha gli occhi? Ave che la talìa!»

«Ora basta!» intervenne Franca. «Lassa ca mi talìa, che guardi quanto vuole. Io confidenza non gliene do, 'u capisti, Mari'? O ti pare ca scimunita sugnu?» Fingeva sicurezza, ma in realtà un tarlo aveva cominciato a divorarla. Voleva cercare di convincere Maria di qualcosa su cui non aveva il pieno controllo e questo la spaventava più di tutto.

Una volta al cancello, le ragazze smisero di parlare e Lena intonò il canto serale. Con la coda dell'occhio, Franca notò un'operaia salire furtiva su una carrozza. Mentre loro discutevano di Ninni, quella mischina non aveva ancora finito di penare. Franca provò un senso di vergogna per la fortuna che aveva, quella di non dover finire fra le grinfie di un uomo solo per denaro.

Rosa, stranamente, aveva un passo scattante, come se non vedesse l'ora di staccarsi dal gruppo. Arrivate all'imbocco della salita di Monte Pellegrino, le due ragazze salutarono le altre e si incamminarono verso il solito masso, dove di lì a poco sarebbe passato a prenderle don Carmelo.

«Avanti, tutto mi devi dire, ti pare che non l'ho visto?» esclamò Rosa di colpo, sventolando il fazzoletto sotto il naso dell'amica.

Franca però non aveva alcuna voglia di parlare, si sentiva l'animo in subbuglio per la discussione con Maria.

«Fra', ci sei? Cu tia parlo» la incalzò Rosa.

«Che è?»

«Fra', a mia fissa un mi ci fai. Che ti ha dato Ninni?»

«Ma niente.»

«Niente? Va bene, ho capito. Non vuoi dire a me, la tua migliore amica, che cosa ti ha infilato in tasca...»

«Oh, ma sei una tortura! Un frutto di martorana mi ha dato, un'arancia nica nica, ora sei contenta?»

«Un'arancia? E tu che ci facisti?»

«L'ho gettata a terra poco fa davanti ai suoi piedi.»

«Bedda matri santissima, ma sei pazza!» disse Rosa, giungendo le mani e volgendo gli occhi al cielo.

«Ro', non fare la scimunita.»

«Ma come ti è saltato in mente? Quello ora ti rende la vita un inferno!»

«Gli piacciono le mie sottane, Ro', solo quelle. Chiddu ave 'sto spinno, come tutti i maschi. E ora zittuti, che don Carmelo ci sente.»

«Arrè, picchì dici come tutti i maschi?» ribatté Rosa. «Secondo me Salvo non è così» aggiunse sorridendo.

«Che c'appizza Salvo?» chiese Franca sospettosa.

«Niente, così per dire. Iddu non mi pare tipo da fare lo scimunito con le femmine, tutto qui.»

«E vabbè, raggiune hai, forse non proprio tutti amunì» ammise Franca sorridendo e subito il suo pensiero volò al sindacalista. Lui era diverso, lui era sempre così educato e rispettoso con loro. Tutt'un'altra cosa rispetto a Ninni.

L'ultima volta che lo avevano visto avevano parlato molto delle operaie, Salvo aveva voluto sapere tutto, i turni, le mansioni che svolgevano nei vari reparti, come si comportavano i responsabili. Non faceva promesse, ma si vedeva che era sempre più interessato alla questione della Manifattura.

Il dono di Ninni aveva tutto l'aspetto di un'esca.

«A questo mondo nessuno ti regala niente, le cose te le devi guadagnare col tuo sudore e se ti regalano qualcosa, poi la vogliono ripagata a tutti denari» la madre glielo aveva ripetuto fin da piccola per metterla in guardia da tutto e Franca aveva fatto tesoro di quell'ammonimento.

Arrivate davanti a casa di Rosa, le due si salutarono con un bacio frettoloso sulla guancia e lasciarono da parte ogni discorso.

Quando Franca scese dal carro, salutò frettolosamente don Carmelo e si infilò in casa.

Zina era indaffarata come sempre: non faceva che raccattare cose, rimestare tegami e lamentarsi di quanto fosse stufa di fare da serva a tutti. Ma quando vide la figlia stranamente assorta e pensierosa le chiese: «Fra', picchì un parli 'a mamma? Male ti senti?».

«No, ma'» la tranquillizzò la giovane. «Sugnu sulu stanca. Amunì che sbarazzo 'ste neglie e preparo la tavola. Tu levaci gli scarponi a mio padre, che ogni volta si addormenta vestito in capo alla sedia, il tempo che gli riempio la scodella.»

Il respiro pesante dell'uomo e il borbottio della pentola sul fuoco le fecero scordare la sensazione che aveva provato quando aveva visto Ninni sulla porta, mentre guardava le operaie affondando le dita nella polpa dell'arancia. Aveva cercato di non darci peso, ma quelle dita che spaccavano il frutto facendone grondare il succo l'avevano turbata. Uno strano presentimento le aveva annerito i pensieri, che come tante nuvole cariche di pioggia le appesantivano la testa.

Mentre sistemava le stoviglie dopo cena, Franca si ripeteva che non aveva tempo da perdere al lavoro e cercava di allontanare l'idea che Ninni potesse provare di nuovo a baciarla. Cominciava ad averne timore e questa cosa non le piaceva, perché lei in vita sua non si era mai scantata di nessuno.

Intanto i suoi fratelli si rincorrevano attorno alla tavola. In quella casupola un'unica stanza faceva da cucina e sala da pranzo, al centro un tavolo grande che ogni giorno ospitava nove persone, i muri ancora grezzi di calce, anneriti a ridosso del camino, le poche suppellettili a vista. Al piano di sopra due grandi stanze, una per i genitori, e una per i figli che non avevano il permesso di entrarci se non per andare a dormire, ché nelle stanze da letto di giorno ci stanno solo i malati e i perditempo.

«Avanti, andate a curcarvi che è tardi!» intimò Franca.

«Non sei la mamma, tu a noi non ci comandi.»

«Ah no? Vedete di obbedire subito o due timpulate vi do, su che domani vi porto una cosa.»

«Una cosa buona da mangiare come l'altra volta?» chiesero speranzosi.

«Può essere, ma se fate troppo i monelli non c'è niente per nuddu. Capito?»

Immediatamente i più piccoli corsero lungo la scala, scomparendo in un baleno, come tanti uccellini che spiccano il volo dai rami. Quando Franca salì per coricarsi, dormivano già tutti in un concerto di respiri che lei conosceva così bene da sapere perfino al buio chi dei fratelli stesse sognando e chi no.

Li accarezzava tutti, ma solo quando quelli dormivano poi si accoccolava vicino a Giovannino, il suo preferito, il più dolce e affettuoso, quello che aveva visto nascere, tenendo forte le mani a sua madre mentre la levatrice la incoraggiava a fare l'ultimo sforzo.

«E che sia l'ultimo davvero, Zina, o al prossimo viva non ci arrivi, stai accura!» le aveva ripetuto la mammana porgendole il neonato. «E tu, Franca, ricordaglielo a tua madre che non è cosa di fare altri figli, che si guardi quelli che ha, sennò crescono come cani senza padrone, che sono tutti maschi.» E si sa, i maschi, senza una femmina che li segue e bada a loro, sono tutti persi. Franca lo aveva imparato presto: le donne che per disgrazia restavano sole non avevano bisogno di niente; i maschi o si risposavano subito o finivano per somigliare a quegli animali ingrasciati, trascurati e dallo sguardo perso che tutti scansano.

25

A dicembre la Manifattura venne avvolta da un'umidità densa come una coltre: quella che buttava il mare, salmastra e pungente, e quella corrosiva dei vapori della lavorazione. Dalla ciminiera di mattoni rossi al centro del cortile, avvolta in cerchi di ferro arrugginito, si levava costantemente una serpentina di fumo bianco che si disperdeva nel grigiore del cielo.

Quando era particolarmente freddo tutti si spostavano malvolentieri dentro la Manifattura e i pianti dei bambini si facevano più insistenti. I picciriddi si ammalavano spesso, ma le madri non potevano assentarsi e li cullavano mentre continuavano a lavorare, con gli occhi umidi di apprensione e mormorando litanie alla Madonna. Tutte si univano, nella preghiera più ancora che nel canto, ché più si era a pregare e più aumentavano le speranze di guarigione. A volte, oltre alla febbre, le creature avevano diarrea e vomito. In quegli stanzoni, stipati come stie e con l'aria viziata, le malattie si trasmettevano rapide e nei picciriddi potevano avere conseguenze anche molto gravi.

Ninni si aggirava infastidito fra i banconi, dicendo alle donne che non poteva concentrarsi perché sentiva gli strilli dei loro mocciosi fin nel suo ufficio. Aveva il volto più nero del cappotto e perfino il passo sembrava nervoso. Con le finestre chiuse, l'umidità delle foglie e i respiri di tutti quei corpi saturavano l'aria di odori marcescenti e le sigaraie dovevano respirare quella puzza per tutta la giornata.

Come sempre, Lena e Annamaria scesero la scala per prime.

Quel giorno erano insieme a Rosetta e Giovanna, che sedevano nella postazione accanto alla loro e in fondo alla scala vennero bloccate da una delle addette ai controlli.

«Voi due, seguitemi.»

«Cos'è, uno scherzo? Le avete fermate pure la settimana passata e non avete trovato nulla» si lamentò Lena.

«Sono le regole, avanti, sbrighiamoci, così ve ne potete andare a casa.»

Le perquisizioni avvenivano nello *spogliatoio*, uno stanzino a piano terra. Le controllatrici iniziavano dalle tasche dei grembiuli, poi passavano alle sottane, alle calze che spesso erano di lana, fatte ai ferri, alle camicie di fattura casalinga abbottonate fino al collo e agli scialli scuri con le frange. Ispezionavano tutto e, se non trovavano traccia di tabacco o qualche sigaro imboscato tra i cenci, permettevano alle operaie di rivestirsi e raggiungere le altre che le aspettavano ai cancelli.

I controlli venivano fatti a caso, in genere sulle prime donne che scendevano, quelle che avevano più premura di andarsene, ma qualcuna delle anziane era sotto tiro da qualche mese, dopo che erano state beccate con del tabacco. Erano state punite e sospese per tre giorni, avevano perso la paga di quella giornata e delle tre successive. Qualcuna aveva avuto la lingua troppo lunga e tutte pensavano a quella pettegola di Bastiana, che a furia di parlare aveva fatto arrivare agli uffici ciò che non doveva uscire dallo stanzone.

«Possono andare» disse la responsabile dei controlli a Lena. «Vedo con piacere che una lezione è bastata alle tue sigaraie, si sono levate il vizio, è da un bel po' che le troviamo pulite.»

«Sono le mie operaie. Una volta hanno sbagliato, ora sono tutte cento carati, vi potete stare tranquille» replicò sdegnosamente la donna. Le sue ragazze erano brave picciotte: lei se le guardava e, a modo suo, le proteggeva. Ma era anche una delle maestre e doveva stare attenta, tenerle d'occhio e consigliare loro le cose giuste, perché il lavoro lo faceva seriamente e fino a ora nessuno poteva dire il contrario.

«Se il Signore mi farà mai la grazia di scoprire chi ha cantato quella volta» sbottò Lena un giorno in cortile, «ci fazzu siccare a lingua a forza di legnate. Vedi che ora io, che lavoro qui da sempre, devo guardare questa scimunita che si sente tutta lei che controlla le mie donne. Chissà se gli va di traverso il pane che si guadagna a fare la spiuna.»

«Le', amunì, lassa ire. Ormai ci hanno prese di mira, bastò una volta e ora siamo ladre per sempre» disse Giovanna in un sospiro di rassegnazione.

«Io ladra non ci sono stata mai e manco voi. Quel tabacco lo sappiamo bene per chi era, senza medicina quel picciriddu a st'ura...» aggiunse Rosetta.

«Noi lo sappiamo e noi ce la chiantiamo» concluse Annamaria, e significava che nessuna ne avrebbe più fatto parola, manco sotto tortura. Alcune di loro erano state scoperte, ma il tabacco era uscito comunque ed era servito per acquistare un medicinale per un bambino che stava male e rischiava di non sopravvivere.

Le donne superarono il cancello, Lena intonò il canto e le voci si dispersero in lontananza, cadenzate dai passi lenti e stanchi delle operaie.

26

Il cruccio di Salvo da un po' di tempo era diventato la questione della Manifattura. Non voleva deludere Franca perché sapeva quanto si era spesa per l'asilo e per dare una mano alle tabacchine. Quella ragazza gli era entrata nel cuore, giorno dopo giorno, a ogni incontro lui si preparava con cura, contento di vederla e di parlarle.

Le domeniche alla taverna che fino a poco tempo prima significavano solo lavoro, ore e ore ad ascoltare le ingiustizie subite da chi cercava il suo aiuto, erano divenute il momento in cui poteva incontrare Franca. A volte la stuzzicava, a volte la incoraggiava, parlavano sempre di quanto accadeva alla Manifattura, degli sgarbi di Ninni e Toti, delle paghe saltate per un nonnulla, in modo che lui avesse ben chiara la situazione.

Con quella sua convinzione di poter cambiare le cose in un mondo che somigliava troppo a un ingranaggio arrugginito, Franca gli ricordava alcune donne che avevano partecipato ai fasci e avevano pagato a caro prezzo la loro militanza. Sperava con tutta l'anima che la giovane non dovesse andare incontro allo stesso destino, perché per lei provava un sentimento strano, un misto di desiderio e di ammirazione, cui faticava a dare un nome.

Si consultò con gli altri sindacalisti che conosceva ed erano tutti convinti che per ottenere l'asilo in fretta era necessario convincere le operaie a dare un segnale forte.

«Sa', se le picciotte non si mettono d'accordo tutte e fanno qualcosa, a mia mi pare difficile che Reghini molli.»

«Raggiune hai, Rocco, 'u saccio. Ho provato a spiegarglielo, l'ultima volta, ma loro dicono che le altre donne si scantano.»

«Eh, 'u capivo, ma a me non mi viene in mente un altro modo. Hanno a essere idde a protestare, a farsi avanti, mica ci cala dal cielo la manna.»

«Le donne si stanno zitte, si contentano a portarsi picciriddi appresso. Per idde è megghio un tinto canosciuto ca un buono a canusciri, lo sai che è così.»

Franca dal canto suo, al lavoro, buttava lì qualche frase, come un contadino operoso getta semenze anche se la terra è arida, con la speranza che attecchiscano, per dispetto. Non intendeva rinunciare al progetto dell'asilo, doveva solo attendere il momento giusto, aspettare che i tempi fossero maturi come si fa con le nespole selvatiche sotto la paglia.

Le donne però non ne volevano sapere di scioperare, avevano paura delle ritorsioni. Temevano addirittura che le cose sarebbero peggiorate.

Lei aveva provato a convincerle, ma non c'era stato verso.

«Non capite che è l'unico modo? Soltanto così Salvo ci può aiutare.»

«E chi ce lo dice a noi? Come facciamo a sapere che 'sto Salvo non è immischiato coi capi? Qua sono tutti cani e padroni» le rispondevano all'unisono le operaie.

«Vi dico di fidarvi, ha già aiutato altre persone. Se scioperiamo avremo l'asilo, è sicuro» ripeteva convinta Franca.

Le risposte che riceveva, però, erano sempre le stesse. «Che dici? Ti sembra così facile?» «Se scioperiamo ce la faranno pagare, meglio perdere che straperdere, mi contento di stare così che peggio.» «Che poi chi ti dice che ti puoi fidare di chisto?»

«Dovreste venire a sentirlo parlare qualche volta, forse vi convincete» replicava allora lei d'un fiato.

«Ma sei pazza? Nfuddisti? E quannu? E cu l'ave 'sto maluchiffari? Lassa ire che è meglio.»

Franca continuava a sperare di riuscire a convincere qualcuna, ma nonostante le sue insistenze non otteneva nulla. Durante uno dei loro incontri, che si svolgevano sempre alla presenza di Mimmo, la giovane, con gli occhi bassi e il groppo in gola, aveva raccontato a Salvo i suoi tentativi di convincere le sigaraie a scioperare. Lui l'aveva tranquillizzata: si sarebbe mosso da solo, senza aiuto dall'interno, e avrebbe trovato il modo di parlare con le operaie senza mettere in mezzo lei e Rosa.

E tanto fece.

Era una di quelle sere in cui il freddo che viene dal mare pare incollarsi ai vestiti, insinuandosi sottopelle, e non c'è verso di levarselo di dosso. La luna quasi piena già si specchiava sul mare, e il cielo era una tavola nera senza stelle.

Fuori dai cancelli, oltre alle solite carrozze e alla polvere della strada, tre uomini mai visti prima aspettavano l'uscita delle tabacchine.

Non appena Lena intonò il canto, pronta a lasciare la Manifattura insieme a tutte le operaie, uno di loro le si avvicinò e rispettosamente le chiese, per una volta, di non cantare e perdere cinque minuti ad ascoltare.

Quell'uomo dai modi perentori ma rispettosi era Salvo, accompagnato da Rocco e Marcello, che avevano militato con lui nel fascio di Colajanni, due operai che grazie alla militanza politica erano riusciti a fare la differenza nella fabbrica dove lavoravano.

Lena annuì. «Qua siamo, vi ascoltiamo, ma non abbiamo tempo da perdere in chiacchiere, a casa abbiamo tutte chiffari.» Poi alzò la mano e fece cenno alle altre di fermarsi ad ascoltare.

«Non vi ruberemo troppo tempo» promise Salvo.

Intanto Franca, Rosa e Maria, che erano uscite per ultime, si accorsero della strana calca che si era formata appena oltre il cancello. Franca si fece largo fra le operaie per capire cosa stesse succedendo. Quando vide Salvo rimase di sasso, strattonò Rosa e le sussurrò: «Talè! Talìa cu c'è».

«Tu niente ne sapevi?» le chiese l'amica, sgranando gli occhi.

«Alla fine ha deciso davvero di aiutarci...» mormorò Franca con la voce che si incrinava per la commozione.

«E iddu chi è? 'U conoscete?» chiese Maria, cercando di decifrare il parlottio delle amiche.

«No, Maria, mai visto» si affrettarono a rassicurarla, per non darle pensieri.

«A mia mi pareva invece che lo sapevate chi è» disse Maria sospettosa.

«Ma quando mai? Mi pareva a me il cugino di Rosa, per questo le ho chiesto» rispose prontamente Franca. Avrebbe voluto avvicinarsi a Salvo, parlargli, ma non era il momento né il luogo giusto per farlo.

L'uomo la fissava con uno sguardo che le arrivava dritto al centro del petto. Lei cercava di rimanere impassibile, ma qualcosa dentro stava cominciando a grattare sulle pareti dello stomaco e il cuore le rombava impazzito nelle orecchie. Salvo le faceva questo effetto, quando erano vicini fra di loro succedeva qualcosa che Franca non sapeva dire. Era come finire sott'acqua schiacciati dal peso di un'onda troppo alta: quando ti capitava dovevi pensare solo a riemergere in fretta e respirare. Sotto quel cavallone, per un istante tutto il resto scompariva.

Lui si schiarì la voce. «Signore, non vi ruberò troppo tempo. Mi chiamo Salvo e sono un amico del popolo, uno che aiuta chi lavora. Ho saputo che qui la vita per voi non è sempre facile.»

Le operaie rimasero in silenzio, qualcuna addirittura si allontanò, quelle che dovevano salire sulle carrozze già se ne erano andate senza degnare i tre uomini di uno sguardo. Maria fu una delle prime a defilarsi. Era piuttosto contrariata perché fiutava aria di guai e qualcosa le diceva che le sue amiche non gliela raccontavano giusta. Ma preferiva non immischiarsi, di pensieri ne aveva fin troppi.

«Quello che voglio dirvi io è che, se volete ottenere maggiori diritti, l'unico modo è scioperare.»

Un mugugno si levò dal capannello di donne.

«Amuninne» disse una, «a chisto ci pare ca babbiamo. Scioperare... picchì, cu i scioperi si mangia? Si inchie la panza dei picciriddi?»

«Amunì, io vi salutavo» aggiunse un'altra allontanandosi.

Rocco e Marcello provarono a intervenire. «Noi due travagghiaturi siamo, e solo con lo sciopero ci siamo fatti intendere dai padroni. Ascoltate a Salvo, che iddu 'u sape che s'ave a fari.»

«Se vabbè, masculi... Va fidati!» disse un'altra voltando le spalle.

«Invece vi dovete fare aiutare e io so come. Donne siete, no bestie da travagghio.»

Franca stava in disparte, più confusa che persuasa. Le lavoratrici erano davvero delle teste dure, con loro non ci si poteva ragionare.

«Ma cu c'u risse a chisto di venire qui? Non facciamo che ora passiamo guai noi per loro?» aggiunse un'altra.

Bastiana a quel punto si girò verso Franca. «Ma non era idda che parlava di scioperi e di 'stu Salvo?» Sperava di aizzare le altre contro quella saputella che si era messa in testa di fare chissà cosa.

Le poche rimaste però la ignorarono, alzarono le spalle e se ne andarono a passi svelti e Franca e Rosa le seguirono, senza voltarsi.

Per strada rimasero solo Salvo, Marcello e Rocco. Non era andata come avevano sperato: Franca aveva ragione, convincere le donne a scioperare non era una strada praticabile. Ma Salvo non aveva alcuna intenzione di darsi per vinto, e sapeva già quale sarebbe stata la sua prossima mossa. L'avrebbe fatto per i suoi ideali, per le sigaraie, per Franca.

27

«Lei chi è? Cosa desidera dal direttore?» chiese Ninni bruscamente all'uomo che si aggirava nei dintorni dell'edificio che ospitava gli uffici. Lo aveva insospettito quel tizio alto dai baffetti sottili e con l'aria di uno che non ha niente a che fare col tabacco.

«Salvo Montalto, buongiorno. Ho bisogno di parlare con il dottor Reghini per delle questioni che riguardano le operaie» rispose, deciso.

«Ah, le operaie» esclamò Ninni ad alta voce. «Toti, non era oggi che il direttore aveva quell'appuntamento in città?»

«Il direttore in città? Ma quando mai...?» fece Toti, poi l'occhiata fulminea che gli rivolse Ninni gli spense le parole in bocca. «Ah, ora ricordo. Sì, oggi il dottore non c'è, no no, manco ci passa di qui.»

Il viavai dei carri e il chiacchiericcio degli scaricatori in cortile raccontavano di un luogo di lavoro in piena attività.

«Ora, se ci vuole scusare, lei capirà che qui dobbiamo lavorare» disse Ninni con un tono che non ammetteva repliche. «Non so quali questioni lei debba portare all'attenzione del direttore, ma qui le donne lavorano, vengono pagate bene e non ci sono problemi. Perciò le consiglio di non tornare a perdere tempo.»

«Sì sì, qua problemi non ce ne sono, non si prenda pensieri inutili» aggiunse Toti, cercando in Ninni uno sguardo di approvazione.

Salvo rimase fermo dov'era.

«Senta, mi faccia la cortesia di accomodarsi fuori e di non tornare, perché la prossima volta potrei non essere così gentile.»

Toti andò a mettersi accanto a Ninni con le braccia conserte e uno sguardo minaccioso che faceva risaltare i suoi lineamenti spigolosi.

I due indicarono a Salvo l'uscita e lo invitarono nuovamente ad accomodarsi fuori, perché lì si scaricavano i carri ed era pericoloso.

Salvo capì subito di aver a che fare con quel Ninni di cui Franca e Rosa gli avevano parlato, perciò decise di allontanarsi senza insistere troppo. Non si aspettava di trovarlo in cortile ed essersi fatto scoprire proprio da lui era una leggerezza che non avrebbe dovuto commettere. Quel passo falso gli avrebbe reso le cose difficili. Al direttore ci sarebbe arrivato in un altro modo, non gli mancava di trovare quale.

Ninni e Toti, intanto, erano sicuri di aver allontanato una rogna. Ma se quel tizio era arrivato fino a lì significava che era uscito qualcosa che non doveva varcare i cancelli della Manifattura. E significava anche che le lingue troppo lunghe dovevano essere immediatamente accorciate. Si recarono dunque nello stanzone delle sigaraie, dove le operaie, ignare di quanto era appena accaduto, continuavano a lavorare.

Spalleggiato da Toti, Ninni richiamò l'attenzione delle donne battendo un pugno sul tavolo del signor Enzo. «Se fuori di qui una di voi è andata a lamentarsi con qualcuno, è bene che sappia che il suo posto può essere preso da qualcun'altra, magari da una di quelle che stanno ai trinciati o alle vasche.» Mentre pronunciava queste parole guardava le sigaraie a una a una con occhiate torve e minacciose. La maggior parte di loro non riuscì nemmeno ad alzare la testa. Le poche che avevano interrotto un attimo il lavoro se ne stavano impalate come acciughe salate messe a seccare. Franca e Rosa si sentirono gelare. Si chiedevano cosa fosse successo e se Salvo c'entrasse nulla in quella faccenda. Per un istante Franca ebbe paura di essere stata tradita dall'uomo cui aveva affidato l'unica speranza di riuscita della sua idea.

«Vi ho avvisate. Che siate state voi o no, un consiglio vi do. Se vi sta a cuore 'sto travagghio, statevi zitte.»

Ninni abbracciò con lo sguardo lo stanzone e se ne andò, seguito da Toti, solcando il corridoio con passo marziale. Il rumore delle sue scarpe sul pavimento rimbombava fin sul soffitto e dentro le orecchie delle donne.

«Ci manca solo che qualcuno metta in testa al direttore strani grilli. Le donne solo a lavorare devono pensare, che troppo maluchiffari poi fa venire strane idee» disse Ninni a mo' di saluto, entrando nel suo ufficio.

Il padre glielo aveva ripetuto più volte: «Una femmina la devi tenere occupata o si monta la testa, come a tua madre, e il modo migliore per tenere buona una femmina sono i figli, più ne ha e meno tempo ha di pensare ad altro, che se pensa assai poi combina danno.»

Ninni ne era convinto, già una da sola è pericolosa, figuriamoci mille messe insieme, come in Manifattura.

La sua rabbia era sale sopra una ferita aperta e ogni volta che si imbatteva in una che somigliava alla madre per lui era una condanna: la voleva possedere e più di ogni altra cosa la voleva punire. Una donna che non sapeva stare al suo posto andava castigata. Suo padre non lo aveva fatto, perciò questo compito toccava a lui. Sul lavoro non ne risparmiava nessuna, delle donne non bisogna essere complici, mai.

Il problema di sua madre è che di figli ne aveva avuto solo uno e se ne era occupata ben poco. Erano altri i maschi che le interessavano, evidentemente.

Ninni non voleva che le cose cambiassero o migliorassero per le tabacchine, ne avrebbe perso il controllo. Quel tizio che si era presentato di sicuro avrebbe squietato tutto.

Il direttore non doveva venirlo a sapere, alle sigaraie pensavano lui e Toti. Erano loro a dover combattere con tutti, coi conti, coi controlli e soprattutto con le femmine. Anzi, grazie gli dovevano dire che erano gli unici a far filare le operaie, che se era per Enzo ci acchianavano in capo tutte a quello.

28

Franca, in Manifattura, sopportava in silenzio le angherie e i tentativi di Ninni di avvicinarla.

Lui le si rivolgeva in tono confidenziale, dandole del tu davanti a tutte, cosa che aveva sollevato più di una chiacchiera, e non perdeva occasione per stuzzicarla e tentare di provocare in lei qualche reazione.

«Franca, la qualità dei tuoi sigari mi sembra stia peggiorando, ti invito a svolgere un lavoro più accurato o sarò costretto ad abbassarti la paga.»

«Franca, mi pareva che tu fossi già scesa questa mattina, il tempo perso verrà recuperato a fine giornata, siamo intesi?»

La ragazza non rispondeva mai, non alzava nemmeno gli occhi, si mordeva il labbro e stringeva più forte il ripieno che le passava Rosa. Doveva resistere e doveva farlo per sé e per tutte le altre. Aveva capito che quelle continue provocazioni erano un modo per tenerla sotto scacco, per farla sentire osservata e controllata.

«Franca, ma che ha ancora quello? Possibile che è così odioso?» chiese un giorno Rosa.

«Nenti, lassa ire, lo sai, ogni scusa è buona per venire a inquietarmi, vuole darmi il tormento perché vede che non lo calcolo. Quelli come lui sono abituati che nessuno gli dice mai di no.»

«Ma così però è un inferno, come fai a resistere e non mandarlo a quel paese? 'U capivo che si è fissato, ma no d'accussì.»

«Rosa!» la zittì l'amica. «Se ci beccano a parlare lo sai come va a finire. Qui se ci fosse solo il signor Enzo sarebbe il paradiso, peccato che fra Toti e Ninni pace non ne possiamo avere mai.»

«Matri mia, vero. Senti invece, che devo dire a mio padre per domenica, ci vuoi andare da Salvo o rimandiamo?»

«Cascasse il mondo ci andiamo, ora zitta e travagghia.»

«Ma tu da Salvo ci vuoi andare solo per discurerre di travagghio?» chiese Rosa con una punta di malizia.

«Voi due non siete in un salotto a prendervi il tè, state lavorando» le apostrofò in malo modo Toti, che proprio in quel momento passava dallo stanzone per andare in ufficio.

Franca ammonì Rosa con lo sguardo, le due ragazze ammutolirono all'istante, accelerando il movimento delle dita, quasi che chiudere la bocca avesse trasferito maggiore energia alle mani.

«Così va molto meglio» sussurrò Toti passando loro accanto.

Proseguirono la lavorazione dei sigari con tocchi precisi e sapienti, maneggiando le foglie più pregiate.

Gli uomini benestanti, che tanto amavano l'aroma del tabacco più prezioso, non sapevano che quello che finiva in fumo in breve tempo era il lavoro di mani cui non era concessa sosta.

Per alcuni giorni il signor Enzo venne spostato di reparto: serviva un sostituto ai magazzini e, dato che era capace di fare di tutto, lui era il primo che venivano a cercare nelle emergenze.

«Questa sorpresa non ci voleva, senza il signor Enzo qui sarà un inferno. Perfino Lena stamattina ha detto a tutte di stare accura e di non fiatare, o sono guai» aveva sussurrato Rosa nell'orecchio della compagna.

La presenza mite e cordiale del signor Enzo rendeva il lavoro più sopportabile alle sigaraie. Toti, invece, era tutt'altra cosa: un cane arraggiato, che non risparmiava sgarbi e punizioni a nessuna. Pretendeva che lavorassero a testa china e in silenzio assoluto per ore e ore, fino a che le dita facevano così male che sembrava volessero saltare via dalle mani.

La sera a casa Franca, con quelle stesse dita instancabili, lavava i piatti, raccattava le briciole dal tavolo, slacciava i bottoni di camicie lise e di pantaloni sempre troppo corti, e poi accarezzava i capelli di Giovannino che dormiva placido a pochi passi da lei. Quei gesti ripetuti e familiari erano dei piccoli rituali che sapevano di casa. Quelle incombenze, sul finire della giornata, ricordavano al suo corpo che stava per prepararsi il tanto atteso momento del riposo. Non dormiva molto, prima delle sei già era in cucina a stizzare le braci e a imbastire quella che doveva essere la colazione per sé e per tutti gli altri, compreso suo padre cui toccava sempre la porzione migliore e più abbondante di ogni pasto. Franca non poteva fare a meno di pensare che le differenze fra uomini e donne cominciavano già a tavola e si prometteva ogni giorno che se mai avesse avuto una famiglia non avrebbe tagliato né distribuito nulla in parti diverse.

29

«'U picciriddu ave a frìevi, scotta, per questo piange» sentenziò Lena.

Era da poco passato mezzogiorno e gli spifferi gelidi si insinuavano attraverso le fessure delle finestre.

«Bedda matri, non so che devo fare, non si attacca al petto, non mangia, butta voci tutto il tempo.» La giovane che cullava il fagotto era talmente agitata da non riuscire a calmare la minuscola creatura che teneva fra le braccia. I vagiti erano rabbiosi, non accennavano a placarsi. Era il suo primo figlio, non sapeva cosa avesse né perché non smettesse mai di strillare.

«Te ne devi andare a casa, Angela. Vatinne, e portati il picciriddu. Qua non potete stare» le disse Lena.

«Ma sono una delle ultime che hanno pigghiato, se minne vaio a casa, cu c'u rice a me marito che c'appizzavo la giornata? Mi dirà che manco sono buona ad annacarmi mio figlio.»

Lena sapeva bene cosa intendesse Angela, non solo lei e le altre giovani tabacchine si spaccavano la schiena tutto il giorno, alcune di loro rischiavano pure di essere picchiate dai mariti se la sera a cena non si presentavano con la paga.

Maria, mentre preparava il ripieno da passare a Bastiana, osservava di sottecchi la nuova compagna e sentiva la rabbia montarle nel petto. Si rivide con Giuseppe nato da pochi giorni: le sembrava di risentire i rimproveri che le rivolgevano, ricordava l'umiliazione delle giornate non pagate, la stanchezza che le piegava le gambe indolenzite dal lavoro e dal peso del picciriddu legato al petto. Giuseppe, quando piangeva, cacciava urla così forti che lo sentivano pure in cortile e alla fine le avevano detto che se si portava ancora appresso il picciriddu la mandavano via. Lo avevano fatto solo per intimorirla, perché non era facile sostituirla né trovare sigaraie giovani e abili come lei. Ed era stato allora che aveva dovuto lasciare Giuseppe a casa di sua madre.

Di fronte a quella scena sentì montare la stessa rabbia impotente di allora. Non poteva alzarsi per dare aiuto ad Angela, doveva continuare il lavoro a testa bassa e senza immischiarsi, ma i ripieni che le uscivano dalle mani erano così stretti che forse non si sarebbero neanche accesi.

Solo Lena poteva permettersi di abbandonare il proprio tavolo: a lei giornate non ne toglievano, perché teneva d'occhio le ragazze e le faceva rigare dritto, ma non tutti i responsabili la trattavano con rispetto, di certo non Toti.

«Voi due, che avete da parlare tanto?» il tono arrogante della sua voce non aveva nulla a che vedere con quello del signor Enzo.

«Niente signore, ci scusi, è che il bambino ha la febbre» si giustificò subito Angela.

«Ogni scusa è buona per non travagghiare, così invece che una adesso state ferme in due. Vorrà dire che a fine lavoro vi dividerete pure la paga. Avanti, tornate al lavoro, ché qui non facciamo carità a nessuno!»

Angela a quelle parole perse completamente il lume della ragione, era sveglia da ore, non si era seduta un attimo, cercava di lavorare e di mettere mano alle foglie ammonticchiate sul suo tavolo con il pianto continuo del picciriddu nelle orecchie. Aveva le braccia indolenzite e le reni rotte, ma che ne sapeva un maschio? Quelli erano buoni solo a inguaiare e a comandare.

«Se mi dimezzate la paga tanto vale che me ne vado ora» rispose gridando e slacciandosi il grembiule con una mano.

«E picchì un te ne vai? Tu e il picciriddu tuo che non si può sentire più! Oggi ci ha scassato a tutti quanti» rispose Toti mimando un gesto volgare, una mancanza di rispetto indicibile in una stanza di sole donne.

«Vastaso, sei un gran vastaso!» gli urlò la donna per tutta ri-

159

sposta. «Qui ti senti tutto tu perché noi abbiamo bisogno di travagghiare, ma me figghiu non lo deve toccare nessuno, men che meno tu. Ho detto nessuno, 'u capisti? Sei senza dignità!» Angela tremava, il bambino strillava ancor più di prima, Lena era in disparte ammutolita: mai aveva assistito a una scena del genere.

Due operaie intervennero, afferrarono la giovane mamma per le braccia cercando di quietarla. «Angela, ora calmati, zittuti che così è peggio. Il coltello dalla parte del manico ce l'hanno loro, ricordatelo.»

Lei però non riusciva a smettere di tremare e lanciare improperi a Toti.

«Ora basta» le disse Lena con calma e una fermezza che non ammetteva repliche, «ci sta un minuto quello a buttarti fuori, zittuti.»

Franca, che fino a quel momento era rimasta in silenzio e seduta, si alzò e si avvicinò al responsabile.

«Signore, la deve scusare. Angela è troppo stanca, facciamo che per oggi la mia giornata la dà a lei e la lascia andare a casa col bambino.»

Nel sentire che non la doveva pagare quella pazza, Toti si ammansì. «Fimmine! Questa più che una stanza di lavoro pare un pollaio, certe volte» e lo disse ad alta voce per farsi sentire bene da tutte.

«Franca, non dovevi» le disse Angela in lacrime, stringendosi il bimbo al petto.

«Non ti preoccupare, ora vattinne a to casa e pensa a Vincenzino. Ci è mancato un pelo che quell'odioso di Toti ti iccasse fuora. Se ti licenziano come fai, me lo spieghi?» chiese Franca seria, aggiustandosi un poco il pesante scialle che le era scivolato da un lato.

«Ho perso la testa, non dormo da giorni, sono sfinita e il bambino scotta. Devo portarlo da un dottore, ma con quali piccioli?» sussurrò mesta la donna, guardandola con gli occhi gonfi e accarezzando il figlio, che di sicuro era anche da cambiare. Sentiva che era bagnato attraverso il falaro in cui lo aveva avvolto, ma non aveva avuto nemmeno un attimo per mettergli delle pezze asciutte. Mentre toccava la schiena del piccolo aggiunse: «E tu? Sei così generosa, anche se non hai picciriddi e potresti farti i fatti tuoi, invece ti preoccupi per me e per il nico mio. Sei tanto cara, che Dio ti benedica». Le prese le mani tra le sue e gliele baciò. Aveva lo sguardo lucido e stanco, ma quegli occhi mostravano una riconoscenza senza eguali.

«Non ci pensare, Angela» le sussurrò Franca. «Ora vattinne a casa, vedrai che tutte cose si cummogghiano. Amunì, che devo tornare al lavoro, sennò giornata non ne piglio manco io per te, oggi.»

Maria, che aveva osservato la scena dalla sua postazione, non riuscì a trattenere le lacrime e cercò di non farle finire sui sigari. Sapeva che Franca aveva un cuore grande, aveva sempre aiutato anche lei e si sentiva in colpa perché in tutte quelle settimane la ragazza e le altre l'avevano lasciata sola a cummattere per i loro diritti e per l'asilo. Nessuna voleva esporsi e ci credevano poco che qualcosa potesse migliorare lì dentro.

Angela raccolse le sue cose e fece per incamminarsi col bambino febbricitante stretto al collo.

Lena e le altre si guardarono e si intesero al volo: Rosetta e Giovanna avrebbero rischiato di nuovo, avrebbero fatto di nuovo la loro parte.

Lena si pulì le mani ruvide sul grembiule, afferrò Angela per un braccio mentre le passava accanto e le disse a mezza voce di mandare qualcuno ai cancelli a fine turno, magari suo fratello, così non dava troppo nell'occhio. La ruga che le solcava la fronte si fece più profonda.

«No, Lena» rispose la giovane scuotendo la testa. «Non devono passare i guai per me, stavolta non gliela perdonerebbero.»

«Per un po' non le guardano, e ci sono io stavolta. Se non trovo to frate fuori, a fine giornata, ti faccio capitare tutte cose, ora vai» replicò Lena in tono risoluto.

Angela si allontanò col fagotto tra le braccia. Le altre la guardavano di sottecchi e ognuna provava una stretta al cuore, c'era solo da sperare che il picciriddu non morisse e per questo, non potendo fare altro, pregavano, pregavano in silenzio e affidavano al Signore ciò che sfuggiva alla loro volontà. Ma i bambini morivano purtroppo e le loro malattie, la loro sofferenza lasciavano cicatrici profonde anche negli adulti.

Erano tempi in cui nessuno teneva le porte chiuse, nemmeno in inverno, e ci si faceva carico di chi aveva più bisogno, nonostante la povertà. Le anziane portavano un tozzo di pane alle donne che avevano perso un picciriddu. «'U Signure toglie e 'u Signure dà» dicevano sommessamente, porgendo quasi di nascosto l'involto.

Gli uomini procuravano un poco di legna e davano una mano ai mariti che celavano il dolore in gesti bruschi e sguardi sfuggenti. I loro pensieri si ritrovavano nelle venature della legna, nelle mani che si soffermavano nodose su questo o quell'altro ceppo per il focolare. Le donne donavano pane e i maschi legna per restituire un poco di calore alle famiglie toccate dal freddo della morte.

30

Alla fine, Salvo, che la testa l'aveva dura come la ciaca, grazie all'aiuto di Nunzio riuscì a entrare nel cortile della Manifattura insieme ai carichi di tabacco in ingresso. Saltò sul pianale di uno dei carramatti, si calò il cappello in viso e nessuno si accorse di lui. Dopotutto era un uomo del popolo e sapeva come muoversi senza dare nell'occhio. Aiutò pure i lavoranti a scaricare le prime balle di tabacco mentre di sottecchi osservava i movimenti dei due responsabili che ancora si aggiravano in cortile. Poi, quando Ninni e Toti sparirono dentro la struttura, Nunzio gli indicò l'edificio in cui si trovava il dottor Reghini, gli augurò buona fortuna e fece in modo che la segretaria lo facesse passare.

L'ufficio del direttore era al primo piano, sopra l'ingresso della Manifattura, si affacciava sia su via Gulì che sul cortile interno. Salvo bussò e siccome nessuno rispose, aprì la porta.

Si ritrovò in una stanza ampia e luminosa con un tetto di travi in legno, pareti solide tinteggiate di bianco, coperte con alcuni disegni a china incorniciati, raffiguranti la costa di Palermo. Sulla scrivania notò un documento in bella mostra. Si trattava di una relazione che riportava uno stralcio del rapporto della commissione incaricata di studiare dal lato industriale la questione dei tabacchi in Sicilia.

Quando, dopo l'unità d'Italia, lo Stato assunse il monopolio della produzione e del commercio del tabacco, si decise di mettere sotto uno stesso tetto i produttori palermitani. In città c'erano trecento fabbriche di sigari e sigarette, che davano lavoro a quattromila persone, e per portare ordine all'anarchia del settore fu scelto l'edificio in zona Acquasanta. Salvo aveva seguito, seppur marginalmente, le notizie sull'apertura nel 1876 della Regia Manifattura Tabacchi di Palermo, lui era poco più che maggiorenne. Ricordò i racconti che ne facevano nel suo quartiere, la sorpresa legata alla massiccia assunzione di donne.

Il titolo del documento recitava «1865: la Provincia di Palermo è tra le più avanzate nell'industria dei tabacchi». Fu l'unica frase che riuscì a leggere prima che un rumore lo facesse sobbalzare.

Un uomo dal fisico imponente e dai modi decisi si piazzò in piedi dietro la scrivania.

«Posso sapere chi è lei e cosa ci fa nel mio ufficio? Non mi pare di avere nessun appuntamento questa mattina» disse Reghini.

«Mi chiamo Salvo Montalto e mi interessano le questioni dei lavoratori, in questo caso delle lavoratrici» rispose guardandolo dritto negli occhi.

«La inviterei ad accomodarsi, ma il suo è il genere di visita che non è esattamente gradita, tanto più che non è stata nemmeno annunciata. Non so chi l'abbia fatta passare e immagino che sarà inutile cercare di scoprirlo. Ad ogni modo non credo di capire quale sia il motivo per cui lei si trova qui.»

Salvo, che sapeva il fatto suo, espose in breve le questioni che più gli premeva riferire.

Il primo incontro con il dottor Reghini non stava andando come aveva sperato.

Si aspettava un uomo di larghe vedute, disponibile ai cambiamenti, consapevole delle difficoltà che gravavano sulle operaie. Invece si accorse ben presto che il direttore ignorava molte delle questioni che riguardavano le tabacchine e le minimizzava. «Non mi risulta», «I miei responsabili mi avrebbero avvisato», «Quello che lei dice mi pare abbastanza grave e io non ne sono stato messo a conoscenza». A ogni affermazione di Salvo, queste erano le sue risposte, tanto che il sindacalista pensò che sul serio il direttore non venisse informato della maggior parte delle cose che accadevano in Manifattura.

«Direttore, lei sapeva che una delle sigaraie, per un malore a fine giornata, ci ha rimesso la paga intera? E che quella stessa sera ha perso il bambino mentre rientrava a casa?»

L'espressione basita del direttore era già di per sé una risposta.

«Sapeva che alle operaie è stata ridotta la pausa pranzo per settimane perché una di loro si è permessa di lamentarsi ad alta voce passandole accanto?» lo incalzò Salvo.

«Solo io posso dare ordine di modificare i tempi della pausa» rispose piccato il direttore, ma pareva che dopo quest'ultima affermazione le sue sicurezze cominciassero a vacillare. «Io mi fido dei miei collaboratori, senza di loro qui dentro non potrei controllare tutto.» Si appoggiò al piano della scrivania, prendendosi la testa fra le mani con un moto di stanchezza. «Mi deve dare il tempo di capire, di vedere coi miei occhi, di parlare con qualcuno dei capireparto. Così su due piedi mi sta prendendo alla sprovvista e io non posso credere a tutto quello che lei mi dice.»

Salvo si alzò e fece per congedarsi, ma prima di lasciare l'ufficio precisò con tono perentorio: «Le donne qui dentro mandano avanti quasi tutto il lavoro. Le assicuro che lavorano in condizioni pessime, molte sono costrette a portarsi i figli neonati e non gli possono badare se piangono o se devono essere cambiati. Non mi sarei preso la briga di venire fin qui se non fossi certo di ciò che dico».

Avrebbe voluto aggiungere che Ninni e Toti lo avevano mandato via quando era venuto la prima volta, ma preferì stringergli la mano e comunicargli che sarebbe tornato di lì a pochi giorni a finire la chiacchierata.

Quando Salvo se ne fu andato, il direttore imboccò il corridoio e decise di farsi un giro nei reparti che solitamente non visitava perché gestiti dai suoi responsabili. Quel che vide gli fece pensare che forse quel Salvo non aveva esagerato e soprattutto che quelli di cui si fidava non erano stati esattamente sinceri con lui.

31

«A missa ve n'avete agghire. Amunì che è Natale, spirugghiatevi» urlava Zina in mezzo alla confusione. Per lei non era mai festa con sette figli e un marito tra i piedi, ma era una buona cristiana e alla messa ci teneva. «Fra', alliestiti che è tardi» gridò in direzione del piano di sopra, mentre afferrava a due mani tutto ciò che era rimasto sulla tavola per non lasciare la casa in disordine prima di uscire.

La giovane si stava intrecciando i capelli, aveva rassettato tutto e solo all'ultimo si era vestita per scendere.

Un tiepido alito di scirocco riscaldava la giornata. Il caldo dava un'aria di primavera a un mese che fino a quel giorno era stato freddo e umido. Quel tepore a Franca piaceva perché sapeva di buono, di arance, di erba umida e polvere bagnata. Lesta raccolse lo scialle delle feste, lo avrebbe messo sulle spalle solo dopo essere entrata in chiesa. Si abbottonò la camicia chiara, che a sua madre non stava più, la lisciò un poco e la sistemò dentro la gonna scura. Uno sguardo rapido nel riflesso della finestra per controllare di essere in ordine e poi scese. Non aveva mai un momento tutto per sé, nemmeno nei giorni di festa.

Chiamò a raccolta i fratelli, raccomandò loro di comportarsi bene e prese per mano Giovannino. «Su, andiamo a chiamare Rosa. Vedrai che 'u zio Mimmo avrà i mandarini per te.»

Giovannino le saltellava accanto felice. Franca si incamminò con lui, dopo aver percorso pochi metri già si intravedeva il tronco del fico che spuntava accanto alla stalla dove Mimmo teneva la sua bestia e il carretto. C'erano un rastrello poggiato alla porta, una macchia di muschio sul muro in basso, dove il sole arriva di rado, e la pianta di rosmarino all'angolo. Su una ruota stesa a terra era acciambellato un grosso gatto. Mimmo uscì dalla stalla indaffarato.

«Già qui siete? Non ditemi che sto facendo tardi anche stavolta, sentila ora me mugghiere...» Poi, facendo l'occhiolino al bimbo, aggiunse: «Giova' pigghia ru mandarini nella stalla».

Il piccolo rise divertito, mentre sua sorella entrava a chiamare Rosa. «Ro', cca siemu, scinni.»

Zia Graziella intanto mugugnò qualcosa a proposito del marito che aveva sempre e solo la testa alla stalla, che dava più attenzioni al mulo che a lei e che pure quell'anno l'avrebbe fatta arrivare tardi a messa.

Rosa era già pronta, bella come nei giorni di festa, e reggeva in mano lo scialle scuro. Aveva sciolto i capelli, che le ricadevano in morbide onde sulle spalle cinte da una camicia bianca. Le ragazze sorrisero, Rosa fece il solletico a Giovannino e gli promise altri mandarini se avesse fatto il bravo in chiesa. Poi tutti e tre se ne andarono incontro al suono festoso delle campane.

Turi sedeva a cavalcioni sul muretto dietro la chiesa con i suoi amici, aveva lo sguardo pulito e gioioso di chi si può godere per una volta una mezza giornata di riposo senza stare a modd all'acqua.

Solitamente lui e la zia andavano in chiesa a Vergine Maria, e poi si fermavano a salutare i loro parenti giusto per non restare soli come due derelitti pure il giorno di Natale. Quella volta, però, aveva insistito per restare in zona alla messa solenne del mattino. Un solo pensiero aveva in testa: rivedere Rosa.

Il Natale nelle borgate di pescatori era un giorno che somigliava un poco a tutti gli altri. Solo i pescatori non uscivano in mare, perché di pomeriggio i pesci dormono e non si fanno pigliare. Si andava in chiesa al mattino, ci si salutava e poi ognuno tornava ai suoi travagghi e impicci, mangiare in più non ce n'era e ognuno metteva insieme quel che poteva e rendeva grazie al Signore ca ci dunava a tutti 'a salute e mani forti e voglia di lavorare. Altro non chiedevano e altro non serviva.

Rosa si accorse degli occhi che l'avevano guardata con insistenza per tutta la funzione solo durante la comunione, nel momento in cui incrociò lo sguardo di Turi.

Quando uscirono dalla messa, il mare era solcato da piccole creste bianche e la marea piano piano stava montando. Si sentiva il rumore della risacca vicino agli scogli. Rosa voleva fare due passi sulla riva e Giovannino voleva tirare i sassi in acqua. Franca era contenta di scaldarsi un poco al sole, anche se lo scirocco ora spirava più arrabbiato e faceva fischiare le orecchie. Si udiva più di tutto il gemito vibrante del vento lungo i fianchi delle barche ormeggiate. I gabbiani gridavano pure loro, gettandosi in picchiata per afferrare qualche pesce scintillante. I passi affondavano nella sabbia senza fare rumore ma l'allegria e le chiacchiere dei ragazzi che scendevano verso il mare fecero voltare le due amiche.

«Talè cu c'è, l'amico tuo» disse Franca, dandole una gomitata.

«Ma quale amico e amico» fece Rosa, arrossendo imbarazzata.

«Aveva ragione tua madre, Turi è proprio un beddo picciotto. Se per ogni sguardo suo ti mettessi in tasca una lira, fussi ricca a suoro» scherzò Franca, pronunciando l'ultima frase ad alta voce per farsi sentire.

Per tutta risposta, i ragazzi si diressero immediatamente verso le loro barche. Era più forte di loro, uno sguardo dovevano buttargiielo per vedere se era tutto a posto con quello scirocco. Turi non voleva mettere in imbarazzo Rosa e perciò era indeciso sul da farsi.

«Che sei scimunita, Franca, ma che figuracce mi fai fare?» sibilò l'amica. «Certe volte sei proprio insopportabile.»

«Matri mia, comu fa, e che è? Manco si può cchiù scherzare?» rispose Franca.

Turi prese il coraggio a quattro mani e si avvicinò.

«Buon Natale, Franca. E Buon Natale anche a te, Rosa» disse inchinandosi leggermente e togliendosi la coppolicchia di cotone, quella buona.

«Auguri a te e pure ai tuoi amici che forse si scantano che li mangiamo» rispose Franca indicando il gruppetto che era rimasto alle sue spalle.

Rosa timidamente sussurrò un «Buon Natale anche a te», prendendo colore tutto all'insieme.

«Talè, pure il sole d'inverno la fa diventare rossa alla mia amica.» Rosa divenne se possibile ancor più paonazza.

«Questo sole è traditore, pare leggero e invece brucia» aggiunse Turi. «Allora buon pranzo e piacere di avervi viste.» Con un gesto goffo della mano il ragazzo si congedò e corse dagli amici.

Rosa lo guardò allontanarsi con il cuore che le batteva in petto come se avesse corso a perdifiato, poi si girò verso Franca e la travolse all'improvviso come un'onda che di colpo si leva e ti piomba addosso.

«Franca, quando dici tu ti levi 'sto vizio» le urlò.

L'amica, che tutto si aspettava ma non che Rosa si infuriasse, rimase di sasso. «A te forse ti pare tutto un gioco, vero? Non te ne importa niente che a me Turi piace davvero! Solo perché a te non interessano i masculi, non vuol dire che puoi fare la scimunita!»

«Ro', ma dici vero?» rispose Franca, che non sapeva che pesci pigliare.

«Dico vero, sì, io ci credo nell'amore, io ci ho sempre creduto, io mi voglio sposare e voglio una famiglia, e se tu non la vuoi, sono fatti tuoi» rispose Rosa furiosa.

Franca non l'aveva mai vista così arrabbiata. «Ro', non volevo...» si limitò a sussurrare, quasi intimidita.

«E allora vedi di starti muta la prossima volta, che mi pare a mia che la lingua ti si è fatta lunga assai» aggiunse la ragazza. Poi, accortasi che l'amica era davvero mortificata, le si avvicinò. Aveva esagerato, e non era da lei. Ma a volte le succedeva di sbottare, quando si era trattenuta tutto dentro troppo a lungo.

Le due amiche non sapevano se ridere o se piangere ma Franca, al solito suo, sdrammatizzò scoppiando in una sonora risata. Rosa scosse la testa, poi aggiunse: «Amunì, non c'è più niente, andiamo a casa che 'sto picciriddu ave fame sicuro».

Giovannino nel frattempo saltellava vicino ai pochi scogli che portavano al molo.

«Vita mia, andiamo che è quasi ora di mangiare» gli gridò Franca per farsi sentire.

Rosa si era già incamminata e aveva scordato tutte cose tranne una: Turi.

Natale per chi viveva sul mare più che una festa era un sorriso rubato, la risata squillante di un bambino, le onde sulla sabbia e il luccichio del sole sull'acqua. Natale erano i mandarini che zio Mimmo aveva preparato per Giovannino e che odoravano di buono e lasciavano le mani profumate e la bocca dolce. Una volta dentro casa, ci si scordava di tutto e ogni giorno era identico al precedente.

L'anno nuovo all'Arenella lo accolsero invece con un battito di mani, qualche fischio e una sequela di «Buon anno» che passavano di casa in casa: tanto, per i quattro gatti che erano, si sbrigavano pure in fretta a farseli gli auguri.

Poi di colpo tornò il freddo dalle montagne del cuore dell'isola, che rovesciava sul litorale tutte le mercanzie dell'inverno. Un ospite sempre in ritardo e mai gradito per chi abitava vicino all'acqua perché il freddo, si sa, se stai a due passi dal mare diventa una lama che affonda nella carne fino alle ossa e che porta con sé solo dolori e camurrie.

32

Il picciriddu di Angela fu solo il primo, l'influenza aveva colpito moltissimi dei bambini che le tabacchine si portavano alla Manifattura. I piccoli si ammalavano e molte lavoranti avevano perso la giornata per accudirli in un angolo della stanza dei sigari che era la più asciutta e calda dell'intero complesso.

E così, nei giorni successivi, qualcuna delle donne cominciò a dire che l'idea di un baliatico forse non era male e la parola asilo, a poco a poco, cominciò a farsi largo timidamente fra le operaie. Anche le più restie si stavano persuadendo che servisse una stanza a parte, calda e protetta per i più piccoli, un posto dove lasciarli e dove loro potessero andare a controllarli di tanto in tanto.

Le voci delle donne in quei giorni somigliavano sempre più a un concerto di pentole messe a bollire sul fuoco: dapprima poco rumorose, si erano fatte via via più intense e accalorate.

Tutte quelle lavoratrici instancabili, abituate a subire e ad arrangiarsi, che non avevano mai osato chiedere, erano abituate a tenere la bocca chiusa, ma ora che Franca aveva messo loro la pulce ci pensavano a trovare un posto dove sistemare i picciriddi. Eccome se ci pensavano.

«Franca ha ragione, dobbiamo chiedere una stanza per i nostri picciriddi» e se lo diceva Maria che non parlava mai, forse era il caso di ascoltarla. Dopotutto lei era una mamma, a differenza di Franca.

Aveva cominciato a insistere, prima con le sigaraie, poi con altre donne che portavano i neonati, ma lo faceva di nascosto, quando era certa che nessun estraneo potesse sentirla. Voleva aiutare l'amica, ma stando in disparte e cercando di convincere quante più donne poteva. Con la dolcezza e i modi pacati che la contraddistinguevano, la giovane riuscì in pochi giorni a fare breccia nelle operaie meno testarde.

Bastiana la osservava sospettosa.

Avrebbe fatto arrivare alle orecchie delle più pettegole lì dentro la voce che la sua compagna si stava dando da fare per aiutare Franca, quella presuntuosa che l'aveva aggredita in malo modo accusandola davanti a tutte. Covava un risentimento sordo, voleva farla pagare cara a quelle tre, a Franca prima di tutte, avrebbe messo loro i bastoni fra le ruote in qualsiasi modo e ciò che le riusciva meglio era sparlare.

Franca, dal canto suo, sembrava aver capito prima di molte altre il potenziale di un numero così elevato di operaie: sapeva che se si fossero unite avrebbero potuto chiedere e ottenere. Ma concentrata com'era sul suo obiettivo, non aveva riflettuto sulle possibili conseguenze.

Si era aggrappata alla vita da appena nata, settimina, quando tutti la davano per morta, e adesso non si sarebbe fatta scoraggiare tanto facilmente dalle difficoltà che si frapponevano tra lei e la realizzazione della sua idea.

Perfino Lena aveva capito da un pezzo che Franca era una che sapeva il fatto suo e sul lavoro era una delle giovani sigaraie più precise e affidabili: sapeva lavorare da sola e in squadra, non avrebbe mai tradito una di loro e aveva occhio per le situazioni. Più di una volta aveva cavato di impiccio anche donne più grandi di lei, metteva sempre una buona parola e sedava sul nascere le piccole discussioni che nascevano fra le lavoratrici, alcune delle quali avevano la lingua un po' troppo lunga.

Lena era mamma e sapeva cosa voleva dire lavorare con i bambini piccoli appresso, e con tutte le sue forze avrebbe lottato pure lei per risparmiare alle nuove venute quel supplizio.

L'influenza era passata in fretta ma aveva lasciato nelle donne il germe di una speranza e di un'idea che sulle prime appariva una follia e che invece avrebbe potuto cambiare di molto il loro modo di lavorare.

33

Dopo quello che era successo ad Angela, Franca la notte faticava a prendere sonno, non faceva che pensare all'asilo.

Una sera in cui le lenzuola parevano più ruvide del solito, si ritrovò a rimuginare: *Chidde si scantano certo, i piccioli ci servono a idde. Io picciriddi non ne ho, solo per me devo pensare. Dovrei convincere qualcuna a darmi retta, Rosa e magari Lena. A Maria no, la devo lasciare stare, l'inferno ha visto con Giuseppe neonato, quante giornate di paga le hanno levato, manco si possono contare. Idda non si deve immischiare, manco glielo dovevo chiedere.*

Più ci pensava e più le saliva la rabbia. Più si innervosiva e più si impuntava. *Che poi se i picciriddi stanno all'asilo mica si ammalano così tanto, non serve più rubare il tabacco per pagarci 'i medicine, gliela devo dire a tutte 'sta cosa. Io farò di tutto, di tutto davvero, ma questo asilo si deve aprire.*

I respiri tranquilli dei suoi fratelli le ricordarono che era tardi e che doveva addormentarsi, o l'indomani alzarsi sarebbe stato più difficile del solito.

In Manifattura le donne erano tutte terrorizzate, su questo Franca aveva ragione, non volevano esporsi né rischiare di perdere il lavoro. Si accontentavano di portare con sé i neonati, anche se erano consapevoli che non era un ambiente salutare.

Anche Mela era sveglia, da mesi la carrozza non veniva più a prenderla all'uscita e lei non sapeva cosa pensare. Forse il baronetto doveva sistemare delle faccende o predisporre la casa per accoglierla. Forse, visto che era incinta, non voleva approfittare di lei. Sì, era di sicuro così: non voleva disturbarla, anzi la voleva proteggere.

Quel pensiero la rassicurò. Avrebbe aspettato. Ormai mancava poco al parto e di certo il baronetto non avrebbe abbandonato la sua creatura. Si accarezzò il ventre tondo e sorrise, ci voleva solo un altro po' di pazienza.

Quella notte neppure Maria riusciva a dormire, si girava e rigirava. Anche se erano passati giorni, ogni volta che chiudeva gli occhi vedeva Angela che urlava contro Toti. Fino a quel momento si era tenuta in disparte, quel poco che aveva fatto per aiutare Franca l'aveva fatto nell'ombra per non rischiare guai, ma se l'asilo si faceva era lei la prima a guadagnarci. In lontananza sentiva dei cani latrare, il buio era così fitto che tenere gli occhi aperti o chiusi non faceva alcuna differenza. Si strinse sotto le coperte, quella notte c'era più freddo del solito e non riusciva a smettere di pensare a Giuseppe. Immaginò di stringerlo forte, di accarezzare i suoi ricci morbidi, e si ricordò che doveva scucire l'orlo dei pantaloni e allungarglieli perché si era fatto grande il suo bambino. Di settimana in settimana lo trovava sempre più alto e robusto.

Se Franca riesce ad aprire l'asilo, andrò a riprendermi Peppino e lo terrò con me ogni giorno, pensò, e di colpo capì cosa avrebbe dovuto fare. Ma non aveva fatto i conti con ciò che stava per accadere alla Manifattura.

34

Tirava un'aria strana in quelle giornate spazzate dal maestrale: sembrava che l'intero mare si fosse rovesciato sopra la Manifattura, che appariva gocciolante come un polpo appena pescato. In pochi ricordavano un inizio di gennaio così umido e rigido.

Da diversi giorni si percepiva un movimento rumoroso in cortile, una preoccupazione insolita serpeggiava tra le operaie al piano terra.

Lena se n'era accorta prima di tutte. «Ragazze, giù alle vasche c'è qualcosa di strano» aveva detto alle altre appena il signor Enzo si era allontanato per scendere a prendere un attrezzo di cui aveva bisogno. «Troppi picciriddi che stanno male e pure le ragazze. Non è una febbre normale, però. Bastiana mi ha detto che sua sorella ha sputato sangue, che ha una tosse che le fa mancare il fiato. Io quando sento sangue mi scanto, statevi accorte e se sentite cose, fatemelo sapere subito.»

Rosa sapeva che Lena non parlava mai a vanvera: se era preoccupata lei, c'era davvero da spaventarsi, perciò si rivolse subito all'amica. «Fra', che te ne pare di 'sta cosa? Tu niente hai sentito giù?» Franca finse di non sentire.

«Fra', hai sentito che ho detto? Non me la cunti giusta, perché non parli?» insisté Rosa, seccata.

«Non ti ho detto nulla ieri per non spaventarti» sussurrò Franca guardandosi attorno circospetta. «Lo so che ti agiti ogni pizzuddu, ma a 'sto punto te lo posso pure dire. Ho sentito che c'è una malattia strana giù alle vasche, una tosse che fa buttare l'anima di fuori. Lo dico sempre io, troppa umidità c'è là sotto, quelle donne non hanno polmoni, ma spugne ormai.»

«E ora che siete in due a dire che qualche malattia strana gira qui sotto, ti pare che posso stare più tranquilla? E se ci ammaliamo pure noi? Mio padre ha già le sue, io non voglio immischiargli qualcosa.»

«Rosa, ti vuoi stare calma? I sigari ti escono tutti storti, poi sentilo Ninni. Lo sai che i nostri li controlla sempre lui prima che li impacchettino. Qui da noi nessuna ha la febbre né la tosse, tranquilla e finiamo questa partita.» Pure lei, però, era preoccupata: pensava a Giovannino, a sua madre col suo fiato corto e col ventre fiaccato da tutte quelle gravidanze e dalla stanchezza dei giorni sempre uguali con troppi picciriddi da accudire e da sfamare.

Se si ammalavano, manco 'u dutture ci andava, ché quelle erano cose da ricchi, lussi che dei poveracci non si potevano permettere. A memoria sua non se ne era mai visto uno all'Arenella, nemmeno quando i suoi nonni si erano ammalati di colera. Quei due cristiani erano morti entrambi dopo un calvario che li aveva asciugati come pezze al sole. Di loro restava solo la pelle raggrinzita e gli occhi, occhi scavati e spiritati che lei non avrebbe più scordato, racchiusi in un reticolo di venuzze spezzate come i rami dei rovi in inverno.

La gente i malanni li scansava come poteva, ma a qualcuno piovevano in capo, e chi non ce la faceva a combattere moriva nel proprio letto. 'U destino, si diceva. Se era la tua ora, nessuno ci poteva fare niente.

Il signor Enzo rientrò a passi lenti nello stanzone. Teneva la testa bassa, quasi che i pensieri di colpo gli pesassero come macigni, sembrava smarrito. Non aveva richiamato le donne al silenzio perché pure lui aveva intuito che tirava una brutta aria.

Voleva ascoltare con discrezione le voci nello stanzone, perciò fingeva di armeggiare con uno dei suoi strani oggetti e nel frattempo cercava di capire cosa stesse succedendo. Ogni tanto sollevava gli occhi con sguardo interrogativo. Le donne, però, vedendolo così mogio, tornarono a poco a poco in silenzio sui mazzi di foglie.

Di colpo l'inverno era sembrato più freddo e la luce più spenta. Uno stormo di uccelli passò come una nube scura davanti alle finestre e si diresse velocemente a sud. *Pure loro se ne scappano da qui*, pensò Franca. *A noi sole ci tocca 'sta prigione.*

Quella macchia nera in volo non era di certo un buon auspicio, lo pensarono in molte, qualcuna si segnò e attaccò a mormorare litanie. Di nero ne avrebbero visto molto altro nelle settimane a venire, ma non in cielo, non in volo.

35

La domenica Franca e Rosa raggiunsero Salvo alla taverna. Ormai ci erano andate tante di quelle volte che gli uomini non facevano più troppo caso a loro. Quelli che il primo giorno avevano abbaiato come cani, ora le salutavano con un cenno del capo.

Dopo che ebbero discusso delle faccende urgenti legate all'asilo, Franca fece una pausa e si confidò con Salvo. «Sta succedendo qualcosa di strano in fabbrica» spiegò cupa.

L'uomo, che non aveva mai visto la ragazza preoccupata, si allarmò. «Di cosa si tratta? Che successe? Di nuovo quel Ninni?»

«No, credo qualcosa di brutto. I picciriddi cadono malati e non solo iddi, ma non è una febbre normale.»

«Ditemi, i picciriddi hanno diarrea?»

«No, diarrea no, hanno tutti la tosse e la febbre alta assai» rispose Franca.

«Salvo, io mi scanto» intervenne Rosa. «Siamo troppe e tutte attaccate, e se ci immischiamo 'sta malattia pure noi?»

Franca guardò Salvo smarrita. Era inutile negarlo, in lui cercava protezione e rassicurazioni, non sapeva bene cosa sarebbe accaduto nei giorni a venire.

Lui non sapeva che pensare. Non riusciva a mantenere la lucidità: bastava il pensiero che Franca fosse in pericolo ad annebbiargli la mente.

Si fermò un attimo a riflettere.

«Voi due non dovete dare confidenza a nuddu, non dovete

andare alle latrine e non dovete bere l'acqua della fontana.» Queste furono le prime cose che gli vennero in mente.

Le ragazze annuirono.

«Se state attente, non vi succede nulla.»

«Salvo, io una cosa ti devo dire, per me si deve chiedere che ci fanno le latrine nuove, siamo assai e quelle in cortile non ci bastano... c'è di schifiarsi a trasere» aggiunse Franca con un'espressione disgustata.

Sovrappensiero, Salvo le afferrò la mano. «Promettimi che starai attenta» le disse.

Quel tocco inaspettato fece sobbalzare Franca, che ritirò subito la mano, imbarazzata. Di colpò sembrava che il suo cuore fosse ammattito.

Rosa notò l'espressione dell'uomo mentre raccomandava a Franca di fare attenzione, il tocco della sua mano e, senza volerlo, provò un moto di invidia di cui si vergognò subito.

Mimmo, poco distante, sembrava non essersi accorto di nulla, si era seduto su uno scalino e guardava nella direzione opposta. Rosa non voleva che suo padre si facesse strane idee, o non le avrebbe più accompagnate, poco ma sicuro.

«Le latrine si devono sistemare, hai ragione, Franca. Ma ora la cosa più importante è che nessuna di voi si ammali» disse Salvo perentorio. «State accura e tutto si sistema.»

Non era convinto nemmeno lui di ciò che diceva, ma in cuor suo voleva tranquillizzarle. Lui ne aveva visti tanti morire, cadevano come uccelli morti i cristiani quando c'era stato il colera. Dal racconto delle ragazze non sembrava si trattasse di quello, ma di sicuro non era un semplice male di stagione.

Gli uomini che erano in attesa di parlare con Salvo si spazientirono. «'U capivo che sono bedde picciotte, ma non è che possono stare tutto 'sto tempo!» disse uno dei presenti che conosceva bene Salvo.

«Amunì, non siamo sapuriti come idde, ma anche noi abbiamo cose da dire» aggiunse un altro ridendo.

Salvo per un attimo provò imbarazzo per quegli operai così schietti e insofferenti, ma avevano ragione, lui era lì per tutti, anche se avrebbe voluto stare l'intero pomeriggio a parlare con Franca. «Ora andate, ci sono ancora persone e devo dare conto un po' a tutti. Cerco di capirne di più da Nunzio. Voi, per un po', non scendete in città, mi faccio vivo io.»

Franca annuì ma una parte di lei avrebbe voluto dire di no, che voleva scendere in città e, anche se non riusciva ad ammetterlo, il motivo per cui voleva scendere era seduto lì davanti a lei, con le maniche della camicia arrotolate sulle braccia forti e asciutte.

36

«Un altro cinnè, dottore» disse l'infermiera con aria grave, scorgendo in astanteria la sagoma di una donna con un bambino in braccio, afflosciato come se fosse fatto di paglia invece che di carne e di ossa.

Il medico della Manifattura, all'ennesimo bambino con gli stessi sintomi, cominciò a pensare che la seconda ondata di febbre in pochi giorni non fosse solo un malanno di stagione. L'infermeria era insolitamente affollata quella settimana. Anche alcune operaie si erano sentite male e non si trattava delle solite febbri passeggere da tabacco che lui conosceva bene e sulle quali spesso aveva chiuso un occhio. La temperatura alta e i dolori addominali potevano essere i primi sintomi del tifo e se i suoi sospetti erano fondati, il morbo si era già diffuso. I bambini ammalati e una decina di operaie erano stati tutti nella stanza delle vasche al piano terra. Se nel giro di una settimana fossero comparse le roseole sull'addome, avrebbe avuto la conferma dei suoi sospetti, ma non poteva attendere tutto quel tempo. Doveva fare qualcosa subito.

Lungo le scale i passi del dottore rimbombavano solitari.

«Devo parlare immediatamente col direttore» disse con aria grave alla segretaria che si era già alzata per vedere che succedeva.

Bussò forte alla porta. «È urgente» e non attese il permesso di entrare, aprì subito la porta dell'ufficio.

Quando l'uomo entrò nella grande stanza al primo piano era

visibilmente preoccupato. La fronte corrugata e lo sguardo allarmato fecero alzare il direttor Reghini dalla sedia: non era mai capitato che il medico salisse nei suoi uffici, quella visita lo sorprese e lo preoccupò.

«Direttore, mi perdoni per il disturbo» esordì il medico senza troppi giri di parole. «Ho ragione di credere che ci siano alcuni casi di tifo, per fortuna tutti nella stanza delle vasche.»

Reghini rimase ammutolito e strabuzzò gli occhi incredulo. Il dottore non aspettò un suo commento e suggerì d'un fiato di svuotare la stanza del lavaggio. «Dobbiamo buttare il tabacco e disinfettare con la calce, ma mi serve che lei dia subito ordine di fare tutte cose.»

Reghini si portò una mano al mento, con un movimento nervoso delle dita cominciò a tormentare il pizzetto. Per un lungo istante non fiatò, sembrava che stesse cercando le parole in un luogo lontano.

«Dottore, ne è davvero certo?» chiese infine con un tono di voce preoccupato, sentendo di colpo tutta la responsabilità del suo ruolo. Era però un uomo estremamente pragmatico perciò, superata la sorpresa iniziale, non indugiò oltre. «Dobbiamo fare tutto ciò che è necessario per bloccare subito questa cosa o saranno guai seri, se parte un'epidemia qui dentro succede una strage.»

«I sintomi sono compatibili» rispose il medico. «La certezza non ce l'ho, ma temo proprio che sia tifo. Dovrei far passare almeno sette giorni per esserne sicuro, ma non possiamo permetterci di aspettare tanto. Si sono ammalati subito i bambini, questa malattia non dà scampo se il fisico non è abbastanza forte. Non tutti ce la faranno» mormorò abbassando gli occhi a terra.

Il direttore cominciò a camminare su e giù per la stanza, tenendo di nuovo la mano sul mento, continuava a lisciarsi la barbetta. «Non dobbiamo dire nulla per ora. Ci manca solo che scateniamo il panico fra le operaie. Se si viene a sapere che ci sono dei casi di febbre tifoide è la fine. Dobbiamo dire che abbiamo trovato una partita di tabacco guasta, coi vermi, e quindi bisogna disinfettare tutto. Conto sulla sua assoluta discrezione, mando l'ordine personalmente» disse sottovoce.

Il medico annuì.

I due uomini si fissarono per un istante, poi ognuno tornò alle proprie mansioni. Il direttore si affacciò alla finestra pensieroso, con le mani dietro la schiena. Il suo sguardo indugiò a lungo sulle persone che attraversavano il cortile e che, ignare di tutto, continuavano a lavorare.

La malattia che stava divorando i bambini non era una semplice influenza, alcune madri lo capirono presto. Nel giro di un paio di settimane divenne evidente che un male mortale si era abbattuto su un'ala della fabbrica e che non tutti sarebbero sopravvissuti.

«Alle vasche non ci sta cchiù nuddu, hanno chiuso tutto» disse Lena passando accanto al bancone di Franca e Rosa. Poi ripeté la stessa frase a Maria e Bastiana e pian piano a tutte le altre.

«Te l'ho detto che è una fabbrica di morte questa» sibilò Franca. «E tu mi dicevi pure di starmi zitta che qui abbuschiamo il pane.»

«Fra', che ci trase? Mica avevi il tifo, tossivi e ti passò subito. Ora mi scanto pure io, che ti credi?»

Le ragazze non scendevano al pozzo da diversi giorni, tutta la parte che dal piano terra si affacciava sul cortile interno era stata chiusa: le impronte bianche della calce segnavano i porticati e perfino lo sterrato. Ormai sapevano tutti che si trattava di tifo, che era nell'aria e che probabilmente avrebbe contagiato tutti.

Le sigaraie non scendevano nemmeno più alle latrine comuni, preferivano andare alla spiaggia, tra i cespugli e gli arbusti, in caso di bisogno. Si alzavano leggermente i gonnelloni e si chinavano sulla sabbia. Poi tornavano al lavoro premendosi i fazzoletti davanti alla bocca, parlando poco o niente.

«Ci vorrebbe un'epidemia al mese qui per vedervi lavorare senza alzare la testa» aveva esclamato Ninni, attraversando il laboratorio borioso. «Talè come sono tutte zitte e scantate.»

In cuor loro le sigaraie gli auguravano di prendersi la febbre, ma poi si pentivano subito del malopensiero e pregavano in silenzio Dio di essere risparmiate.

Franca si vide davanti agli occhi Giovannino: se avesse preso il tifo non sarebbe sopravvissuto.

Maria cercava di tranquillizzarla: «Mia nonna era una mezza strega e diceva sempre di tenere il fazzoletto sulla bocca e di lavarsi le mani, così non se ne portano malanni a casa. Quando ci fu il colera ne ha visti morire a tignitè».

«Maria, i miei nonni se lo sono preso, ero una picciridda ma me lo ricordo. Il tifo è brutto, ma se lo fermano in tempo ci salviamo. Per sì e per no Peppino tuo lascialo da tua madre, là è al sicuro. Al massimo tu ci puoi attaccare una cosa a tuo marito, che, detto fra noi, non è che fusse male, eh...» disse Franca e si mise a ridere, cercando di smorzare la tensione. Poi, tornando seria, aggiunse: «Invece senti a me, non ci dare confidenza a Bastiana. Sua sorella se l'è beccato il tifo, idda per ora sta bene, ma del resto l'erba tinta non muore mai».

«Franca, smettila, lassala ire. Piuttosto tu e Rosa non passate da via Gulì: adesso che hanno aperto gli altri cancelli, entrate e uscite solo da quelli dietro, sentite a me» si raccomandava Maria, e infatti Franca e Rosa per entrare alla Manifattura non passavano più dal cortile ma dall'ingresso sul mare.

L'edificio dove lavoravano loro era piuttosto distante dalle vasche. Una scalinata portava all'uscita secondaria, quella verso la spiaggia che non usava quasi più nessuno. Il direttore aveva disposto che lo stanzone delle sigaraie venisse pulito e disinfettato accuratamente e non aveva chiuso la produzione dei sigari almeno i primi giorni.

«Ma ti pare normale? Noi dobbiamo travagghiare lo stesso, come nulla fosse» diceva Annamaria a Lena. «Ca siemu assai, tutto dovevano chiudere, no solo sutta.»

Lena era ombrosa. Annamaria non aveva torto: vicine come erano in un'unica stanza, potevano morire tutte se il tifo arrivava fino a loro.

Le sigaraie avevano paura e l'umore era cupo. Il nervosismo serpeggiava e impregnava l'aria. Quel luogo solitamente vivo e brulicante si era tramutato in un mortorio dove nessuna dava confidenza all'altra per paura che la vicinanza venisse ripagata con la malattia. Nessuna aveva voglia di scherzare o di raccontare pette-golezzi, di aggiornare le altre sulla situazione delle operaie e dei bambini ammalati.

Franca pensava che non aveva senso aspettare che ci scappas-sero i morti prima di decidersi a fare dei cambiamenti. La Mani-fattura era davvero piena di gente, c'era da aspettarselo che prima o poi qualche malattia se la pigghiavano.

Tutti quei pensieri non le davano tregua, si moltiplicavano nel-la sua testa.

37

All'improvviso un colpo di tosse fece trasalire Franca, poi un altro ancora. Si girò per capire da dove venisse, e insieme a lei tutte le operaie.

Quel giorno in Manifattura faceva ancora più freddo del solito, il signor Enzo a un certo punto si era allontanato trascinando uno strano carrello sgangherato, senza nemmeno preoccuparsi di raccomandare alle sigaraie di stare zitte, perché in quei giorni nessuna proferiva parola.

Era Bastiana che tossiva dentro un fazzoletto lurido. Maria, che già si era coperta il volto al mattino con un bavaglio di cotone, saltò in piedi e si allontanò dalla postazione.

«Bastiana, se stai male vattinne subito» le intimò Franca. «Ci manca solo che ci immischi cose a noi.»

«Fatti i fatti tuoi» rispose l'altra, guardandola di traverso.

Franca ricambiò l'occhiata con disprezzo e replicò immediatamente: «Intendi dire che devo farmi i fatti miei come fai tu? Perché a me non mi risulta proprio che tu sei una che se la chianta. Anzi, devo proprio dire che un gallo al mattino a te le valigie ti può portare per come canti, specie per inguaiare chi lavora cu tia». Era da tempo che aspettava l'occasione giusta per darle della spiona.

La ragazza impallidì. «Io... Io ho dovuto, tu non sai, non capisci... Ho dovuto, non volevo» si difese, sentendosi gli occhi di tutte puntati addosso come decine di spilli.

«Ah sì certo, ma ci crediamo tutte, eh. Ti hanno torturata per fare la spia a Maria» ribatté Franca, rovesciando gli occhi al cielo con un gesto che era insieme di scherno e di insofferenza.

«Ora zitte! Tutte. Se qualcuno ci sente dagli uffici sono guai. Bastiana, pigliati i ripieni e mettiti sul tavolo là in fondo, così ti abbuschi la giornata ma senza stare addosso a Maria» intervenne Lena, indicando un banco in fondo alla stanza.

Bastiana raccolse le sue cose e andò a lavorare da sola, senza manco alzare gli occhi dalle scarpe. Non aveva fiato per parlare, né la forza per rispondere. Aveva un fuoco al centro del petto che saliva lungo il collo e le imporporava le guance. Sentiva pure caldo, ma in cuor suo scacciava l'idea e la possibilità che fosse la febbre. Non poteva e non doveva ammalarsi pure lei. Le parole di Franca le bruciavano, ma cosa ne poteva sapere quella? Si era trovata a tu per tu con Ninni nel suo ufficio e aveva dovuto parlare, o ci sarebbe andata di mezzo lei per quartiare Maria, che non le rappresentava nulla, mica erano parenti o amiche, lavoravano insieme e basta.

«Ha fatto bene Franca a dirgliene quattro» commentò Angela fra un sigaro e l'altro. «Si deve seccare la lingua a chi fa la spia.»

Il signor Enzo era appena rientrato ma non voleva immischiarsi in quei discorsi, che se la sbrigassero i capi a rimproverare le ragazze, se ci tenevano. Lui era troppo stanco in quei giorni e gli scocciava pure respirare, si sentiva strano, aveva sempre freddo. Un colpo di tosse lo fece sussultare, poi un altro, e per un attimo gli mancò il respiro. Si fermò in piedi dov'era e cercò di riprendere fiato. Col pezzo di stoffa che portava sempre attaccato alla cintola, si asciugò il sudore freddo che gli imperlava la fronte.

Quando tornò al suo posto, i mugugni non si erano ancora placati. Batté un forte colpo di martello sul bancone. Le sigaraie trasalirono e tornarono alle loro occupazioni senza più curarsi della rabbia di Franca o della tosse stizzosa di Bastiana.

La sirena della sera arrivò per le operaie come una liberazione, il segnale che finalmente potevano andarsene, ognuna coi propri tormenti e con una paura sottopelle che non voleva abbandonarle. Perfino le carrozze fuori dai cancelli erano meno numerose del solito e questo, per molte delle donne, non era un buon segno. La voce della malattia era già volata fino alle case dei nobili.

Franca e Rosa salutarono in fretta e furia Maria in fondo alle scale e si incamminarono verso casa. Non avevano alcuna voglia di parlare, né di scherzare, speravano solo che quell'incubo finisse al più presto. La fame la potevi combattere, il freddo pure, erano cose che conoscevano bene. Non sapevano invece come fare con quella malattia, se non cercare di stare attente e affidarsi al volere del Signore.

Appena uscirono dal retro, attraversarono la spiaggia e andarono verso il mare, tuffarono velocemente le mani in quell'acqua gelida e le asciugarono subito nel grembiule, per non prendere troppo freddo. Non tutte ci credevano che lavarsi le mani fosse cosa buona, in poche lo facevano, ma Franca e Rosa nel dubbio le immergevano in mare, le sfregavano l'una contro l'altra e poi si segnavano recitando un *Pater noster*. Le più anziane avevano raccomandato di fare così, che l'acqua salata era il rimedio per tutte cose, pure per la sfortuna.

In quei giorni Rosa e Franca divennero ancor più unite, ma il resto del mondo lo tenevano lontano per il timore che qualcosa di sgradito potesse rompere il loro guscio. Bastava una crepa a far crollare tutto. Si scoprirono sospettose: evitavano ogni contatto con le altre, ritenendole a malincuore una minaccia. Se prima indugiavano volentieri a fare due parole, ora se ne filavano dritte dritte al loro tavolo e non davano confidenza a nessuna, solo a Maria, anche se non le si avvicinavano mai troppo, perché viveva nel quartiere dove c'erano state le febbri più brutte e intere famiglie erano rimaste a letto. Il timore di ammalarsi e portare il tifo a casa prevaleva su ogni altro sentimento, perfino sulla ragione.

Quasi tutte le sere, dopo il lavoro, Rosa si sentiva ripetere le raccomandazioni dalla madre: «Figghia mia, tieni, portati le tinture di erbe da mettere sulle mani e sui fazzoletti che tu e Franca tenete davanti alla bocca. Le preparo per massaggiare le ginocchia di tuo padre, o per quando vi viene la tosse o il raffreddore, ma adesso servono più a voi, a te e a Franca. E non vi levate mai la pezza di davanti la bocca, mai, 'a mamma, hai capito?».

La ragazza annuiva stanca davanti al suo piatto di minestra calda e si chiedeva come sarebbe finita giù alla Manifattura.

Nonostante le precauzioni, però, gli ammalati continuavano ad aumentare.

38

Il 1898 era cominciato nel peggiore dei modi e pareva peggiorare ogni settimana. A febbraio il direttore, suo malgrado, fu costretto a chiudere tutti gli edifici. I cancelli vennero incatenati e solo pochi autorizzati vi ebbero accesso. La fabbrica rimase ferma per due settimane, tutti gli ambienti furono puliti e disinfettati, ma ci volle quasi un mese prima che si tornasse alla normalità.

Per tutto quel periodo le donne rimasero senza paga e più di una non aveva di che sfamare la famiglia. Nemmeno le carrozze passavano più dall'Acquasanta. Non ci fu 'a iurnata per nessuno e manco come arrotondare. La pancia vuota incattivì tutti. Gli uomini si spinsero ben al di là di quei quartieri per cercare di racimolare qualcosa, ma più di una volta rincasavano a mani vuote. Le provviste finirono presto e nessuno faceva più credito.

Lo sconforto cadde addosso a tutte a peso morto. Il tifo portò con sé la disperazione della morte e della fame, le piaghe peggiori che potessero colpire quelle borgate.

Al ritorno in Manifattura le donne si strinsero attorno alle madri che avevano seppellito i loro bambini. Ne erano morti sei, uno strazio di cui poterono incolpare solo la malasorte. Vincenzino per fortuna guarì: non aveva avuto il tifo ma una brutta infreddatura e riuscì a sopravvivere; vuoi per le preghiere, vuoi perché Lena, incurante del rischio, aveva procurato ad Angela i soldi per le medicine, facendo uscire un po' di tabacco.

Tre operaie morirono, le altre guarirono tutte, perfino Bastiana e sua sorella, ma persero quasi un mese di stipendio.

Si era ammalata anche Mela. Il tifo la debilitò al punto che non poté più immergere le mani nelle vasche e venne trasferita in un altro reparto, alla lavorazione del tabacco da fiuto. Per più di un mese lei e suo figlio Pietro camparono del buon cuore dei vicini. Sua madre, che non si era mai curata di vederla vendersi, non mosse un dito per aiutarla. *Un padre campa cento figli e cento figli non campano un padre* era un proverbio che nel suo caso non valeva. Lei invece la madre l'aveva campata ogni volta che era salita su quella carrozza, ogni volta che in silenzio e con gli occhi serrati aveva aspettato che il baronetto finisse di farsi i suoi comodi e le gettasse una moneta.

Mela era finita col cullarsi un figlio bastardo e l'uomo che per anni l'aveva cercata non la degnava più di uno sguardo. Quell'uomo, che non era più giovane e forse manco più tanto ricco, amava cercare distrazioni altrove, dato che la moglie non lo accoglieva troppo volentieri nel suo letto, e Mela era stata uno dei suoi passatempi prediletti.

Gli straordinari a quella ragazza li aveva fatti fare nel suo studiolo in città, solo che a pagarli, con tutti gli interessi, alla fine era stata lei.

Per blandirla e vincere le sue resistenze le aveva promesso di parlare col direttore e farla spostare in un reparto migliore, e lei gli aveva creduto. Era davvero convinta che quell'uomo si preoccupasse per lei e le desse una mano.

Avrebbe dovuto immaginare che era un bugiardo, a poco a poco gli oggetti di lusso e i bei quadri che ornavano lo studiolo erano spariti. «Li stiamo spostando in un nuovo alloggio» aveva detto il baronetto, ma la carrozza sempre meno curata e le stoffe dei sofà che sbiadivano raccontavano un'altra verità.

La statuina di porcellana bianca a forma di cigno, la preferita di Mela, era stata la prima a sparire. Il baronetto gliel'aveva promessa e lei ogni volta si chiedeva quando gliel'avrebbe data da portare a casa.

Ma non solo non aveva ricevuto nulla, quando lui aveva saputo del bambino non l'aveva più mandata a prendere.

Mela aveva capito di essere veramente nei guai solo quando,

con il piccolo di pochi giorni in braccio, si era presentata alla Manifattura convinta che soltanto perché aveva un neonato, per giunta di sangue nobile, il suo posto fosse in una stanza migliore. Solo allora aveva scoperto che il baronetto non aveva mai parlato col direttore e così, finché non si era ammalata, era stata costretta a legarsi Pietro al petto e a chinarsi sopra le vasche come sempre. L'umiliazione e la vergogna erano ferite tremende per una donna appena diventata madre, per di più non sposata e quindi sulla bocca di tutti.

Era stata una povera stupida. Si odiava ancora per aver creduto alle sciocche chiacchiere di un uomo coi pantaloni calati, ma più di tutto si odiava per aver affidato a un disonesto la speranza di migliorare la sua vita, di affrancarsi da quel mondo fatto di fatiche e levatacce, una vita di sacrifici e sottomissione.

Mela aveva sempre saputo che essere donna richiedeva una forza di gran lunga maggiore rispetto a essere uomo, ché la donna è fatta per portare pesi che schianterebbero chiunque, sa pensare a tutti fuorché a se stessa e sa fingere di essere sazia pur di assicurare un boccone in più ai suoi figli. Tutto questo le era sempre stato chiaro e proprio per questo aveva cercato una via di fuga, solo che l'unica che aveva trovato l'aveva condotta in un'altra prigione, più dura della prima.

Dalla prima volta in cui aveva stretto Pietro tra le braccia, Mela aveva capito il vero significato di una frase che aveva sentito ripetere a molte donne che conosceva: «I figli sono delle madri». Lo si comprendeva solamente quando ci si trovava un neonato fra le braccia e lo si capiva ancor meglio negli anni a seguire, quando quel neonato cresceva. A sue spese, lo avrebbe capito anche Franca, un giorno.

39

«A falce si ci rumpìu...» dicevano tutti, la lama a mezzaluna non si era abbattuta sulle teste delle tabacchine. La morte non si nominava mai: era una presenza sospesa a mezz'aria che non si doveva scomodare per nessun motivo. L'accenno era sufficiente, insieme alla consapevolezza di averla scampata: i morti sarebbero potuti essere molti di più ma, a senso loro, la lama spezzata aveva risparmiato altri lutti e lacrime.

Gran parte del merito andava al medico che aveva capito subito di cosa si trattasse e aveva fatto sgomberare e disinfettare la zona dove il male aveva iniziato a propagarsi, ma nessuno lo sapeva e molte operaie insistevano nel dire che la Manifattura portava malasorte, che gli spiriti inquieti degli appestati avevano maledetto quelle mura.

«'Ste scimunite vanno dicendo che i fantasmi degli appestati hanno a che fare con il tifo, ma ti rendi conto?» disse Franca.

«Smettila, non la nominare nemmeno quella malattia, che poi ritorna» la ammonì Rosa.

«La mia amica diventò cchiù scimunita di quelle... Ma dici vero?»

«Io mi scanto per sì e per no. Tu non la devi dire quella parola, va bene?»

Rosa era molto superstiziosa; Franca, al contrario, non credeva alle dicerie sui morti che tornano e portano attasso.

Per diversi giorni la paura continuò a tenere in pugno le operaie, e i segni del lutto addosso alle più provate non facevano che ricordare a tutti le sofferenze e i timori che avevano attanagliato tutti i lavoranti della Manifattura.

Quella disgrazia doveva per forza avere una spiegazione, e alle domande l'ignoranza risponde con la superstizione. Fu così che fra le lavoratrici cominciò a serpeggiare la voce che il tifo era stato un castigo per aver osato pensare a sistemare i picciriddi in un posto dentro la Manifattura. E sempre più spesso si udiva bisbigliare dalle anziane: «'U Signure ci ha punite, accussì imparate voialtre a fare le signore, pensate a travagghiare piuttosto».

«Ma non dite fissarie!» rispondeva Franca. «Ne sono morte più per il tabacco che per questa malattia qui. I mali non li manda il Signore, vengono e basta.»

Ma le sue erano parole al vento. Per quanto si cercasse di spiegare che in luogo pulito e protetto probabilmente quei bambini non si sarebbero ammalati, Franca non riusciva a persuadere le più testarde che il tifo non c'entrava nulla con l'asilo.

Bastiana poi ci mise del suo. L'essere sopravvissuta al tifo l'aveva incattivita. La sofferenza, quando tocca chi è già arraggiato con la vita, rende le persone velenose come i serpenti e Bastiana era tornata alla Manifattura ancora più stizzita e linguacciuta. «Abbiamo già perso settimane di paga e queste invece che a travagghiare e accanzare piccioli, pensano a chiedere» andava ripetendo a tutte. «Già 'u direttore è arraggiato, ci manca solo di inquietarlo, accussì ci mandano a tutte e ci troviamo a spasso, sentite a me.» Lo faceva di nascosto da Franca, cercando di sabotare il lavoro che la ragazza aveva fatto fino a quel momento. Era la sua vendetta.

Bastiana tanto fece e tanto disse che convinse molte a non insistere con quella richiesta, sarebbero andate avanti come avevano fatto fino a quel momento, senza aiuto e senza pretese. Non era necessario cambiare le cose.

Franca, che si era sentita a un passo dall'avere il sostegno delle altre, alla fine mollò la presa: capì che avrebbe dovuto arrangiarsi e che nessuna l'avrebbe sostenuta.

«Io ci levo mano, ma come si fa?» disse sconsolata a Rosa mentre insieme portavano i sigari di fine giornata al bancone della raccolta.

«Non ci pensare, lassale ire. T'aiuto io, non ti lascio sola.»

«Guardale» replicò ad alta voce in tono sprezzante, «non ci interessa niente a loro. Più travagghiano e meno si lamentano, come i muli.» Era delusa e stanca, si sentiva completamente sola a combattere una battaglia senza speranza.

«Fra', senti a me, un fare abbili inutili» disse Rosa di slancio mentre percorrevano lo sterrato alla destra della Manifattura. «Sei una testa dura, l'ho capito ormai che non cambi idea.» A pochi passi da loro si apriva il porticciolo dell'Acquasanta, un piccolo golfo naturale sotto il promontorio di Villa Igiea.

«Io sono sicura che Salvo la spunta, con noi o senza di noi. E poi, secondo me, più che per le donne lui farà aprire l'asilo per te, perché sa che ci tieni.» Era la prima volta che Rosa le diceva ciò che pensava davvero. La sua amica e Salvo si somigliavano tanto e, nonostante la differenza d'età, erano perfetti l'una per l'altro.

«Ro', un dir fissarie, Salvo fa solo il suo lavoro e comunque ancora io mica l'ho inquadrato bene... Non ti pare stranulidda 'sta cosa che non è sposato?»

«Ma non dire fissarie tu! Intanto quello non è sposato perché travagghia giorno e notte e sabati e domeniche, e poi se non ti sei accorta di come ti guarda sei vero cchiù strana di quello che pensavo» replicò Rosa alzando gli occhi al cielo.

«Vabbè tu sei fissata che i maschi tutti a me guardano, ma quando mai! Comunque a me 'sto Salvo non mi piace, è troppo vecchio» mentì Franca, che mentre diceva queste parole si sentì avvampare.

«Sì sì, come dici tu... Lo vedo come non ti piace, sarà un caso che cangiasti culure e che quando dobbiamo scendere in città ti fai tutta bella, tu che sei sempre stata un masculazzo...»

«E comunque non si è più fatto sentire. Da quando noi non ci scendiamo, non si vitte cchiù» replicò Franca con una punta di risentimento.

«Non pensi che è perché sta facendo cose per noi? È troppo preso puru iddu per scordarsi di tia.»

«Fissarie, spariu, mi pare a me che puru chiddi ca parono buoni di masculi alla fine sono tinti!»

«Chi era quella che non voleva saperne di maschi fino a qualche mese fa?» la canzonò Rosa, ma Franca già correva verso il bivio dove avrebbero aspettato don Carmelo.

«Non cambierà mai, quando un discorso non le conviene, si stocca le gambe e attacca a correre» borbottò Rosa fra sé e sé.

40

Da quando Mela era tornata a lavoro dopo la malattia, Lena aveva cercato di starle vicino per farle pesare meno le occhiate delle altre operaie alla Manifattura. Le occhiate maligne e pure quelle di commiserazione, che spesso la pietà è un carico più penoso della cattiveria.

«Non lo so manco io com'è che sono ancora viva» disse una mattina la giovane, guardandosi le mani anchilosate. «Un vitti nuddu, né mia madre, né chi si è divertito finché ci fice comodo e la Mela era sana.»

«Non ci pensare, Melì» le rispose la zia, sentendosi stringere il cuore. «Tua madre lo sappiamo quello che è, e un mi fare parlare assai che non sta bene. 'U Signure ti tenne una mano in capo, alla Santuzza ci devi portare i fiori e ti devi fare l'acchianata a settembre prossimo per ringraziare che sei ancora viva.»

«Raggiune hai, alla Santuzza mia ci devo dire grazie che mi ha raccomandata a nostro Signore» mormorò Mela stringendo i pugni e tentando di ricacciare indietro le lacrime. «Lena, io devo pensare al picciriddu mio, non posso tenerlo con me ora che la malattia mi ha guastata.»

«Melì, ma che vai dicendo? Un dire fissarie» rispose Lena, che di disgrazie ne sapeva fin troppo.

«Ci ho pensato assai, troppa paura ho avuto quando mi ammalavo. Se mi capita qualche cosa 'u picciriddu non ave nuddu... Io non voglio che cresce come a noi, in mezzo alla miseria. L'ho visto io come vivono certuni, nel lusso.»

«Lassa ire, non ti mettere grilli per il capo... Chiddu non ti calcolerà, non ti darà né piccioli, né aiuto.»

Da quando Mela era passata ai trinciati ed era tanto debole da non riuscire a stare tutto il giorno con il piccolo attaccato al petto, Pietro rimaneva a casa con la nonna. Per la donna, però, il picciriddu era solo una camurria in più e non mancava di farlo pesare alla figlia.

Manco a farlo apposta, Pietro era preciso a suo padre, a dimostrazione che, come dicevano le anziane, certi ritratti fatti di nascosto escono chiari chiari e il mondo è pieno di figli illegittimi che somigliano ai padri più di quelli che ne portano il cognome.

Facendosi coraggio, Mela si presentò allo studiolo con il picciriddu al collo. «Che ci fai qui?» esclamò Rita, bianca come un cencio. «Sei uscita pazza o cosa? Ma che ti salta in mente di venire con una creatura in braccio?»

«Questo picciriddu è sangue del suo sangue e lui lo deve guardare. Io mi sono ammalata, a picca morivo, e se morivo, chi ci pensava al nico mio? Chi?»

«Non ti posso fare acchianare, o mi licenziano. Vattene, iddu già ti ha rimpiazzata.»

Mela finse di andarsene, sapeva benissimo che a una certa ora il baronetto sarebbe sceso per tornare a casa. Si appostò all'angolo e attese.

«Signore» lo apostrofò quando finalmente l'uomo uscì per raggiungere la carrozza.

Appena lui la vide affrettò il passo, ignorandola.

«Signore, questo è vostro figlio. In nome di Dio, guardatemi, guardatelo. Sono stata molto malata, non posso tenerlo. Prendetelo con voi, è sangue vostro, non potete lasciarlo morire...» disse d'un fiato.

Poi estrasse dalla tasca l'astuccio col bracciale e glielo porse. «Non so che farmene. Di regalo vostro mi basta questo che tengo in braccio.»

Il baronetto trasalì. Voleva solo che quella ragazza se ne andasse, lui camurrie non se ne voleva accollare. Ma un'idea aveva cominciato a formarsi nella sua testa. Un'idea confusa, azzardata, che però poteva risolvergli più di un impiccio.

Se tutto andava come sperava, il regalo lo stava facendo la tabacchina a lui.

«E va bene, ci penso io» le disse. «Ti mando presto notizie, ma ora levati ri davanzi tu e 'sto picciriddu.»

41

«Cugino, ho una notizia grandiosa» esordì il baronetto, con il volto raggiante e paonazzo.

Appena Mela se n'era andata, si era precipitato a casa del duca e aveva salito le scale di fretta, perciò oltre a essere accaldato aveva pure il fiatone.

«Che succede?» chiese il duca stupito. «Hai trovato un mare di soldi e sei venuto di corsa a portarmeli?»

«Molto divertente... No, ho trovato qualcosa di meglio dei piccioli, qualcosa che farà tornare il sorriso a Margherita e che risolverà tutti i vostri problemi.»

Il duca, che aveva intenzione di congedare in fretta quel fanfarone, si fece di colpo serio.

«Avanti, sentiamo.»

«Ehm, diciamo che una certa ragazza che conosco, sana eh!, ecco, diciamo che questa picciotta ha un nutrico di pochi mesi e non riesce a badarci. Vorrebbe darlo a qualcuno che possa occuparsene, per sempre chiaramente.» Riprese fiato e aggiunse: «Il bambino è bellissimo, l'ho visto coi miei occhi».

«Tu devi essere completamente pazzo... Mi dovrei mettere in casa il tuo bastardo?»

«Questo ti dovrebbe tranquillizzare... Sangue nobile ave 'sto picciriddu. È nico e se fai allontanare subito Margherita con la scusa che è gravida ma delicata di salute, lei poi torna con il bambino e chiddu ca vuole parlare parla, per voi e per tutti è il vostro, la gente dopo un po' se le scorda le cose» replicò placidamente il baronetto, facendosi aria con un documento che aveva trovato sulla scrivania del cugino. «E diciamo che per questo favore grande, tu e io siamo pari per quei piccoli prestiti... Dopotutto un figlio non ha prezzo, no?»

Il duca era allibito per la sfacciataggine del baronetto, ma forse, in fondo in fondo, quel viscido poteva anche aver ragione. Margherita si spegneva di mese in mese, una creatura avrebbe potuto darle un po' di speranza. «Ne parlerò con mia moglie. Ti manderò a chiamare.»

«Ero sicuro che avresti ragionato. È un ottimo affare questo e ti ridarà pace in casa.»

Qualche giorno più tardi, all'uscita della Manifattura, Mela vide la carrozza ai cancelli. Il padre di suo figlio, forse per la prima volta in vita sua, aveva mantenuto la parola.

«Il signore manda a dire che la cosa è fatta» le disse il lacchè.

Mela sentì di nuovo lacerarsi le carni, come quella sera nello studiolo, come quando aveva messo Pietro al mondo. Suo figlio era parte di lei, lo sarebbe stato per tutta la vita, ma lei aveva solo diciassette anni e nessuno al mondo che potesse aiutarla. Suo figlio avrebbe avuto un futuro altrove, sarebbe stato cresciuto da un'altra donna che lo avrebbe amato come se fosse suo, ne era certa. Le donne hanno un cuore così grande che fanno diventare carne propria anche quella altrui.

«Sta bene» rispose. Poi corse a casa ad abbracciare Pietro.

Un paio di sere più tardi una carrozza molto più elegante e lussuosa di quella del baronetto arrivò ai cancelli. Dietro la tendina Mela riuscì a intravedere una giovane donna con un grande cappello chiaro e la mano guantata poggiata al finestrino.

Mela non abitava distante dalla Manifattura, quindi disse al lacchè di aspettare mentre andava a prendere il picciriddu. Arrivò a casa di sua madre e sollevò Pietro. Lo strinse forte, lo annusò per ricordarsi il suo odore, gli toccò le manine e gli sussurrò che lo amava più di ogni altra cosa al mondo.

«Dove te ne vai col picciriddu a st'ura?» le chiese la madre.

Mela non rispose, si limitò a guardarla con un'occhiata colma di risentimento. «Non è affare tuo dove vado cu me figghio, ma da oggi non ci dovrai badare cchiù.»

«Ah bene, vulisse 'u Signure» esclamò la donna sollevata.

Mentre Mela usciva di casa le lacrime scendevano copiose sulla testolina di Pietro, che placido si era addormentato.

Quando fu davanti alla carrozza aspettò con il piccolo aggrappato al collo. Ad andare da lei non fu la giovane donna, ma il lacchè, che le si avvicinò e le disse: «Lo puoi dare a me, la signora preferisce non vederti».

Mela annuì, ma rimase immobile. Stava facendo la cosa giusta, ma allora perché stava così male? Perché il troppo amore può trasformarsi in un dolore che annienta e devasta?

Il lacchè indugiò e poi allungò le braccia. Mela gli porse il piccolo. «Mi dica solo che andrà con qualcuno che lo saprà accudire e amare.»

L'uomo annuì cercando di sorridere in modo rassicurante, ma non trovò parole giuste da dirle, anche lui era un padre di famiglia e vedere quella giovane così disperata lo aveva commosso. Prese il bambino con sé e lo portò sulla carrozza, che subito dopo si allontanò di gran carriera.

«Pietro, no!» l'urlo straziante di Mela rimbombò nell'aria. La ragazza cadde in ginocchio, piegata da una fitta che le straziava il petto. Era scossa dai singhiozzi, tremava.

La carrozza diventò un puntino lontano e infine sparì, e lei rimase lì, sola, al buio, a contorcersi.

Forse sarebbe stato meglio morire di tifo che morire così. Era sopravvissuta al morbo e sarebbe sopravvissuta anche senza Pietro, ma da quel giorno la sua vita sarebbe stata troppo simile a quella di un uccello con le ali spezzate.

42

Dumani è duminica, tagghiamu a testa a Minicu;
Minicu nun c'è; tagghiamu a testa o re.
'U re è malatu, tagghiamu a testa o surdatu;
'u surdatu va a la guerra, tirituppiti tutti 'nterra!

Poi cadevano tutti a terra ridendo come matti, maschi e femmine, alla fine del girotondo.

I bambini in cerchio sul sagrato cantavano allegri. La messa era appena finita e le persone si intrattenevano un poco in piazza, complice la bella giornata marzolina, prima che ognuno tornasse a casa per il pranzo. Non che ci sarebbe stato qualcosa di particolare rispetto agli altri giorni, la domenica era festa solo sul calendario. Faceva ancora freddo, ma a quell'ora uno spicchio di luce illuminava la piazza e fuori si stava meglio che dentro. Giuseppe correva con un bastoncino in mano, la piazza era affollata e lui voleva andare dai bambini più grandi che facevano quello strano gioco e poi si buttavano per morti riempiendo l'aria di risate.

Maria, stretta nello scialle, osservava suo figlio che si avvicinava ai bambini coricati a terra e li guardava sospettoso. La giovane donna aveva sul volto un'espressione di orgoglio e di fierezza. Quel bimbo era suo, stava diventando grande e si faceva ogni giorno più bello, con quegli occhioni che parevano due pezzi di cielo, chiari come quelli di suo nonno.

«Maria, quanto sarebbe bello riprenderti Giuseppe? Se putisse stare cu tia a la Manifattura e giocare coi picciriddi» disse Franca quasi senza pensarci.

Rosa, che fino a quel momento non aveva detto nulla, aggiunse: «Certo, se i picciriddi avissero un pirtuso dà...». Ma subito si interruppe, perché Maria era balzata in piedi e stava andando da Peppino che era volato a terra e ora strillava come un demonio, al solito suo.

«Ma te lo ricordi quando era nutrico, le voci che buttava?»

«Ah no? Le orecchie mi faceva saltare, un mi ci fare pensare, và» rispose Rosa, sventolando la mano come se il ricordo che voleva scacciare fosse lì davanti ai suoi occhi.

«Una peste proprio. Maria per un pelo non ha perso 'u travagghio tannu.»

Poi insieme raggiunsero l'amica che poco distante pulizziava la polvere dai calzoni del figlio.

«Amunì, va' iuoca e vedi di non cadere, sennò abbuschi pure da me.»

Maria guardò Franca. «Sai cosa penso? Che se ci pigghiavamo il tifo potevamo morire tutte. E ora? Ora ci scantiamo a chiedere un posto dove tenere i picciriddi! Io per prima, quando fu, ti dissi di lasciarmi fuori, ma a mio figlio me lo voglio riprendere. Lo so che tu ci levasti mano che nuddu ti ascoltò, ma stavolta se non sentono te, devono sentire me.»

Franca rimase di sasso, mai avrebbe immaginato di sentire quelle parole da lei. Ripensò ai rimproveri continui che le avevano fatto, alle giornate di paga perse, ai segni scuri a opera del marito che l'indomani le vedeva addosso. «Non ci pensare neanche, tu non ti devi immischiare in questa cosa e io non te ne dovevo parlare, stanne fuori» le rispose secca.

«Ha ragione Franca» intervenne Rosa. «Sta' fuori da questa storia. Ci manca solo che ti infili in questi discorsi, te la fanno piangere poi.»

«Quindi io m'avissi a stare zitta? E così quando me lo riprendo a me figghio?» replicò Maria con un tono di voce un po' troppo alto.

Alcune donne si voltarono e la guardarono con commiserazione, sapevano che la figlia di Nino 'u pisciaiolo abbuscava dal marito e che doveva lavorare pure per lui.

«Maria, ora zittuti. Pensa a Peppino, che al resto ci pensiamo noi. Questa testa dura dell'amica mia non mi voleva aiutare, s'affruntava, ora invece è dalla mia parte e insieme ce la faremo a fare qualcosa.»

Le voci dei picciriddi con la loro cantilena coprirono le ultime parole di Franca. La ragazza vide due dei suoi fratelli rincorrere un bambino che scappava spaventato. Si parò in mezzo e li rimproverò. «Che fate? In due contro uno vi mettete? Niente vi ho insegnato? Filate via, sciò. Itevinne a casa, che a momenti è l'ora di mangiare!»

Quando vide i suoi fratelli incamminarsi verso casa, si rivolse alle amiche: «Amunì, andiamo pure noi».

Franca e Rosa accompagnarono Maria e Peppino fin davanti all'uscio, poi presero in direzione delle loro case.

«Più tardi avvicino» disse Franca, correndo dopo aver schioccato un bacio sulla guancia dell'amica. «Si è fatto tardi e devo aiutare mia madre, a casa mia a ruminica si travagghia cchiù assai degli altri giorni.»

«'U saccio» rispose Rosa che invece, a differenza dell'amica, poteva riposarsi un poco.

L'indomani in cortile un carro entrò più carico del solito. Un refolo di vento sollevò una polvere rossastra, le ruote ogni giorno tracciavano dei solchi che erano rughe profonde nella terra morbida e non se ne andavano mai.

Un portantino afferrò le briglie e condusse i cavalli stanchi all'abbeveratoio, una larga e bassa fontana in pietra grigia che gorgogliava senza posa.

«'Sto giro mi pare a me che hanno caricato assai. Le bestie ci restano secche, ce l'hai a dire a chiddi ca inchiono i sacchi» disse lo smistatore al conducente del carro.

Le voci dei pochi uomini che scaricavano i cassoni si stagliavano nette nel brusio tutto femminile che riempiva la Manifattura. Il loro era un lavoro pesante assai, i sacchi venivano sollevati a forza di braccia e posati velocemente, in un ordine che appariva casuale ma che aveva un senso ben preciso agli occhi di chi lì dentro ci lavorava.

Le mani di quegli uomini di fatica non si fermavano un attimo, ma il rischio era che pure le lingue lavorassero assai in quei giorni, soprattutto quella di Bastiana, che pareva nata per fare danno.

«È un'idea di Franca questa, io lo intesi dire a Maria ma chidda troppo scimunita è per pensare una cosa così... È l'amica sua che ci monta la testa, a idda e le altre! Ci butteranno tutte fuori per colpa loro» ripeteva Bastiana a chiunque le capitasse a tiro. Qualcuna alzava le spalle e la ignorava, altre invece si mettevano in allarme, che di rogne ne avevano già da vendere, ci mancava solo che gliene aggiungessero di nuove.

Passata l'epidemia, la maggior parte delle donne continuava a soffrire di una preoccupazione lugubre e silenziosa, la paura non le aveva abbandonate del tutto. Ogni volta che un bimbo starnutiva o piangeva, ogni volta che posando le labbra sulle fronti dei piccoli le sentivano calde, pensavano a nuovi pericoli, a qualche malattia che non lasciava scampo e avevano capito che tenere i neonati con loro al lavoro era troppo rischioso.

Quando un pensiero comincia a farsi largo e molte persone lo fanno proprio, diventa quasi tangibile, è lì pronto a materializzarsi e a prendere vita.

«Quante volte ve l'ho detto? Ci vuole una stanza asciutta e pulita dove lasciare 'sti picciriddi» andava ripetendo Angela. Lei era terrorizzata per Vice' suo ché già era vivo per miracolo e che aveva di nuovo un po' di febbre.

«Con questo freddo, come fanno a non ammalarsi 'sti nutrichi?» le rispose Lena scuotendo la testa.

«Vice' niente ha avuto, avissi a ringraziare 'u Signure.»

Angela non sembrava molto convinta e ripensava alle parole di Franca, alla stanza calda e asciutta a piano terra che avrebbe potuto ospitare i picciriddi. Il suo bambino così fragile non poteva rimanere con lei a respirare tabacco tutto il giorno, o avrebbe continuato ad ammalarsi.

Il rigore invernale tardava a sciogliersi in refoli di aria prima-
verile e sembrava non voler finire mai. Le donne avevano le mani
gelide e spaccate e sognavano di vedere il sole scaldare da dietro
le grandi finestre e le piante del cortile verdeggiare. Il freddo sembrava avere congelato pure il tempo, le giornate di lavoro trascorrevano lente e tutte uguali, ma una speranza nuova aveva attecchi-
to negli stanzoni della Manifattura: nell'animo delle donne la
paura del tifo aveva instillato un nuovo coraggio. Erano state sfio-
rate dalla morte, nient'altro avrebbe potuto spaventarle se fossero
rimaste unite.

43

«Certo, un asilo sarebbe una spesa, soprattutto all'inizio, ma garantirebbe maggiore sicurezza alle operaie che, non avendo bambini fra le braccia, potrebbero avere un rendimento ottimale. Senza contare che dopo l'epidemia di tifo le donne si spaventano a tenere i bambini con loro nei reparti. Lei sa benissimo che, se il medico non avesse capito in tempo la situazione, ne sarebbero morti molti di più qui dentro.»

Quella era la terza visita che Salvo faceva a Reghini e non era stato necessario nascondersi, perché il direttore in persona aveva dato ordine che lo si lasciasse passare. Per il momento aveva evitato di indagare sull'operato dei suoi due responsabili, era più propenso al miglioramento che allo scontro e la priorità erano sicuramente i bambini e la loro salute.

«Già in alcune fabbriche del Nord hanno attivato questo servizio e le assicuro che la produttività è aumentata» puntualizzò Salvo con piglio deciso.

«Sono consapevole che lavorare con dei neonati che piangono, esposti ai vapori delle vasche e alle polveri, non sia salutare» rispose il direttore, pensieroso. «L'ho visto con i miei occhi. È una questione che prima o poi si doveva affrontare. Sa, una delle sigaraie si è presa il destro di venire a parlarmene giorni fa, non avevo idea io di quanti neonati ci fossero qui dentro prima che lei venisse a sottopormi la questione.»

Salvo rimase stupito, Franca non gli aveva accennato a nessuna donna disposta a parlare, anzi diceva che nessuna si voleva fare avanti, nessuna voleva immischiarsi. Il suo iniziale disorientamento non venne colto dal direttore, a cui Salvo si rivolse con un discorso che aveva già preparato da tempo.

«Mi auguro che lei possa valutare la possibilità di realizzare l'asilo in tempi brevi, magari proprio nella zona di questi uffici. Mi pare di capire che non manchino spazi e che non tutti siano utilizzati» insisté. Non era intenzionato ad arretrare di un passo rispetto all'obiettivo che si era prefissato. «Capisco che abbia già il suo bel daffare qui, gestire una realtà del genere non deve essere affatto semplice.»

«Ah non ha idea, le responsabilità di una struttura così grande e complessa non sono poca cosa. Pensi che sono tenuto a conoscere non solo il ciclo di lavorazione del tabacco e le innovazioni per poter implementare la produttività, ma controllo personalmente le varie fasi della produzione e il materiale in entrata e in uscita ogni giorno. Lo vede questo ufficio? In realtà ci sto molto poco, la maggior parte della mia giornata la trascorro a occuparmi di questi aspetti e a parlare con i miei uomini in giro per la Manifattura. Fortunatamente ho chi mi aiuta, si tratta di persone che stimo e delle quali mi fido ciecamente. Ad ogni modo, vedo che lei è ben informato sulla nostra struttura. Si direbbe che qualcuno le abbia raccontato molte cose su questo luogo e su chi ci lavora.»

«Ho i miei informatori» rispose l'altro sorridendo. Il pensiero di Rosa e Franca sedute l'una accanto all'altra, intente a lavorare il tabacco più prezioso, lo fece sorridere. Le due ragazze non sapevano che Salvo fosse lì proprio quel giorno. «Sappia che non me ne andrò finché non le avrò strappato la promessa di pensare alla nostra chiacchierata e di rivederci con delle notizie concrete.»

«Lei è uno che non molla, vero? Non si accontenta di semplici promesse» commentò il direttore, serio.

«Di solito no» rispose Salvo con una franchezza che colpì positivamente Reghini.

«Allora credo che dovrò salutarla di nuovo con un "arrivederci a presto", ci diamo un altro appuntamento fra non molto.»

«È esattamente ciò che speravo di sentire» concluse Salvo e siglò la conversazione con un'energica stretta di mano.

Scendendo le scale dopo aver lasciato l'ufficio del direttore, l'uomo si guardò attorno, la Manifattura sembrava un organismo vivente, era tutto un andirivieni di merce e uomini che scaricavano, e donne che camminavano a passi svelti e decisi. Gli odori della lavorazione lo investirono non appena mise piede in cortile, le narici non sapevano se fosse più intenso il lezzo dei cavalli, delle foglie messe a macerare o della salsedine. I rumori erano altrettanto forti, tutto sembrava amplificato in quel quadrilatero dove si lavorava uno dei prodotti più richiesti sul mercato. Alzò gli occhi al piano superiore dell'edificio alle spalle della ciminiera. Le sigaraie, stando alla descrizione di Franca e Rosa, stavano lì, dietro le grandi finestre rettangolari.

Nelle settimane successive, che si andavano srotolando verso la primavera, Salvo visitò più volte l'ufficio del direttore e le loro discussioni erano sempre costruttive e concrete, anche se talvolta accese. Passarono dall'idea dell'asilo al discutere animatamente di tempistiche e modalità organizzative, il dottor Reghini annotava su un foglio, di volta in volta, ciò che di saliente emergeva dagli incontri, ma su una cosa non era disposto a negoziare: nessun privilegio né riduzione oraria alle puerpere. La Manifattura non avrebbe coperto economicamente alcun congedo, sarebbe stata una spesa insostenibile con tutte quelle donne. Le partorienti sarebbero state sostituite e, al loro ritorno, avrebbero ripreso le proprie mansioni, ma nient'altro.

A Salvo parve un buon compromesso iniziale: una volta che l'asilo avesse preso piede, sarebbe tornato all'attacco con il resto. Ma non era quello il momento, un passo alla volta, era abituato a saper aspettare, non aveva mai avuto fretta.

Quando fu sicuro che il progetto dello spazio per i bambini dentro la Manifattura era cosa fatta, decise di riferirlo alle ragazze. A loro aveva detto di non scendere più in città, ché le avrebbe cercate lui, quindi decise di aspettarle ai cancelli alla fine del turno. Quel gesto spontaneo, però, fu una leggerezza che un uomo come lui non avrebbe dovuto commettere, non aveva considerato le possibili conseguenze.

44

Era una sera frizzante e il tramonto aveva già fatto calare le sue lunghe ombre oltre i cancelli di ferro.

Senza rifletterci troppo, Salvo si appostò fra le carrozze che erano tornate ad affollare la strada di fronte alla Manifattura e aspettò Franca e Rosa. Pensava di non attirare troppa attenzione, ma non aveva fatto i conti con un ragazzo ambizioso e arrogante e con i suoi amici che non perdevano d'occhio i movimenti delle due.

«Salvo, ma che ci fai qui?» Franca e Rosa lo notarono subito, perché ogni volta che uscivano gettavano uno sguardo triste a quelle che salivano sulle carrozze. E poi un uomo solo in mezzo a una moltitudine di donne non passava inosservato. Franca d'istinto si guardò intorno, ma vedendo solo le altre operaie, che di certo non avrebbero detto nulla, tirò un sospiro di sollievo.

«Ho delle splendide notizie per voi e volevo dirvele subito. L'asilo è cosa fatta! Hanno già deliberato per i lavori e stanziato i fondi, avete notato nulla di strano in questi giorni?»

Franca ammutolì, non poteva credere alle sue orecchie, si voltò verso Rosa e la strinse a sé.

«No» risposero in coro.

«Siamo chiuse tutto il tempo nella nostra stanza, ora che ci penso, però, quando siamo uscite l'altra sera c'erano dei signori che discutevano» aggiunse Rosa.

Le due amiche sorrisero, Franca aveva una luce nuova negli occhi, fiera e orgogliosa. «Ce l'abbiamo fatta» mormorò, «ce l'abbiamo fatta, non ci posso credere.»

«L'asilo sarà predisposto per ospitare una settantina di picci-riddi fra bambini e neonati. Chiaramente verranno privilegiati i più piccoli, perché non c'è posto per tutti. Per ora ci saranno tre bambinaie e due inservienti che si occuperanno anche di cuci-nare qualcosa e di pulire, direi che meglio di così non poteva andare!»

«Salvo io...» balbettò Franca, gettandogli d'impeto le braccia al collo. «Io non so davvero come ringraziarti, non so come tu abbia fatto a ottenere tutto questo senza nemmeno lo sciopero, ma hai fatto davvero un miracolo! Non vedo l'ora di dirlo a Maria, finalmente potrà andare a riprendersi suo figlio.»

Salvo la strinse fra le braccia e poi la allontanò. «Entro la fine dell'estate sarà tutto pronto, i locali sono già stati individuati, ma servono dei permessi e si devono fare i lavori. Ci vorrà un po' di tempo ma l'asilo si farà. Quel pover'uomo di Mimmo sarà felice di sapere che non vi deve più accompagnare in città, a forza di girare in tondo ha lasciato il solco su quelle balate.»

Poi aggiunse: «Ah, a quanto pare una delle operaie era già andata a colloquio dal direttore per parlargli della questione, ma Reghini non mi ha detto nulla di più, solo che già era a conoscen-za del problema».

Franca era basita, non riusciva davvero a immaginare nessuna che potesse fare una cosa del genere, manco lei aveva mai pensato di rivolgersi direttamente al capo della Manifattura.

Le ragazze si incamminarono, da qualche sera se la prendevano comoda perché don Carmelo aveva cambiato giro e tardava quasi un'ora rispetto all'orario solito in cui passava a prendere le ragaz-ze al bivio per l'Arenella.

«Faccio strada con voi, che comincia a scurire» disse Salvo seguendole.

Dalla finestra del suo ufficio, Toti aveva visto tutto. Ora sapeva chi aveva allacciato rapporti con quel sindacalista ficcanaso che era riuscito ad arrivare al direttore. Scese di corsa le scale per cer-care Ninni, che a quell'ora stava sempre in cortile a intercettare le ragazze che uscivano.

«Non puoi sapere cosa ho appena visto» gli disse trafelato.

«E allora vedi di sbrigarti a cantare» rispose l'altro, aspirando una lunga boccata di fumo.

«Indovina chi aspettava le tue amichette fuori dal cancello questa sera?»

«Di che amichette parli?» disse Ninni facendo il finto tonto.

«Amunì, le sigaraie. Franca, quella che ti fa sbavare, e l'amica sua.»

«Io non sbavo proprio per nessuna, posso avere tutte le femmine che voglio, figuriamoci se mi confondo per una pezzente come quella. Comunque sentiamo: con chi stavano e cosa ci sarebbe di così importante? Due morti di fame del loro quartiere pidocchioso?»

«Eh no, stavolta ti sbagli, nessun poveraccio!» esclamò Toti, sventolando l'indice sotto il naso dell'amico.

«Pensi di dirmelo o giochiamo agli indovinelli per molto?»

«Matri mia che malo carattere... C'era il sindacalista, quello che è venuto a parlare con il direttore nelle scorse settimane, quello che ha chiesto l'asilo. Saranno ancora qui fuori a parlare, se ti affacci li vedi sicuro.»

«Interessante... Quindi era proprio come sospettavo, quelle due hanno a che fare con questa storia» rispose Ninni, accarezzandosi il mento. Poi d'un tratto la sua espressione diventò feroce.

«Allora quelle voci erano vere! Mi avevano detto di due sigaraie che la domenica scendevano più volte a Ballarò! Non ero sicuro fossero loro... Troveremo il modo di fargliela pagare.» E con quelle parole si incamminò verso l'uscita

«Ninni, una cosa mi devi dire, ma a te che ti frega? Ti brucia che te l'hanno fatta sotto il naso? Comunque quello, il direttore, aveva già deciso di fare qualcosa per i picciriddi, perché ti stai prendendo così a cuore questa storia, manco dovessi uscirli tu 'sti piccioli.»

«Mi frega perché queste pidocchie arrinisciute devono imparare a stare al loro postó e dire pure grazie» rispose gelido Ninni, senza nemmeno voltarsi. «Non solo lavorano, vogliono pure le comodità, fanno le sostenute e poi danno confidenza ai sindacalisti. Le femmine devono fare le femmine e non immischiarsi nelle cose dei maschi.»

La brezza della sera si colorava delle risate squillanti di Franca e Rosa. Salvo si era offerto di accompagnarle fino al punto in cui salivano sul carro di don Carmelo. Lungo il percorso le giovani non facevano che ripetere che finalmente Maria si sarebbe ripresa Giuseppe.

«Oh Salvo, se non fosse stato per te...» disse Franca guardandolo con occhi pieni di gratitudine.

L'uomo arrossì e le posò per un attimo la mano sulla spalla.

La ragazza colpì col piede un sasso e inciampò. Stava per cadere, ma lui la afferrò tenendola forte per la vita.

Rosa si girò di scatto e vide i due tenersi stretti. «Che è, Fra'? Stavi volando? Accura a dove metti i piedi, ci manca solo che ti struppii!»

I tre non erano ancora distanti dalla Manifattura e Ninni, uscito in fretta e furia, vide Salvo sorreggere la ragazza.

Un fuoco gli divampò in pieno petto. Quella malacarne, che con lui era sempre distaccata e sprezzante, si faceva persino toccare dal sindacalista che era pure molto più vecchio di lei! Quell'ingrata che mangiava dal piatto della Manifattura non solo si lamentava, ma era riuscita a far arrivare le lamentele al direttore!

Ninni afferrò una pietra da terra e la scagliò lungo la strada vuota che portava verso Palermo. «Nuddu si pigghia se un si rassomigghia» mormorò fra sé. «Ma se quei due credono di essere più scaltri di me, si sbagliano di grosso.»

Nel frattempo le ragazze erano giunte al masso e Franca si accorse di non avere la cuffia in tasca. Forse le era caduta dalla tasca pochi passi prima, quando era inciampata.

«Torniamo indietro a prenderla, ci mettiamo un attimo. Rosa, aspettaci qui!»

«Ma don Carmelo adesso sta arrivando, già sento il rumore del carro...»

«Digli di avere un attimo di pazienza, prendiamo la cuffia e torniamo!»

Salvo e Franca tornarono indietro di corsa e la giovane scorse la macchia bianca della cuffia a terra.

L'uomo allungò il passo, poi la porse a Franca che ancora aveva il fiatone, le guance arrossate e un'espressione divertita. «Mia madre dice sempre che un giorno o l'altro perderò pure la testa.»

Era bellissima con i capelli scarmigliati dalla corsa, il seno che sussultava a ogni respiro, il velo di sudore che le imperlava la fronte. I loro sguardi si incrociarono e in quell'attimo Salvo capì che per tutta la vita non aveva desiderato altro che cadere nell'abisso di quegli occhi neri.

«Io invece già l'ho persa.»

Senza neppure accorgersene, le cinse la vita, le sollevò il mento con delicatezza e le sfiorò le labbra con un bacio.

In un istante tutto svanì: la sagoma scura della Manifattura, lo sterrato, le prime stelle che si affacciavano tremule all'orizzonte, il cigolio cadenzato del carretto di don Carmelo. Esistevano solo le loro labbra che si cercavano, impacciate e incredule.

Fu Franca la prima a riscuotersi. Si sciolse dalla sua stretta e indietreggiò, scuotendo il capo. «Mi aspettano» mormorò con un filo di voce. «Don Carmelo è un amico di mio padre, che deve pensare a vederci arrivare insieme? Vattene, Salvo, è meglio se torno sola.»

Poi, senza salutarlo, si allontanò correndo.

Don Carmelo si era appena fermato e lei con un balzo raggiunse Rosa sul pianale zeppo di casse e ceste vuote. L'amica la guardò con aria interrogativa. «Dov'è Salvo?» chiese in un sussurro.

Franca la ignorò. «Don Carme' buonasera, assabinirica, m'avisse a scusare» disse, accennando un inchino del capo. Il saluto con la benedizione era riservato alle persone più grandi e a quelle cui si doveva maggiore rispetto.

«'Sera a te» bofonchiò frettolosamente lui. Aveva in testa un bel po' di pensieri: il carico di cipolle in arrivo, un sacchetto di fagioli che aveva fatto i vermi, le buche che doveva schivare a memoria se non voleva fare danno. Le ruote di legno arrancavano in alcuni tratti, non era facile percorrere una strada sterrata con il buio che si avvicinava.

Una luce rossastra illuminava gli arbusti che circondavano la strada, tanto che somigliavano a una distesa di braci sotto la cenere. Le ragazze ammiravano incantate quei colori insoliti e si tenevano per mano.

«Tu non me la cunti giusta a suoro. Domani tutte cose mi devi dire!» Rosa aveva puntato l'indice in faccia a Franca strizzando leggermente gli occhi, quasi volesse leggere sul volto dell'amica le risposte alle sue domande.

Franca era turbata, non avrebbe mai creduto che Salvo, un uomo fatto, potesse spingersi a tanto con lei. Si sentiva confusa, stavano accadendo troppe cose e tutte troppo in fretta.

Franca aveva ragione, come aveva potuto perdere il controllo in quel modo?

A Salvo, tornando verso casa, crebbe dentro uno strano senso di inquietudine. Aveva agito d'impulso, il sangue aveva comandato, quel sangue che ora pulsava alle tempie e a fior di labbra e sembrava non riuscisse a tornare al suo posto. Le ombre calavano sempre più nere mentre Salvo camminava dritto lungo la strada, ma il suo pensiero correva in direzione contraria, verso l'Arenella, e seguiva Franca. L'odore del mare presto lasciò posto a quello della terra, della città e dei suoi vicoli chiassosi dove la vita pulsava senza sosta.

45

Il dottor Reghini aveva in volto un'espressione indecifrabile. «Vi ho mandati a chiamare perché c'è una novità importante» disse senza alzarsi. Teneva le gambe accavallate e aveva ancora la giacca abbottonata.

Ninni e Toti si guardarono l'un l'altro senza avere la minima idea del motivo per cui erano stati convocati nell'ufficio del direttore.

«Presto qui dentro avremo un baliatico. È deciso.»

Reghini non aggiunse altro, voleva vedere le reazioni dei due che se ne stavano impalati di fronte alla sua scrivania, incapaci di proferire parola.

«Ho ricevuto la visita di un sindacalista nei giorni scorsi, in verità più di una. Diciamo che quest'uomo mi ha aperto un poco gli occhi su alcune cose che succedono qui dentro» riprese, tamburellando le dita della mano destra sul bracciolo della sedia. La sua espressione non prometteva nulla di buono. I baffetti lucidi sembravano due lame acuminate, gli occhi socchiusi tradivano un risentimento carico di delusione.

«Immagino che nessuno di voi due mi avrebbe mai messo al corrente della durezza con cui trattate le sigaraie, me lo ha dovuto raccontare un estraneo.»

Ninni si sentì gelare, non ebbe nemmeno il coraggio di alzare lo sguardo, si fissava la punta delle scarpe. «Signore, posso spiegarle tutto, lei non sa quello che succede lì dentro e come le donne se ne approfittano, certune almeno» disse nel tentativo di giustificarsi.

«Quindi togliere la paga della giornata intera senza il mio permesso a una donna svenuta fa parte del vostro compito? Non mi risultava» replicò irritato Reghini. «Nessuno di voi mi ha mai detto che la situazione delle donne coi bambini era così critica da rendere difficoltoso il loro lavoro. Le sigaraie non sono delle bestie, sono persone! Vi ho messi accanto al reparto più delicato perché poteste sorvegliare la produzione, non per farvi fare i padroni che non siete. Ora vi dico due cose. La prima è che a settembre avremo questo asilo, vi piaccia o no. E la seconda è che nessuno dei due deve più permettersi di angariare le sigaraie, o io vi butto fuori di qui, siamo intesi?»

«Certo, direttore. Chiaro, tutto chiarissimo» disse Ninni.

«Direttore, assolutamente» balbettò Toti, piegandosi leggermente in avanti con le braccia dietro la schiena.

«E vi dirò di più, non voglio togliervi il piacere di dare la bella notizia alle operaie. Pertanto, siete pregati di avvisarle.»

«Sarà fatto oggi stesso, direttore» rispose Ninni.

«Ora tornate al lavoro e fate in modo che io non abbia più a sentire una lamentela su di voi.»

Mentre scendevano le scale per raggiungere il cortile, Ninni e Toti non dissero una parola.

La faccenda dell'asilo non andava per niente a genio a Ninni, che considerava le operaie come delle bestie da soma e le disprezzava al punto da non curarsi delle condizioni in cui lavoravano. La cosa che più gli bruciava era l'essere stato smascherato. Quel ficcanaso del sindacalista gliel'aveva fatta e, ancora peggio, gliel'avevano fatta quelle due.

«Chisto direttore mi pare a me che s'appreca più alle cose da fimmine che al lavoro» commentò Ninni una volta salito nel suo ufficio. Si era sbottonato il colletto, sentiva caldo e aveva la sgradevole sensazione che gli mancasse il fiato.

Toti annuì e si appoggiò al bordo della scrivania. «Raggiune hai. Mi pareva cchiù corna dure 'sto Reghini quando arrivò.» Si spostò verso la finestra. «Se non c'eravamo noi a farle rigare dritte queste operaie, chissà cosa sarebbe successo. E invece di dire grazie questo cosa fa? Ci dice che ci manda via. Mah. Non ho parole.»

Ninni alzò lo sguardo verso l'amico. «Dobbiamo stare accura, Toti. Capace che chisto lo fa sul serio. Più tardi ti dico cosa ho pensato per dare una lezioncina a una di quelle sigaraie dalla lingua troppo lunga.»

«Siamo sicuri che ce l'hai con lei solo perché si è data troppo da fare per l'asilo? Picchì a mia mi pare che un poco ti sconcica quella» lo provocò Toti.

«Non dire fissarie, perché dovrei pigliarmi 'u pesce fituso quando posso mangiare quello buono?»

Toti lo guardò con un'espressione beffarda. «Come dici tu, ora fammene andare, che a momenti è ora di pranzo. Comunque, glielo dici tu alle donne dell'asilo, ti salutavo.»

Ninni non era mai andato nello stanzone dei sigari durante la pausa pranzo, perciò quando le sigaraie lo videro si allarmarono.

«Un minuto di silenzio» disse perentorio, con una cera che era tutto fuorché rassicurante. «Il direttore mi ha incaricato di dirvi una cosa. Fra pochi mesi qui verrà aperto un baliatico, un posto dove potrete lasciare i picciriddi e ve li guardano mentre voi lavorate, così non avete più scuse per farvi le pause e i fatti vostri.»

Le sigaraie rimasero di sasso, e fissarono Ninni mentre si allontanava per tornare nel suo ufficio. Non aveva urlato, non se l'era presa con nessuna di loro, non aveva minacciato né promesso punizioni. Non sapevano se fosse un segno buono o pessimo.

Non appena l'uomo si chiuse la porta alle spalle, Maria si alzò in piedi commossa. Aveva gli occhi lucidi e le tremava la voce. «Che fate tutte imbambolate? Una cosa buona è! I picciriddi nostri finalmente avranno un posto dove stare, e di questo dobbiamo dire grazie alle mie amiche» disse indicando Franca e Rosa.

Le due erano sconvolte. Non sapevano che pensare né cosa dire. Ninni che dava la notizia dell'asilo era l'ultima cosa al mondo che si sarebbero aspettate. E ora? Era successo tutto così in fretta, a Maria prima o poi avrebbero dovuto raccontare di Salvo, ma non c'era stato ancora il tempo e nemmeno l'occasione.

Bastiana a quel punto saltò su come una vipera cui hanno appena pestato la coda. «Sì, bella cosa proprio questa dell'asilo! Ma siete scimunite o cosa? Ora ce la fanno pagare a tutte! Tu e le amiche tue» disse rabbiosa, indicando prima Maria e poi Franca e Rosa, «vi credete sperte e non sapete che ora noi passeremo i guai, o vi pare che Ninni di colpo addiventò un agnellino? Ma sceme siete o cosa?»

«Bastiana, tu parli assai picchì picciriddi unn'hai!» intervenne Lena. «Ora zittuti e pensa ai fatti tuoi per una volta. Se non era per Franca e Rosa stavate fresche tutte.»

«Io a Franca solo grazie posso dire, se non era per lei manco ero qui a st'ura» si affrettò a dire Angela, che stava cambiando il picciriddu. «Perciò, Bastiana, sciacquati la bocca prima di parlare di lei o ti iso i manu io, accussì ti zitti una volta per tutte!» E sollevò il pugno con aria minacciosa.

«Che cosa fai, tu? Mi alzi le mani? E provaci se sei capace, pezzo di scimunita puru tu come idde!»

A quel punto il signor Enzo, che era rimasto in disparte e non era mai intervenuto perché ancora le donne erano in pausa, si alzò lentamente dalla sua postazione, attraversò lo stanzone e fra lo stupore generale si diresse verso il bancone di Bastiana e Maria. Mai in tanti anni l'uomo si era immischiato nelle loro cose fuori dall'orario di lavoro. «Bastia', una cosa sola ti dico ora e non te la dico più. O tu ora ti zitti o io ti butto fuori di qui.»

Le parole del signor Enzo gelarono il sangue a tutte. Bastiana sbiancò che pareva quasi morta. Calò un silenzio che manco a un funerale.

«Ora tornate a travagghiare, che il pranzo finì» disse l'uomo.

Le donne non se lo fecero ripetere due volte, in men che non si dica una distesa di cuffie bianche si chinò sulle foglie di tabacco.

A Maria, agli angoli degli occhi, spuntarono due lacrime così dense che rimasero lì poggiate alle palpebre. Aveva mille domande da fare alle amiche e il cuore tutto pieno del suo piccolo Giuseppe che sarebbe presto tornato con lei.

46

C'era un bambino che invece non sarebbe più tornato da sua madre. L'unica che non gioiva per la notizia dell'asilo era Mela. Non aveva più nessuno cui badare, a lei il baliatico ormai non interessava. Col passare dei giorni quello che non aveva fatto il tifo al suo corpo lo fece il dolore. Una piaga insanabile le squarciava il petto e sanguinava giorno e notte.

Aveva smesso di mangiare, era dimagrita così tanto che sembrava volesse scomparire.

«Mela, che mi dici di Pietro?» le chiese Lena preoccupata una mattina, mentre camminavano l'una accanto all'altra.

Lei non aveva risposto.

«Melì, dimmi la verità, arrè male sta 'u picciriddu? Sei fatta troppo sicca, non riposi abbastanza. Picchì un parli?»

«Pietro non sta più con me» rispose Mela secca, lo sguardo assente.

«Ma che vai dicendo? E con chi sta?» chiese Lena, ricordandosi di colpo dei discorsi che le aveva fatto la ragazza.

«L'ho dato via, starà meglio dov'è, se lo sono preso gente coi piccioli.»

Lena si fermò di colpo, afferrò la nipote per le spalle e cominciò a scuoterla con forza. «Che stai dicendo? Ma sei impazzita? E a chi lo hai dato? Tua madre nulla ha fatto? Quella cosa inutile non ti ha fermata?»

Mela scoppiò a ridere, una risata isterica. «Mia madre? Perché, una madre è stata? Chidda contenta è di non averlo più piedi piedi il mio Pietro, il bastardo lo chiamava, il picciriddu mio.»

Lena prese la giovane fra le braccia e la strinse forte. «Povera figghia mia» disse e la accarezzò a lungo mentre Mela finalmente si scioglieva in un pianto disperato.

Quel giorno, tutte le tabacchine seppero di Pietro, ma nessuna ebbe il coraggio di dire una parola a Mela. Nemmeno Maria, che pure aveva perso un figlio, anche se prima che nascesse.

Franca non riusciva a smettere di pensare che forse Mela avrebbe tenuto il bambino, se lei le avesse detto che stavano provando a far aprire l'asilo. «Lena, ma possibile che nessuno si sia accorto di quello che capitava?» le chiese avvilita.

La donna scosse il capo, sapeva che sua nipote faticava e che crescere un picciriddu da sola a diciassette anni non era una passeggiata, ma non avrebbe mai immaginato un gesto di disperazione come quello.

Passavano i giorni e Mela peggiorava sempre più, faticava perfino a camminare, in lei ogni barlume di vita sembrava essersi spento. Finché un mattino non si presentò al lavoro. Lena si allarmò e a fine giornata passò da casa sua per vedere cosa fosse accaduto. Lo capì non appena vide le donne più anziane col fazzoletto nero in testa. Stavano impalate sulla soglia, in silenzio, col rosario in mano. La vita di Mela si era spenta senza dare fastidio a nessuno.

Del bel frutto succoso erano rimasti solo un torsolo secco sotto le lenzuola ruvide e un unico seme che stava crescendo lontano da lei.

«I figli danno la vita, i figli la tolgono» disse il prete durante la breve omelia prima della sepoltura di Mela. Le lacrime delle donne che la conoscevano e che avevano lavorato con lei non bastarono a lavare via l'amarezza di quella giovane vita spezzata. Di Mela nessuna voleva parlare per rispetto della sua memoria, ma tutte ci pensavano, pregavano per lei e custodivano in una parte del loro cuore il rimpianto di non aver fatto abbastanza.

Qualche giorno dopo il baronetto lo seppe dal lacchè, visibilmente commosso. La madre del picciriddu era già bell'e seppellita e per lui questa era una rogna di meno. Sapeva che una delle paure più grandi di Margherita era che la ragazza un giorno tornasse a reclamare suo figlio o che, peggio, le portasse via Pietro di nascosto, perciò corse subito a casa del duca a riferire l'accaduto.

«Cugino, potete stare tranquilli, la picciotta morì.» Poi aggiunse che sicuramente la madre di Mela non si sarebbe fatta viva ma che, per stare più sicuri, sarebbe stato opportuno mandarle un po' di piccioli, niente di che, giusto per tenerla buona per qualche tempo.

Il duca si era dispiaciuto sinceramente per la morte di quella giovane creatura che lui non aveva mai visto e che forse non aveva retto al dolore di perdere il figlio. Diede immediatamente disposizioni di far avere a sua madre una somma più che generosa e informò Margherita della triste notizia.

Anche se in pochi avevano creduto alla messinscena della gravidanza e del parto prematuro, sua moglie era rifiorita dopo aver preso il piccolo con sé.

«La mamma di questo bambino ora sono io. Non lo avrò partorito io, ma lo amo più che se fosse carne della mia carne» commentò Margherita risoluta, stringendolo forte a sé, finalmente certa che nessuno glielo avrebbe più potuto portare via.

Sazio e avvolto in fresche bende di lino, Pietro dormiva tra le braccia di Margherita, inconsapevole di tutto ciò che era accaduto. Inconsapevole del sacrificio che la sua vera madre aveva compiuto per assicurargli una vita tra agi e privilegi concessi solo a pochi.

Margherita aveva deciso di non cambiargli nome. Pietro le piaceva, era il nome di un santo e in più le ricordava la solidità della roccia e poteva essere solo di buon auspicio. Quel nome era una benedizione e allo stesso tempo un'immagine di forza, e per custodire un segreto così grande ce ne voleva tanta.

47

«Viva sant'Antonio, viva il nostro patrono!» Un coro rimbombava tra gli edifici dell'Arenella, dove la devozione per il santo aveva una storia secolare che si intrecciava con misteri e leggende. Nella parrocchia, dentro il complesso edilizio dell'antica tonnara, si trovava una statua in legno di sant'Antonio. La storia di quell'effigie la conoscevano tutti, non solo i pescatori della zona, erano gli stessi anziani a tramandarla ai più giovani. Alcuni pescatori di Vergine Maria avevano gettato le reti e le avevano sentite belle pesanti, però, invece di un tonnetto o di un bel pescespada, avevano tirato su quel pezzo di legno. Come la statua fosse finita in mare non lo sapeva nessuno.

Franca aveva sette anni quando aveva ascoltato per la prima volta quella storia. Gliel'aveva raccontata suo nonno per farla stare buona e convincerla ad andare a messa. «Franca, nica mia, a chiddi pescaturi non ci parse vero di aver trovato un santo e se lo caricarono di peso come portafortuna. Asciugarono la statua e la portarono nella vecchia chiesetta scavata nella roccia sotto a Turre del Rotolo. Quella chiesa però era scomoda, mica tutti ci potevano arrivare, era pericoloso, si sciddicava sulla roccia.»

«E allora che cosa hanno fatto, nonno? L'hanno spostata?»

«I pescatori vinnero cca, chiesero agli abitanti dell'Arenella di tenerla nella loro chiesa, mentre loro ne costruivano una nuova a Vergine Maria. Poi, quando quella nuova pronta fu, vennero a riprendersela.»

«E i pescatori ce la dettero?»

«Ma quando mai? Non ne volevano sapere, ormai la statua era loro, ci stava da parecchio, ci si erano affezionati assai. Litigarono così tanto che fecero immischiare perfino i Florio e i Bordonaro che avevano le tonnare lì.»

«E questi Florio cosa gli dissero di fare?»

«Chiddi su i padruni, a iddi ci dovevano ubbidire tutti. Ci dissero ai pescaturi di ridare la statua a chiddi che l'avevano trovata e di fare una bella processiune via mare dall'Arenella a Vergine Maria. Quando erano tutti pronti con le barche acchianò un vento che quasi faceva rovesciare di nuovo la statua, e allora i Florio ci dissero di ghirisinne a piedi.»

«E poi? Come andò a finire?»

«La domenica dopo qui all'Arenella prepararono tutte cose per 'sta processione ma ci fu acqua pisuli pisuli cu tuoni e lampi che manco si poteva camminare. Allora la domenica dopo misero la statua su un carro coi buoi senza nuddu che li teneva e portarono il carro sul confine.»

«E da che parte andò il carro?»

«Finì che i buoi si girarono e tornarono all'Arenella e allora tutti si accordarono.»

Era il 13 giugno, la messa delle dieci era la più sontuosa e solenne dell'anno, perfino più di quella del santo Natale. Tutta la borgata si radunava sul sagrato.

Quella mattina tutti gli occhi erano puntati su Franca e Rosa, la loro grazia non passava inosservata, ma più di tutto erano le voci che circolavano sul loro conto a renderle oggetto di curiosità. Le operaie della Manifattura dicevano che era stata lei, Franca, con l'aiuto di Rosa e di un altro gruppo di sigaraie, a interessarsi per fare migliorare le cose a quelle che avevano i picciriddi nichi. Finalmente a settembre ci sarebbe stato l'asilo e i bambini sarebbero stati al sicuro, affidati a delle bambinaie che si sarebbero occupate di loro mentre le madri lavoravano.

Durante la predica Franca e Rosa si guardavano, sapevano di essere osservate, avevano raccolto i lunghi capelli e sembravano più grandi della loro età. I leggeri fazzoletti bordati di pizzo che avevano in testa, seppur modesti, davano loro un aspetto regale e misterioso, la pelle abbronzata di Franca faceva risaltare i suoi lineamenti delicati.

Mentre don Mario ricordava il miracolo della statua del santo, ammoniva i presenti dicendo che la mano di Dio aveva voluto benedire la borgata e che solo il duro lavoro avrebbe onorato quella fiducia, il lavoro ma anche l'unione e la solidarietà. «Chi si spende per gli altri rende gloria al Signore e l'essere cristiani significa fare comunità.»

Al momento della benedizione tutti chinarono il capo in silenzio.

«Signore, proteggimi sempre» mormorò Franca. Poi, ricordandosi delle parole del nonno, espresse il suo desiderio e lo affidò al santo, indugiando a lungo accanto alla statua.

Mentre aspettava che l'amica uscisse dalla chiesa, Rosa si accodò a un gruppo di ragazze.

«Ma chi si crede di essere quella? Troppo superba mi pare, vuole solo mettersi in mostra. Prima o poi pesterà il piede sbagliato e allora, allora sì che si farà male» disse una. «Si sentono tutte loro, quelle due, solo perché fanno le sigaraie. Che poi, si sa come arrotondano la paga quando finiscono coi sigari.»

«Arrotondano così bene certune...» disse un'altra mimando con le mani un ventre gravido e tondo.

«Idda, Franca, s'annaca tutta perché, a senso suo, è convinta che adesso si fa l'asilo dentro la fabbrica per idda. Chissà come avrà fatto. Marito non ne vuole, fidanzato manco, si vede che ha già con chi divertirsi» aggiunse una terza con l'aria civettuola.

«A me mi hanno detto che ave una specie di zito, che è uno dei capi» asserì convinta la ragazza che aveva parlato per prima.

«Ecco allora picchì è così contenta di travagghiare ddà!»

«Anche quelle che si credono le cchiù scaltre finiscono nei guai, accussì imparano a stare al loro posto. È solo un pidocchio arrinisciuto, è cresciuta senza nulla in una casa piena di figli che i suoi manco possono campare e ora perché ave 'u stipendio si sente la regina dell'Arenella.»

Rosa era pietrificata. Si era fermata ad ascoltare quelle chiacchiere insolenti e non era riuscita ad allontanarsi. Ritta in piedi con le mani lungo i fianchi si piazzò con lo sguardo rabbioso davanti al capannello intenzionata a farsi notare.

«Amuninne, che cca c'è la sua amica spiuna» disse la più alta. In pochi secondi il gruppo si era disperso fra la folla, lasciando Rosa livida di rabbia con le unghie conficcate nei pugni serrati.

«Brutte stupide, mmiriuse» biascicò. «Invidiose di chi si spende per gli altri, invidiose di quanto è bella Franca, cosa ne sapete voi? Buone solo a dare fiato alla bocca!»

Ma quelle già si erano allontanate e non udirono nemmeno una parola.

Suo padre la trovò che parlava da sola, con il viso tirato e gli occhi spiritati. «Ma con chi parli?»

«Niente pa', non ho niente, un parlo con nuddu.»

«Amunì, che il pranzo è pronto e oggi è festa. Cangiati di faccia che se ti vede tua madre d'accussì si scanta, mischina.»

Nel pomeriggio, con un pretesto, Franca uscì di casa per andare da Rosa.

Dall'amica la aspettavano due bei fichi d'India maturi che Mimmo aveva colto per strada. Era una tradizione ormai che dopo pranzo venisse messo da parte sempre qualcosa per lei, che era di casa da quando era picciridda, quasi fosse una seconda figlia.

Rosa però era silenziosa. Aveva trangugiato la tazza di tisana bollente tutta d'un sorso e si vedeva che aveva un rospo da sputare.

«Fra', ti spirugghi o no?» disse d'un tratto.

«Che premura hai?» le rispose Franca, ignara. «Oggi è festa, statti quieta.»

«Ecco appunto è festa, dobbiamo uscire o no?» E afferrò l'amica per un braccio, trascinandola fuori dalla cucina.

«Ma viri ca si strana assai... Si può sapere cos'hai oggi?»

«Io? Io strana? Le strane sono quelle linguacce di stamattina, no io!» replicò Rosa con le mani sui fianchi, protesa in avanti.

«Ma di chi parli? Bedda matri, mi sento pigghiata dai turchi!» esclamò Franca, senza capire cosa volesse dire l'amica.

«Di chi parlo? Di quelle scimunite che stavano fuori dalla chiesa stamattina. Lo sai che dicevano? Che sei solo una che vuole mettersi in mostra, che ti senti tutta tu, che hai intrallazzi coi capi della fabbrica e per questo non ti fidanzi.»

Franca sorrise, non voleva che l'amica la vedesse rattristarsi, ma in cuor suo ognuna di quelle parole era una sassata. «Che ti frega di quello che dicono? A mia un mi interessa nienti, ormai l'asilo è cosa fatta, di certo non gliela do vinta a queste scimunite che vogliono solo tapparmi la bocca.»

«Fra', ma come fai a rimanere calma? Io a quelle le voglio mettere al loro posto, che non si devono più rischiare manco a nominarti!» Rosa era furibonda, aveva gli occhi lucidi e la pelle del viso le si era arrossata come dopo una mattina al mare.

«E secondo te la smetterebbero? Sarebbe pure peggio, bisogna fare finta di niente e basta, che è la meglio cosa, senti a me. E comunque ricordati che è meglio fare invidia che pietà, lo diceva sempre mia nonna!»

Il frastuono delle voci dalla piazza le fece tornare per un attimo alla realtà.

«Dai, andiamo a vedere se c'è la bancarella con lo scaccio e soprattutto se c'è l'amico tuo, che stamattina in chiesa non ti levava gli occhi di dosso!» esclamò Franca, facendole l'occhiolino.

«Ma dai! Un babbiare.»

«Quello quando ti vede non capisce più niente e aveva ragione tua madre. È fatto proprio un bel ragazzo e mi sembra pure a modo. Noi lavoriamo troppo. Almeno oggi che è festa cerchiamo di non pensare a nulla e divertiamoci.»

In piazza c'era tutta la borgata: donne e uomini e picciriddi che si rincorrevano. Qualcuno cantava, i venditori abbanniavano quel poco che avevano da vendere sulle bancarelle, semi e legumi per lo più.

Franca e Rosa videro Maria, allora le corsero incontro e l'abbracciarono.

«Che bello, sei riuscita a venire!»

Maria aveva in braccio il piccolo Giuseppe, che si guardava attorno con aria smarrita. «Non me la sarei persa per niente al mondo la festa, per la messa non ho fatto in tempo, sono arrivata che era finita da un pezzo.»

A poca distanza da loro, Turi cercava un pretesto per avvicinarsi a Rosa e parlarle.

Un'orchestrina improvvisata iniziò a suonare, il tamburello dettava il ritmo degli altri strumenti: un piffero, dei sonagli, un coro di voci che modulava una melodia ritmata. Qualcuno accennò dei passi di danza, i bambini girarono su loro stessi seguendo la musica e gli adulti risero felici di quel momento di ebbrezza. La statua era stata posata in piazza, i fiori ormai appassiti emanavano un odore dolciastro che si mescolava a quello del vino allungato e dolcificato col miele.

In mezzo alla calca che si radunò intorno ai suonatori, Turi spintonava i suoi amici per avvicinarsi a Rosa. I ragazzi, per dispetto, lo fecero sbilanciare proprio mentre era riuscito ad arrivare accanto a lei. Turi la sfiorò soltanto ma perse l'equilibrio e cadde a terra. Si rialzò all'istante, come una molla, scusandosi con la ragazza.

Franca sorrise fra sé, non si era sbagliata, arretrò di un passo e prese Maria sottobraccio.

«Qualcuno qui cade ai piedi di Rosa» le bisbigliò all'orecchio.

Maria sorrise, un velo di malinconia le adombrò lo sguardo. Strinse Giuseppe più forte, quasi a volerlo proteggere dai suoi pensieri tristi, e fece segno a Franca che era stanca.

«La gente...» disse Turi imbarazzato, rivolgendosi a Rosa. «C'è troppa confusione e ho inciampato, scusami» disse in un italiano che non era abituato a usare, calandosi il cappello e stringendolo nervosamente fra le mani.

«Non fa nulla» rispose Rosa ridendo. «Ti sei fatto male?»

«No, no per così poco, ci mancasse!» rispose lui. Si era rimesso il cappello e siccome delle mani a penzoloni non sapeva che farsene prese a passarsele nervosamente sui pantaloni neri mentre sorrideva impacciato. «Potremmo spostarci un poco da questa confusione, che dici?»

Rosa annuì sorpresa. Cercava Franca con lo sguardo ma non

la vedeva. Non poteva stare da sola con un ragazzo in pubblico, se lo avesse fatto, il giorno dopo sarebbe stata sulla bocca di tutti. Per un attimo esitò, poi il sorriso rassicurante di Turi sciolse le sue riserve.

Il frastuono dei tamburelli copriva le parole dei due ragazzi, che si allontanarono un poco e si poggiarono a una balaustra al bordo della piazza, seguiti dagli sguardi delle comari.

Franca accompagnò Maria sull'uscio di casa. «Ci vediamo domani.» Fece una carezza a Peppino e tornò indietro. Scorse Rosa e Turi parlare ma continuò a camminare verso la fine della borgata, in direzione del mare.

Si acciambellò sul muricciolo che lambiva la spiaggia, alle sue spalle il brusio della festa, le chiacchiere allegre della gente. Un forte profumo di gelsomino sembrava rincorrerla, le ricordava la nonna che in giardino ne aveva una siepe fitta. Si raggomitolò per non sentire la malinconia, si voltò verso il mare, lasciò scivolare lo sguardo sulla superficie scura fino all'orizzonte e poi seguì la linea che separava acqua e cielo, due blu diversi ma ugualmente indefinibili. Le piaceva ritagliarsi dei momenti di solitudine, a volte si sentiva sopraffatta dalle persone e dagli eventi, aveva bisogno di raccogliersi, ripensarsi e ricomporsi. Non aveva mai saputo domare del tutto quella spinta che sentiva partire dall'ombelico, una molla compressa che aveva bisogno di scattare. Lei qualcosa la doveva fare, non sapeva rimanere con le mani in mano, voleva imparare sempre cose nuove e si chiedeva se fosse normale avere una testa che non si fermava mai, che non le dava tregua. Perché Franca pensava a tutti, a suo fratello più piccolo, a Rosa, a Salvo, e quei fili si accavallavano e si aggrovigliavano e non riusciva a seguire un solo pensiero, no, si distraeva e ne arrivava di colpo uno diverso, finché sentiva che la sua testa stava per scoppiare e allora si fermava e prendeva un respiro e guardava lontano.

Quella sera si sentì piccola di fronte all'immensità di ciò che la circondava, avrebbe voluto che i pensieri si disciogliessero nel mare, che il sale se li mangiasse, che l'acqua li spingesse sul fondo come pietre levigate. Si sentiva più leggera a stare lì, seduta con le braccia poggiate sul muretto a sorreggerla, le gambe intrecciate, la lunga treccia lungo la schiena.

Gli occhi neri per un attimo si persero, fissando un punto in lontananza. Una strana nostalgia la punse come quando nell'afferrare un fico d'India, nonostante la prudenza, una spina le si conficcava nella carne a tradimento. Era come se le mancasse qualcosa che ancora non sapeva di avere perso. Il suo pensiero andò a Salvo, a quello che le aveva detto, a quel bacio maldestro che si erano scambiati. Franca guardava la sua ombra allungarsi, fino al bagnasciuga. Emise un sospiro, immaginò che Salvo arrivasse lì e si sedesse accanto a lei, ma non era più sicura di nulla, di cosa voleva né di chi era diventata. Era cambiata, questo era sicuro, era ambiziosa e determinata, voleva essere notata, voleva che qualcuno le dicesse «brava» per una volta – e sapeva esattamente da chi avrebbe voluto sentirlo –, non voleva essere una fra tante, invisibile come uno dei fantasmi che popolavano la Manifattura.

«A cosa pensi?» le chiese una voce che sembrava sbucata dal nulla e che la fece sussultare.

«Ti ho spaventata? Scusa» disse ancora quella voce sconosciuta. Nella penombra si fece largo una figura maschile, un ragazzo della zona che conosceva di vista, ma di cui non riusciva a ricordare il nome.

«No, nessuno spavento, ero sovrappensiero» rispose lei infastidita.

«Non ti piace la festa?»

«Sì sì mi piace, mi siddiò un poco. Aspetto la mia amica Rosa e poi ce ne andiamo, che domani si lavora.»

«Voi due alla Manifattura scendete ogni giorno, vero? Dicono che si sta bene e che la paga è buona» riprese il ragazzo, rimanendo un poco distante. Aveva timore ad avvicinarsi troppo, come quando durante una passeggiata nel bosco si incappa in un uccello selvatico di rara bellezza e si teme che voli via. Il ragazzo guardava Franca ammirato: era diversa da tutte quelle che conosceva.

«Ma, sì, diciamo» rispose distrattamente lei che non aveva molta voglia di parlare. Non capiva perché quel tizio si fosse preso la briga di arrivare fino a lì e non aveva intenzione di dargli corda. Fece per andare.

«Allora se fra poco te ne vai ti saluto, volevo solo sapere se stavi bene» mormorò lui e si allontanò ancora un po'.

«Ma se nemmeno mi conosci? Picchì ti pigghi 'sti pensieri?» Franca si mise dritta e si rassettò la gonna, lisciando un poco la stoffa e tirandola verso il basso per togliere le pieghe.

«Minne vaio a casa pure io» disse il ragazzo, che già si era incamminato, precedendola. «Mi chiamo Gaetano, comunque, ma tutti mi chiamano Tano» aggiunse, voltandosi e facendo un veloce inchino col capo ma senza togliere il cappello. La ragazza gli metteva soggezione e quasi si pentì di averle parlato.

«Io sono Franca» rispose lei, seria, e in quel viso Tano scorse una bellezza che non conosceva, che non aveva mai visto prima.

«Be', chi sei lo so bene, di te qui si parla assai» e subito si pentì di quello che gli era appena scappato di bocca.

«Ah sì, e perché? Cosa dicono di me?» chiese con un tono così contrariato che il poveretto non sapeva come cavarsi d'impiccio. Franca si irrigidì, porgendo l'orecchio destro e piegandosi leggermente in avanti come per ascoltare meglio.

«Be', per la storia dell'asilo e...» Gaetano indugiò, indeciso se parlare o meno. «Vabbè anche per altre cose, ma sono sicuro che sono tutte fissarie.»

«Lo sono» rispose lei seccamente, ma con un leggero tremore nella voce che tradiva il suo nervosismo. «Qualunque cosa dicono di me, sono solo un sacco di stupidaggini.»

Franca allungò il passo, si lasciò Gaetano alle spalle senza nemmeno rivolgergli un cenno di saluto e si avvicinò a Rosa e Turi, ma li vide che ancora parlavano e si sorridevano, quindi passò loro accanto senza farsi notare e se ne andò via verso casa a passi veloci.

Aveva il respiro corto e sentiva qualcosa in gola che non saliva né scendeva, un sapore amaro le guastò la bocca.

Continuavano a frullarle in testa le chiacchiere che Rosa e Gaetano le avevano riferito. Non le piaceva l'idea che girassero su di lei pettegolezzi assurdi e inutili.

Gaetano era mortificato, erano stati i suoi amici a incoraggiarlo ad andare da Franca, era l'unico che avrebbe potuto avere una speranza con lei, perché era il più sistemato ed era uno dei ragazzi più belli di tutta l'Arenella. Di fronte a lei era rimasto senza parole, non immaginava che fosse così diretta e senza peli sulla lingua. Però qualcosa gli diceva che era una in gamba e che tutte quelle che le sparlavano dietro si sbagliavano di grosso. Gaetano, dopo quella sera, non sapeva se avrebbe rivisto più Franca, ma il ricordo della ragazza lo accompagnò per molto tempo.

La montagna che cingeva la borgata mandava una brezza carica di profumi che calava sul borgo come un alito tiepido. Resine di pino e odore di erba misto a terra. Franca si sedette un attimo sulla soglia di casa prima di entrare, sentì i suoi fratelli rincorrersi nel cortile e le chiacchiere delle donne che facevano filò sulla vecchia panchina sgangherata.

«Fra', ma che ci fai qui? Ti ho cercata dappertutto, ma ti sembra il modo di sparire?» le chiese Rosa, arrivata di corsa fino a casa dell'amica.

«È che volevo lasciarti sola con Turi, era un momento perfetto per voi due... Allora com'è andata? Raccontami tutto.»

Rosa si sedette accanto a lei, rimboccandosi la gonna sotto le ginocchia per non sgualcirla. «Che ti devo dire? Mi piace assai, è gentile e sorride sempre. Io me lo ricordo, lo vedevo quando scendevo alla piazzetta con mio padre e lui già lavorava, mi sembrava assai più grande, invece ha solo tre anni più di noi» disse d'un fiato, gli occhi lucidi e trasognati.

«'U capivo, sei già andata, tu!» E rise perché conosceva Rosa fin troppo bene e sapeva che quel ragazzo le piaceva davvero e che sognava un futuro con lui. La strinse a sé, passandole un braccio attorno alle spalle.

«Ro', tu sei sicura che vuoi a Turi?» le chiese Franca a bruciapelo.

L'amica annuì. «Ci penso già da un po', ma a lui voglio.»

«Allora vedi di parlare subito con tuo padre, che stasera ti hanno vista tutti con lui e lo sai come funziona qui, o vi fidanzate o te lo puoi scordare di parlarci di nuovo.»

48

Il padre di Rosa, che pure travagghiava sotto il sole, aveva l'aspetto di uno che si alza già macinato; lavorava dall'alba al tramonto, spossato dalla fatica, conosceva la resistenza dei semi e pure la loro vulnerabilità, la benedizione di un campo fertile e le speranze distrutte di una terra arida e sterile.

Gli occhi di Mimmo erano verdi e brillanti, come foglie di primavera illuminate dal primo sole, l'unica pennellata di colore che l'uomo portava addosso anche mentre se ne stava chinato a zappare e sradicare la gramigna, con quei rizomi sotterranei lunghissimi e intrecciati fra loro che ramificano sottoterra, rubando nutrimento alle coltivazioni. *L'erba che non vuoi nel tuo giardino è la prima che ci spunta*, pensava Mimmo ma non si riferiva alla gramigna. Ce l'aveva con quel Turi che si era incapricciato della sua Rosa. Mimmo era un uomo di poche parole, uno abituato a lavorare, non aveva studiato e non sapeva discutere con la gente, ma per sua figlia sognava un ragazzo che non si rompesse la schiena tutto il giorno a caricare e scaricare casse puzzolenti.

Pensava a questa novità di Rosa che aveva uno zito, un pescatore, e tirava così forte la gramigna che i filamenti nascosti spaccavano lunghe zolle di terra, scoprendo le radici degli alberi di arance, limoni e mandarini, che ancora erano aspri e amari, amari come la sua giornata. «Proprio a quello doveva dare confidenza? La sera della festa poi...»

«Che tieni, si può sapere?» gli chiese Graziella, che si stava avvicinando con un paniere di vimini sotto il braccio.

«E tu che ci fai qui con 'sto cavuru?» ribatté lui, sorpreso. La sua voce terrosa tradiva una punta di risentimento. Non gli piaceva essere spiato.

«E che sarà mai, ti pare ca è a prima volta ca ti vio parlare sulo?» Le parole della donna erano simili al taglio del fieno di giugno, graffianti come la lama della falce quando viene molata dalla pietra. «Ti ho portato da bere, oggi picchia troppo.» Lentamente Graziella tolse il canovaccio dal cestino e prese una bottiglia dal collo largo, si avvicinò alla pianta dei limoni e ne staccò uno, lo divise in due col coltello che aveva nel tovagliolo e lo spremette dentro l'acqua. «Tieni, bevi, che sennò ti squagli.»

Aspettò che il marito si rinfrescasse, poi tornò a incalzarlo.

«Quindi? A che pensavi, che avevi la faccia abbiliata?»

«Ma niente, a 'sto zito di Rosa.» Le parole questa volta uscirono rotonde.

«Matri mia, si sono appena fidanzati e già tu sei morto... Prima o dopo doveva succedere» rispose subito Graziella, sventolando le mani come quando voleva troncare un discorso. «Turi è un bravo ragazzo. Anche se non ha la madre, sua zia lo ha cresciuto come fosse suo e poi è un gran travagghiature, lo vedo sempre indaffarato. È un bravo picciotto, senza cretinaggini per il capo.»

«Sarà come dici tu» fece Mimmo, asciugandosi la bocca col dorso della mano. «Io per Rosa speravo qualcosa di meglio di un pisciaiolo.» La frase uscì lenta come il movimento del rastrello che raschia la terra.

«Di meglio? Come chi? Come uno di quei quattro pavoni che stanno alla Manifattura? Meglio la nostra di gente, persone oneste che si sudano la giornata e che si conoscono fra loro. Megghio un tinto canusciuto che un buono a canusciri, ricordati. Rosa mi pare contenta, idda travagghia, non le mancherà nulla come non le è mai mancato a casa nostra.»

Mimmo sollevò lo sguardo e fece un'espressione poco convinta, inarcando un sopracciglio.

«Pi mia tu sei solo geloso, picchì un ne facisti mai, da che ti conosco, di 'sti discursi.»

«Geloso io? Ma per piacere!» E si abbassò di nuovo a estirpare erbacce, mugugnando.

«Vabbè, io me ne vado. Mi sto pigliando un poco di origano selvatico, dove sta che non lo vedo?» Mimmo, senza alzare la testa, sollevò il braccio e indicò un cespuglio poco più avanti. I rametti con le foglie profumate creavano delle figure arzigogolate sul terreno riarso, quasi un ricamo di ombre e luci che addolciva le crepe nella terra muta che accompagnava i passi pesanti della donna. «Sto andando allora.»

«*Mmm*» brontolò Mimmo a bocca chiusa. Un rantolo più che un mugugno.

Graziella radunò le cose nel paniere, raccolse la bottiglia vuota e appiccicosa e si incamminò verso casa. Sullo sfondo si stagliava la costa con un mare che pareva uno smeraldo appoggiato sotto la roccia nuda a strapiombo.

Una lucertola frusciò fra l'erba mentre attraversava il sentiero e, nonostante ci fosse abituata, si fermò per un istante e poi accelerò il passo col cuore che batteva un po' più forte. Da lì a poco sarebbe suonato il mezzogiorno, il rintocco del campanile era l'unico orologio a disposizione della gente, ma lei aveva già sfornato il pane e la zuppa riposava nel coccio di terracotta. La semplicità del cibo si sposava con la sobrietà dalla tavola e della casa, un'abitazione umile e disadorna ma ordinata. Graziella spazzava di continuo e puliva e rassettava, ma del resto erano in tre e per la maggior parte del tempo sua figlia e suo marito stavano fuori, per questo riusciva a ricamare e cucire, anche per delle ore. Era la sua passione e per fortuna poteva dedicare molto tempo agli amati decori, fitti e perfetti, che adornavano lenzuola e asciugamani, tovaglie e centrini che finivano nelle case della borghesia e della nobiltà cittadina. Era stata un'allieva della prima moglie di Mimmo, una delle ricamatrici più ricercate dalle clienti facoltose.

Le sue dita correvano svelte intrecciando fili in elaborati ricami dettati dalla fantasia. Era una donna semplice, non aveva mai frequentato la scuola, giacché a casa servivano mani. I primi rudimenti del ricamo li aveva imparati da sua madre e da sua nonna, poi, appena era cresciuta, si era messa a lavorare con Rosalia, che aveva un giro grosso e troppi ordini per riuscire a sbrigarli da sola.

Quando Rosalia era morta, Graziella aveva perso più di una maestra: aveva perso una seconda madre. Ogni tanto passava a trovare Mimmo che era piombato in un mutismo preoccupante, e pian piano cominciò a pensare che poteva dare consolazione a quell'uomo così mite. Avevano deciso di risposarsi dopo quasi due anni dalla morte di Rosalia e fu naturale per entrambi chiamare la loro bambina Rosa, il simbolo della bellezza e del dolore insieme, un fiore splendido ma con le spine, a ricordare che non esiste nulla di assolutamente perfetto e incontaminato.

Graziella rientrò a casa e prese il ricamo. Aveva molto tempo per sé e mentre realizzava i suoi ricami perfetti lasciava la mente libera di correre. Pensò a Rosa, che quel giorno al lavoro si era portata un poco di pane e formaggio e qualche oliva condita. La figlia si era fatta grande ormai ed era diversa da lei. Era più scaltra e moderna, sapeva il fatto suo, anche se rimaneva timida e tranquilla, a differenza di Franca che era un grano di pepe. Rosa era più riflessiva e meno impetuosa, si stancava più facilmente ed era più lenta nel fare tutto rispetto alla sua amica, però insieme erano uno spasso, diverse ma inseparabili. Graziella sorrideva pensando a quante ne combinavano da piccole quelle due. L'amicizia con Franca aveva reso meno sola la sua bambina, alla quale lei non aveva potuto dare fratelli. Il tempo però era volato. Ora quelle due monelle erano diventate due giovani donne e presto si sarebbero fatte la loro famiglia.

Il fidanzamento, come accadeva spesso nelle famiglie più semplici, era stato sbrigativo, nessuna cerimonia, nessun anello. Una cosa fra uomini. Turi era passato da casa una domenica e aveva chiesto a Mimmo il permesso di frequentare sua figlia, con la tacita promessa di sposarla di lì a poco. Lui aveva calato la testa e subito dopo se ne era uscito di casa per andare nella stalla dal suo mulo. Turi si era rimesso il cappello ed era tornato a casa fischiettando, mentre Rosa e Graziella lo avevano guardato allontanarsi attraverso la finestra della stanza da letto in cui si erano rinchiuse.

«Ma', ma tu ne prendi copia? Perché Turi già s'inniu?»

«Picchì e picchì? Ma non lo sai com'è to patri? Chiddu è di panza, un parla, ci risse sì e forse manco, ci calò a tiesta e basta, mi pare di vederlo.»

«E se ci risse di no?» le chiese Rosa preoccupata.

«Ma finiscila, ma quale no?» rispose la donna alzandosi e andando verso la cucina.

«Aspetta, 'u viristi a papà quando gli ho detto che volevo a Turi? Mica era contento, io mi scanto.»

«Non essere scimunita, vaddà, si deve abituare e basta, come a tutti.»

49

«Rosa, dobbiamo dire a tuo padre che il prossimo anno ci sposia-mo» le disse Turi mentre le teneva la mano. «Non ha senso che aspettiamo troppo, io comincio a essere troppo grande per stare con mia zia, voglio una casa mia, voglio te. Ti ho voluta dal primo momento che ti ho vista, pure quando tu non ti accorgevi ti guar-davo.»

Lei sorrise, abbassò lo sguardo e si sentì scoppiare in petto una felicità mai provata, che sapeva di cespugli odorosi e di fiori di campo. «A mio padre verrà un colpo. Ancora non ha digerito del tutto che ci siamo fidanzati, non se l'aspettava, mischino» disse la ragazza, ridendo. «Mia madre ci prova a tenerlo calmo ma io lo conosco, quando ha qualcosa perde l'appetito e da qualche giorno non mangia molto la sera e non parla, non che di solito faccia grandi discorsi, ma sta proprio muto che pare che abbia un mor-to dentro.»

«Bedda matri! E io ora come ci vengo a dirgli che la prossima primavera ti porto via?»

Rosa allungò la mano e gli accarezzò il viso. «Se io ti sposo, non mi porti via, mi porti con te.»

Con la scusa di salire da Franca a portarle due cipolle che suo padre aveva messo da parte per lei, una domenica Rosa passò per lo sterrato e si fermò ad aspettare Turi ai margini della boscaglia a ridosso del paese, dove tutti i bambini andavano a giocare a na-scondino o acchiapparello. Era lì che si vedevano la domenica e qualche volta all'imbrunire, quando lei tornava dal lavoro, adesso che le giornate erano più lunghe.

Quella sera, quando Turi si chinò su di lei per salutarla, Rosa, invece di ritrarsi come faceva sempre, lo aveva fissato sorridendo e in quel sorriso lui aveva letto il permesso di darle un bacio, un timido bacio a fior di labbra, la promessa di essere sua, una volta maritati. Turi era tornato verso casa a lunghi balzi, saltando come una cavalletta e con stampata in faccia un'espressione talmente ebete che sua zia si era subito accorta che c'era aria di novità. «Prima o poi doveva succedere» si disse sorridendo mentre sgranava i piselli freschi. «Ti distrai un attimo e corrono via.» Suo nipote ormai era un uomo e per fortuna era un bravo picciotto, educato e con la testa sulle spalle. Turi e Rosa erano ragazzi per bene e sicuramente volevano sposarsi, così sarebbero stati liberi di stare insieme.

50

I primi raggi di luce al mattino salivano dal basso, accompagnati dal canto stridulo dei galli. Il buio e il silenzio della notte venivano spezzati dal rosso intenso dell'alba e la gente della borgata metteva i piedi fuori dagli scomodi giacigli.

L'inizio dell'estate arrivava con sfumature nuove e con un tepore timido che era solo il preludio della canicola implacabile di luglio e agosto.

Come ogni mattina Rosa e Franca aspettavano don Carmelo per scendere alla Manifattura. Solitamente erano troppo assonnate per parlare. Si alzavano sempre prestissimo e la loro attenzione era tutta per lo spettacolo del sole che sorgeva e gettava la sua luce calda sulla strada e sul mare, disegnando morbide ombre violacee.

Anche quella mattina gli unici rumori erano il cigolio delle ruote del carro che le aveva da poco caricate e l'ansimare del mulo che, con passi lenti, trascinava il suo carico di cipolle che odoravano di terra.

«Assabinirica, don Carme', a cchiù tardi» lo salutarono le ragazze, scendendo dal carretto.

L'uomo si toccò leggermente la visiera della coppola e, con la lingua fra i denti giallastri e storti, emise uno schiocco che era il suo saluto.

Franca, mentre camminava, reggeva in una mano la cuffia stropicciata e con l'altra cercava di lisciare la lunga treccia che di lì a poco avrebbe dovuto raccogliere e fissare con un fermaglio. Le

maniche logore della camicia di cotone che indossava le ricordarono che avrebbe dovuto rammendare lo strappo sul gomito che
si era fatta il giorno prima, impigliandosi nello spigolo spizzicato
del tavolo da lavoro.

Non portava lo scialle, non era più necessario.

Le lunghe ciglia scure si muovevano lente, aveva gli occhi stanchi e sbadigliava di continuo, guardava Rosa che camminava con
passo morbido e con lo sguardo rivolto verso i riflessi della luce
sull'acqua.

La ragazza aveva le gote rosate e le labbra socchiuse. Respirava
con la bocca per prendere più aria, amava quella brezza che sapeva di buono e che le riempiva il petto prima di doversi chiudere
per ore nella stanza dei sigari.

Franca aveva notato quanto Rosa si fosse fatta bella, era più
sicura di sé da quando aveva conosciuto Turi. Anche lo sguardo
era meno ingenuo. I suoi occhi verdi erano più luminosi e sorri-
denti che mai e Franca, anche se non aveva mai chiesto, immaginava qualche timido sguardo rubato nella penombra dietro casa
quando Turi se ne andava e Rosa lo accompagnava in cortile con
la scusa di andare a chiamare suo padre nella stalla.

Mentre i loro passi risuonavano ovattati sullo sterrato, Franca
se ne uscì di colpo con una delle sue domande. «Rosa, ma che ne
dici se, con l'aiuto di Salvo, chiediamo di avere un'ostetrica in
infermeria? Già glielo avevo fatto tempo fa 'sto discorso.»

La ragazza trasalì, non era certa di aver capito bene, aveva la
testa altrove, al suo Turi, che di sicuro era già in mare da ore.

«No vabbè, ancora manco è finita una cosa che già te ne in-
venti un'altra» ribatté. «Ma ti vuoi quietare un poco? Che hai, i
spinni?»

«E perché dovrei quietarmi, magari proprio a te servirà» rise
Franca.

«Tu sei pazza, pazza da legare proprio, sei peggio di mio padre,
che manco sono fidanzata e già piange... Ma vi volete dare una
calmata, una buona volta, tutti quanti?»

«Che ne so io che combinate voi due, tu e l'innamorato tuo?
Non mi racconti mai niente» replicò Franca, fingendosi seccata.

«Ah, quindi sei gelosa?» chiese Rosa con una punta di malizia.

«Ma quale gelosa? Di un maschio? Ma tu forse sei pazza» rispose Franca, calciando un piccolo sasso e facendo una smorfia disgustata seguita da una sonora risata.

«Ridi, ridi. Prima o poi pure a te capiterà» le disse Rosa, sventolando l'indice in segno di ammonimento.

«Più poi che prima» ribatté pronta Franca, «stanne sicura.» La ragazza accompagnò quelle parole con un deciso cenno del capo, quasi a dire che era assolutamente sicura che non si sarebbe sistemata a breve, come avrebbe voluto sua madre, e che non aveva la benché minima intenzione di farlo.

«Non parlare assai, Franca, che la prima gallina che canta ha fatto l'uovo, ricordatelo bene.»

«Seeeee, l'uovo... Ha ragione Lena, ficcatelo in testa, i maschi sono tutti uguali, solo una cosa gli interessa, a chiddi tinti e puru a chiddi buoni» sentenziò Franca.

«Nenti, sempre a stissa sei, ma come ti vengono 'ste cose? Ma poi come parli? Ca pari tu un masculo a picca.» Rosa non si capacitava a volte di quanto fosse diretta e lapidaria l'amica.

Furono interrotte dalla folla vociante delle operaie che si approssimavano all'ingresso della Manifattura, anche perché le voci che correvano da qualche giorno serbavano altre novità in arrivo, ma nessuno ne sapeva parlare di preciso, nemmeno loro.

51

Qualche tempo dopo l'apertura dell'asilo, fissata per settembre, in Manifattura sarebbe arrivata anche un'ostetrica e si sarebbe sistemata in una stanza dell'infermeria che avrebbe condiviso col medico.

A quanto pareva la decisione era stata presa dal direttore perché molte delle tabacchine si rifiutavano di farsi visitare da un uomo e non parlavano con il dottore dei loro disturbi, senza contare che una figura femminile avrebbe evitato che le operaie più anziane interrompessero il lavoro per dare aiuto o assistenza alle partorienti e alle puerpere.

«Fra', tu c'entri nulla?» le chiedevano tutte. Ma Franca, sebbene avesse pensato più volte di proporre questa cosa a Salvo, poi non l'aveva fatto.

«No, ve l'assicuro, non c'entro nulla» e, nonostante fosse la verità, in poche le credettero.

«Vi ricordate quando Anna ha partorito proprio nello stanzone, con l'aiuto mio e di Annamaria? Se si avviava per andare a casa, manco ci sarebbe arrivata, partoriva per strada» aveva rammentato Lena alle sigaraie. «Pensate a cosa poteva succedere, e poi vi pare normale che sua figlia è nata lì a terra, che manco una cagna? Sono cose da pazzi, non si possono raccontare, mischina quella picciridda.»

Alle parole di Lena ne erano seguite altre, i commenti si erano infervorati al punto che il signor Enzo era dovuto intervenire. «Ora basta, tornate a lavorare e non ci pensate più, avrete pure la levatrice e non vi dovete prendere pensieri inutili, finite questa commessa, o ci vado di mezzo pure io che vi lascio parlare assai» aveva esclamato con un tono di rimprovero non troppo convincente. Lo conoscevano bene, sapevano che abbaiava e non mordeva, ma proprio per questo non si facevano ripetere le cose due volte di seguito.

All'ennesima domanda, questa volta di Lena, Franca rispose: «Vi dico che non ho fatto nulla, stavolta non c'entro niente». Continuò a ripeterlo tutto il giorno, pure a quelle che la ringraziavano a fine turno lungo i corridoi. In cuor suo, però, sospettava che quell'iniziativa non fosse tutta farina del sacco del direttore, qualcuno di sicuro gliel'aveva suggerita e lei aveva ben presente chi fosse quel qualcuno.

Tutte sapevano che dietro quell'ambaradan di novità c'era lo zampino delle due sigaraie, lo sapevano perfino i responsabili, che si chiedevano come avessero fatto due picciotte di borgata, senza scuola, ad arrivare fino ai sindacati. E questa cosa non andava giù a molti, a Ninni per primo. Le femmine troppo scaltre non gli erano mai andate a genio e quelle due dovevano capire una volta per tutte che non erano loro a comandare e a dettare legge lì dentro.

Doveva aumentare il carico di lavoro alle sigaraie: erano troppo libere, ecco perché avevano avuto tutto quel tempo per pensare. Ma se ne sarebbe occupato lui: gli avrebbe fatto passare la voglia di inventarsi altre fesserie.

«Aumentate il carico che arriva al piano di sopra» disse ai responsabili dello smistamento.

«Ma Ninni, che dici? Sei impazzito? Vedi che già è assai il tabacco, nessuna sigaraia potrà fare di più di quello che già fa...»

Ma lui non voleva sentire ragioni. «Hanno avuto il tempo di parlare e di organizzarsi, significa che erano schiffarate.»

«Ninni, come vuoi, ma accura che se lo scopre il direttore poi passi i guai, quello ha detto che ci butta fuori, lo sai che lui ci sta attento ai sigari, più che a tutto il resto. Vedi di non tirare troppo la corda» gli raccomandò Toti.

Ninni covava da tempo un rancore sordo, non gli andava giù che Franca gliel'avesse fatta sotto il naso e che continuasse a ignorarlo quando invece sarebbe dovuta cadere ai suoi piedi. La voleva, l'aveva desiderata fin dalla prima volta che l'aveva vista, la sognava fra le sue braccia, docile e remissiva, invece lei lo guardava in modo distaccato e ostile, avrebbe giurato pure con una punta di disprezzo, e questo proprio non poteva tollerarlo. Dopotutto era una femmina, un'operaia per di più, valeva meno di zero. Ninni, peggio di un animale in gabbia, era diventato pericoloso, perché oltre che arrabbiato, era pure incapricciato.

52

Luglio era stato un mese di fuoco e questo aveva rallentato, seppur di poco, i ritmi serrati della Manifattura.

Ciò che rendeva più sopportabile alle donne il lavoro era il pensiero del baliatico. La stanza che era stata scelta per i bambini era la più riparata dell'intero complesso: la più fresca d'estate e la più calda d'inverno. Era stato un caso, ma questa volta la buona sorte si era ricordata di passare dalla fabbrica.

Le donne speravano che il caldo si attenuasse un poco, ma ad agosto si era fatto ancora più insistente. Tra l'afa e il carico di lavoro raddoppiato, le sigaraie cominciavano a boccheggiare come totani appena pescati non appena entravano nello stanzone.

«Non si respira» era la frase che tutte ripetevano sventolandosi di tanto in tanto, con le foglie del tabacco, i volti madidi di sudore sotto le cuffie.

Erano poco meno di sessanta giorni quelli che piegavano le ginocchia a tutti e che fiaccavano le lavoratrici. Il sole si piazzava bianco in mezzo al cielo e da lì buttava un caldo che spaccava la terra come la crosta di un pane troppo cotto.

Ormai mancava poco all'inizio dei lavori per il baliatico.

Un gruppo di operai edili si era presentato ai cancelli una mattina subito dopo la festa dell'Assunta, chiedendo del direttore.

Due mastri e due indoratori in un paio di settimane trasformarono gli stanzoni vuoti del piano terra in una zona confortevole, pronta per accogliere un buon numero di bambini.

Durante i lavori qualcuno sbirciava dalle finestre. La stessa Franca, una mattina che era arrivata un poco prima del solito, passando dal pozzo e approfittando della confusione dei carri in entrata, andò a guardare cosa stessero facendo i muratori. Fuori dalla porta dello stanzone aveva scorto un cumulo di calcina bianca che era appena stata rimestata. Un uomo con un frattazzo e una cazzuola si avvicinò, caricò un bel po' di quel composto sull'arnese di ferro che teneva nella mano sinistra e, prima di rientrare a smaltare, disse a Franca: «Signori', che ci fate qui? Unn'è posto per fimmine, vi potete sporcare».

«Vorrei guardare» rispose Franca. «Soltanto una taliata, faccio veloce.»

«E guardate, ma accura ai piedi» rispose l'anziano muratore dal viso ossuto solcato da rughe profonde.

Franca si affacciò all'ingresso principale e vide un'enorme stanza inondata di luce e due uomini che rattoppavano buchi e lisciavano pareti. La polvere sollevata dagli operai impregnava l'aria e disegnava volute bizzarre dove i raggi del sole attraversavano le finestre.

La ragazza immaginò quel luogo pulito e pieno di picciriddi, immaginò il figlio di Maria in un angolo, intento a giocare con altri bambini.

Il baliatico stava prendendo forma e di lì a poco sarebbe stato pronto. Una sensazione di soddisfazione e di orgoglio la travolse. Ma fu solo per un attimo, poi Franca si rese conto di essere in ritardo e corse attraverso il cortile per andare a raccontare alle altre quello che aveva appena visto. Non salutò nemmeno.

«Chiste sigaraie strane assai sunnu» mormorò il vecchio muratore tra sé e sé. «Ca 'u munnu sta cangiando troppo di fretta, mi pare a mia. I fimmine travagghiano e i picciriddi nichi stanno ca rintra, un munnu al contrario proprio.» Poi tornò al suo lavoro ansimando.

53

Non ci furono grandi cerimonie per l'inaugurazione del baliatico. Il 1° settembre il direttore si presentò alle sette e mezza del mattino e aprì la porta alle donne che avevano i bambini da lasciare.

Le ampie stanze a piano terra erano state smaltate di fresco e tinteggiate di bianco, una lunga fascia azzurrognola partiva dal pavimento e arrivava ai davanzali delle enormi finestre suddivise in sei riquadri. C'erano dei tavolini, delle piccole sedie, a terra erano state sistemate, in un angolo, alcune stuoie. I muri ancora spogli odoravano di vernice e di pulito. In fondo a un lungo corridoio si trovava un cucinino che doveva essere ultimato. Le bambinaie indossavano lunghi grembiuli chiari e portavano delle cuffie bianche arricciate in testa.

Le donne si aggiravano intimidite fra le stanze, sembrava tutto a misura di bambino, tutto era stato fatto in poco tempo, ma gli ambienti erano accoglienti e funzionali. Il direttore ancora non sapeva bene come sarebbe andato quell'asilo, ma qualcosa gli diceva che era stata la scelta giusta e che la sua lungimiranza sarebbe stata premiata. Gli incontri con Salvo avevano solo accelerato i tempi, lui stesso voleva trovare una soluzione per le lavoratrici con i bambini piccoli e aveva già sentito di altre realtà lavorative che si erano dotate di spazi simili.

Mentre le donne erano assembrate nei pressi del nuovo asilo, in cortile i carrarmatti continuavano incessantemente a scaricare balle di tabacco. Gli uomini si muovevano veloci per lasciare libero il passaggio. Uno di loro stava in disparte, seduto con le gambe penzoloni sul pianale di un carro ormai vuoto. Da sotto un'ampia coppola sformata e calata quasi a coprire gli occhi osservava le donne entrare e uscire dalla stanza dei bambini. Le maniche della camicia arrotolate lasciavano scoperte le braccia asciutte e muscolose e la pelle olivastra.

Nel frattempo Franca diceva a Rosa di entrare e di guardare quanto era bello il nuovo asilo. «Ti rissi di infilarti, come ci devi entrare là dentro se aspetti che ti fanno passare?»

«Ma che c'entra? Prima le mamme! Spetta a idde, mica a me, di trasere per prime!»

«Ah vabbè, allora stai fresca. Ci vuoi entrare o no? Amunì, vieni con me.» E prese l'amica per il polso, costringendola a seguirla.

C'era davvero una gran confusione davanti alla porta e sarebbe stato impossibile farsi largo fra la folla. Ma Franca notò che una delle finestre che davano sullo stanzone era rimasta socchiusa. «Vieni qui, Rosa, statti ferma un attimo, che piglio una cosa e ti faccio salire.»

La giovane si allontanò e dopo pochi minuti tornò con una robusta cassetta di legno, la mise sotto la finestra e invitò l'amica a salirci.

«Ma sei matta o cosa? Ti pare che io mi metto a spiare dalla finestra? Se ci vedono che figura dobbiamo fare?»

Un gruppetto di operaie curiose, però, non appena vide la possibilità di guardare dentro dalla finestra corse loro incontro.

«Fateci vedere pure a noi! Dalla porta non si trase manco ammazzate.»

Franca indicò la cassetta a Rosa. «Prima tu, e non farti pregare, che qui già c'è la fila.»

Rosa, titubante, mise un piede sulla cassa e guardò dentro. Nessuno badò a lei, tutti presi com'erano dalla novità.

«Be', che te ne pare?»

«È bellissimo! Molto più bello di come me lo immaginavo...» mormorò commossa.

«Ce l'abbiamo fatta, è incredibile! Peccato che Salvo non sia qui a vederlo, gran parte del merito è suo, anzi soprattutto suo.»

L'operaio, intanto, non aveva tolto gli occhi di dosso a Franca. Si era messo pure a ridere quando l'aveva vista arricamparsi con la cassetta, sembrava conoscerla. Era sceso dal carro e aveva raggiunto il punto di passaggio fra il cortile e l'ala in cui lavoravano le sigaraie.

«Ro', possiamo anche salire al lavoro, c'hanno dato un'ora di permesso per questa cosa dell'asilo, ma si è fatto tardi ed è meglio se almeno noi ci mettiamo al bancone.»

Le due si diressero verso il porticato quando un fischio quasi impercettibile che proveniva da dietro uno dei pilastri attirò la loro attenzione.

Le ragazze allungarono il passo. Di nuovo quel fischio. Qualcuno le stava chiamando.

«Aspetta, Ro'» disse Franca, dirigendosi verso il punto da dove aveva sentito arrivare il suono.

«Franca, senti a me, andiamocene» la pregò l'amica, ma l'altra già era decisa a scoprire chi c'era a due passi da loro.

«Ma che diavolo...» esclamò Franca.

«Zitta, sono io» disse l'uomo uscendo allo scoperto.

«Salvo! Ma sei impazzito? Un colpo mi hai fatto prendere!»

Non appena Rosa vide chi stava parlando con Franca, fece un cenno di saluto e si allontanò, pensando che di certo Salvo non era venuto per lei.

«Potevo mancare, secondo te?» chiese l'uomo facendo l'occhiolino a Franca. Era irriconoscibile con gli abiti in disordine, i pantaloni rattoppati, la camicia aperta e le maniche arrotolate fin sopra i gomiti. Un sentore di sudore che Franca non aveva mai percepito prima di quel momento le ricordò che anche Salvo era uno che lavorava sodo.

«Così conciato mica ti avrei riconosciuto, pari un mascalzone!» esclamò la ragazza divertita.

«Allora, com'è il tuo asilo?»

«Non ci sono parole... è meraviglioso» rispose Franca orgogliosa, con gli occhi che brillavano di una luce nuova.

«Non smetterai di venire alla taverna, vero? Ci sono altre cose da fare qui» disse lui speranzoso.

«No, no, non ti liberi di me, se è per questo. Ora però vattinne e fammi acchianare, sennò passo i guai.»

Nel congedarsi, Salvo le sfiorò la mano con una carezza e le sorrise, poi saltò su uno dei carri in uscita con un balzo.

Franca mentre saliva le scale sentiva il cuore battere all'impazzata. Lo sguardo di Rosa quando si sedette diceva molto più di quel che lei stessa voleva ammettere. Salvo era venuto apposta per vederla.

54

A ottobre già il baliatico era pieno e a parte qualche intoppo iniziale tutto sembrava essersi avviato al meglio. I picciriddi venivano seguiti amorevolmente, giocavano e imparavano pure molte cose. Le madri, superate le prime diffidenze, non facevano che decantare i pregi di quella scuola a due passi dalle loro postazioni di lavoro.

La novità dell'asilo cambiò di molto la vita delle tabacchine, i reparti non risuonavano più dei pianti dei bambini, e sigaraie e confezionatrici non erano più costrette a rollare sigari e impacchettarli coi neonati legati al collo.

I capi reparto, inizialmente scettici, erano loro stessi increduli: non avevano mai visto una tale calma e soprattutto, dicevano, nessuna distrazione interrompeva più il lavoro delle donne.

In molte riconoscevano a Franca e Rosa il merito di aver contribuito non poco all'impresa. Quell'idea, che in principio sembrava irrealizzabile, si era invece concretizzata sotto i loro occhi e senza scontri né ripercussioni. «Se non fosse stato per voi...» ripetevano spesso le operaie. «Per fortuna siete state più testarde di noi!» Non si parlava d'altro nei corridoi e nelle stanze di lavoro.

Maria era la più felice, ogni mattina arrivava con il piccolo Giuseppe e poi saliva al lavoro, contenta come non mai. A pranzo andava a dare una controllata al bambino e ogni volta tornava con gli occhi colmi di gratitudine. Sapeva che Franca, con l'aiuto di Rosa, aveva lottato anche e soprattutto per lei, e di questo le sarebbe stata grata per sempre. Aveva provato pure Maria a fare la sua parte, timidamente, come era nel suo carattere. Aveva trovato perfino il coraggio di andare dal direttore. Era terrorizzata, ma quell'uomo non l'aveva trattata con sufficienza, né l'aveva liquidata: si era seduto e l'aveva ascoltata a lungo, ponendole molte domande. Infine le aveva dato la sua parola che nessuno avrebbe mai saputo di quella conversazione. Aveva intuito che Maria fosse molto in imbarazzo e le promise che si sarebbe interessato della questione dell'asilo ma senza mai menzionarla.

«Amiche mie, una cosa vi devo dire che non vi ho mai detto» cominciò Maria, avvicinandosi a Rosa e Franca nella pausa. «Qualche mese fa sono andata dal direttore a dirgli che doveva aprire l'asilo. Non chiedetemi dove ho trovato il coraggio, forse solo la disperazione mi ci ha portato...»

Le due la guardarono esterrefatte. Salvo aveva riferito loro che una sigaraia aveva parlato con il direttore, e sulle prime avevano pensato a un errore: nessuna avrebbe mai avuto quell'ardire.

Franca la abbracciò di slancio.

«Anche noi ti dobbiamo dire una cosa, Maria» disse Rosa. «Non l'abbiamo fatto prima perché era una questione delicata e non volevamo metterti in mezzo, ma Franca e io siamo andate a cercare un sindacalista in città per farci aiutare.»

«Quindi voi lo conoscevate il tizio che parlava fuori dai cancelli, quella sera... Era lui vero?» chiese Maria.

Le due ragazze annuirono.

«E non sai il bello» aggiunse Rosa. «Forse per la prima volta abbiamo trovato uno che piace a Franca. Credimi, sono precisi quei due!»

Maria scoppiò a ridere. «Mischino, ma lo sa in che guaio si sta mettendo questo poveretto se si piglia a lei?»

Le ragazze scoppiarono a ridere. Bastiana in un angolo le guardava in cagnesco sperando che prima o poi la pagassero tutte quante loro, poi chinò il capo e attaccò la litania delle orazioni.

55

Qualche sparuta foglia portata dal vento punteggiava il cortile della Manifattura, la luce si era fatta meno forte, i colori più morbidi e perfino i gabbiani preferivano stare appollaiati sugli scogli, anziché tuffarsi dal cielo.

Ninni si ricordò che era passato poco più di un anno da quando si era avvicinato a Franca e le aveva fatto scivolare in tasca la piccola arancia di martorana. Quel giorno la ragazza era prìata, lo aveva visto, faceva la ritrosa ma era colpita dal suo gesto, poi d'un tratto era diventata scontrosa e fredda, aveva iniziato a evitarlo.

«Dovete aiutarmi a fare una cosa, ma devo aspettare il momento giusto» disse il giovane a Toti ed Ernesto, che vedeva poco ma sapeva essere fidato, uno di loro.

«Ora vi spiego tutto» disse Ninni, con un lampo di perfidia negli occhi, mentre percorrevano il corridoio che portava agli uffici. «Venite con me.»

Quando mancava poco alla fine del turno, Ninni radunò i suoi compari. Era quello il momento migliore per fare ciò che aveva in mente.

Le foglie tremule degli alberi avevano smesso di volteggiare, la brezza si era placata, segno che il giorno stava cedendo il passo all'imbrunire. Le serate si erano già accorciate parecchio, il cielo scuriva fin troppo velocemente. Sulla Manifattura era sceso il consueto silenzio del pomeriggio, tacevano le piante, tacevano perfino le onde che, dopo aver sbattuto tutto il giorno contro gli scogli, rallentavano e si ritiravano. L'acqua del mare, la sera, diventava una tavola scura che inghiottiva gli sguardi.

Era da un po' che Ninni voleva dare una lezione a quella Franca. Era lui quello più scaldato e, a furia di dirne, aveva convinto anche i due addetti ai controlli. «Se le donne si mettono in testa troppi grilli, non potremo più tenerle in pugno» ripeteva a Toti ed Ernesto.

La volevano spaventare una volta per tutte quell'operaia troppo sveglia, così forse avrebbe imparato a stare al suo posto.

La fabbrica era un enorme alveare e Ninni non perdonava alla ragazza di essersi messa in testa di fare l'ape regina. Al suo posto doveva stare, e se non ne era capace ce l'avrebbe rimessa lui.

A piano terra c'era una stanza accanto ai magazzini in cui si depositavano le balle con il tabacco più pregiato. Aveva degli alti soffitti di legno e degli archi larghi. Con la scusa di una commessa particolare, Ninni fece chiamare Franca, ordinandole di scendere.

Rosa la guardò allarmata. «Fra', che succede?»

«Ma chinne sacciu. Sarà uno sfregio di Ninni, lo sai che dopo l'asilo mi sta rendendo il lavoro impossibile. Non solo ci ha fatto aumentare il carico, capace che ora si lamenta di qualche altra cosa che abbiamo fatto male, a senso suo.»

«Sta' accorta» le disse Maria guardandola con apprensione. Non le piaceva affatto che Ninni la chiamasse al piano di sotto, le puzzava troppo la cosa. Ma Franca la rassicurò con lo sguardo.

Maria era talmente abituata ad abbuscare dal marito che qualcosa le diceva che Franca non era al sicuro. Avrebbe preferito essere chiamata lei. La guardò allontanarsi con la treccia scura che a fatica stava arrotolata sotto la cuffia e realizzò solo in quel momento quanto fosse bella e fiera la sua amica.

Franca camminava a passi decisi, sorreggendo la lunga gonna di cotone e il grembiule umido e chiazzato. Il signor Enzo le disse che per lei il turno era finito e che il suo lavoro lo avrebbe consegnato Rosa, alla quale avrebbe dato pure la paga della giornata.

La ragazza scese le scale e si incamminò verso i magazzini.

Erano le stanze più belle di tutta la Manifattura, maestose ed eleganti. I pavimenti erano in marmo di Billiemi, ampi pilastri uniti da volte arcuate suddividevano gli ambienti e i soffitti erano rivestiti da cassettoni lignei finemente decorati.

I tre erano nascosti dietro alla porta. «Nessuno entrerà, perché ho detto chiaro ai magazzinieri di girare alla larga e di spostarsi a sistemare i carichi nell'altra ala» disse Ninni.

In cortile Franca non trovò anima viva, solo un uscio socchiuso. Le sembrava stranamente deserto il porticato. Un braccio la afferrò e la trascinò dentro la stanza più piccola dell'ampio magazzino, quella dove veniva depositato il tabacco migliore. Una mano le tappò la bocca, Ninni la tenne stretta, le faceva male.

«Franca, non dire una parola e ti lascio stare» sussurrò.

La ragazza annuì. «Che volete?» chiese guardando i tre giovani. «Che ho fatto?»

Ninni, rigido come un ramo secco, cominciò a camminare nervosamente su e giù per la stanza. «Franca, noi siamo galantuomini, ma tu pure devi capire. Ora stai esagerando, tutte queste lotte, tutte queste richieste, che ti sei messa in testa?»

Lei li guardava smarrita, cosa volevano dire?

«Che vi siete messe in testa voialtre? Di fare i comodi vostri qui?» aggiunse Toti con aria sprezzante. Si somigliavano lui e Ninni, entrambi magri e asciutti, i capelli scuri pettinati allo stesso modo, la carnagione olivastra, gli occhi neri e lo sguardo inquietante, incattivito.

«Non so di cosa parlate» rispose secca Franca. «E ora, se non avete altro da dirmi, io dovrei andare.» Si voltò e fece per infilare la porta.

Ninni questa volta fu più veloce di lei e bloccò il battente con il piede. «Non abbiamo finito, sappiamo che sei stata tu a volere l'asilo.»

«Io voglio solo che ci date quello che ci spetta. Lavoriamo qui tutto il giorno e le madri non possono tenersi i picciriddi, non siamo bestie. Lo vedete pure voi che si travagghia megghio senza picciriddi, amunì.»

«No, certo, non siete bestie, ma mi sembra che ora vi state allargando un po' troppo» intervenne Ernesto, che fino a quel momento non aveva detto una parola.

«Avete voluto l'asilo e vi abbiamo dato l'asilo, avete voluto l'ostetrica e vi abbiamo dato l'ostetrica, ma le voci che sento per ora non mi piacciono» disse Ninni sempre camminando su e giù per la stanza.

«Quali voci?» chiese lei stupita. «Non so di cosa parlate.»

«Dai che lo sai, non fare la scimunita» rispose Ninni. «Lo so che dietro questa novità ci sei tu: che storia è mai questa che se una partorisce e si sta a casa noi la dobbiamo pagare ugualmente? E poi, le ferie? E che siamo noi, un istituto di carità o una fabbrica?». Il tono del giovane era a dir poco irritante.

Franca non aveva idea che i capi già sapessero, era stata attenta a non far trapelare nulla. Ma Salvo forse ne aveva già fatto parola col direttore.

«Forse dovresti pensare un poco a te, a trovarti un marito. Non ti prendere pensiero per le altre donne, nessuna se ne prenderà per te, stanne certa» insinuò Ninni, guardandola dritta in faccia. Poi, senza pensarci troppo, la sfiorò, le toccò il collo, nel punto in cui il sudore aveva incollato una ciocca di capelli sfuggiti alla cuffia.

Franca, che in tutti quei mesi non aveva mai reagito, che era sempre stata immobile, resistendo a ogni sua provocazione, di colpo rivide Ninni a passeggio con la ragazza in città, rivide tutte le sue soverchierie di quei lunghi mesi, tutte. Alzò il braccio e allontanò con uno schiaffo la mano dell'uomo. «Non mi toccare mai più» disse con uno sguardo che trasudava disprezzo e fastidio.

Ninni le afferrò il polso e le piegò il braccio dietro la schiena, facendola ruotare di spalle, faccia al muro. Le fece male di proposito come quel giorno sulle scale.

«Cosa hai detto, buttana che non sei altro? Io qui sono il tuo capo, vedi di non scordartelo.»

«Ninni, amunì, lassala ire. Questa ci mette nei guai, andiamocene di qui che è tardi» suggerì Toti, dirigendosi verso l'uscita.

«Ninni, quello che dovevamo dirle gliel'abbiamo detto. Avanti, fuori di qui, dovevamo solo spaventarla» incalzò Ernesto.

Ninni non si mosse. «Siete due minchie molli!» urlò, guardandoli con rabbia. «Andatevene pure, io qui non ho finito.»

«Fa chiddu chi vuoi, Ninni, non ci immischiamo nelle cose tue. Ma forse è meglio se la lasci stare la picciotta e te ne vai, senti a me» insisté Toti.

«Forse non mi sono spiegato, andatevene voi, che qui ho un conto in sospeso» ribadì con un tono che non ammetteva repliche.

Toti ed Ernesto si allontanarono poco convinti, girandosi continuamente a guardare Franca. Speravano che Ninni non ci andasse giù troppo pesante, anche se sapevano che quando perdeva le staffe c'era da girargli alla larga. I due uscirono e tornarono nei loro uffici, era quasi finito il turno e dovevano passare per un controllo veloce prima di lasciare libere tutte le operaie. Sapevano che ci pensavano le addette ai controlli a perquisirle e a fare in modo che non trafugassero nulla, ma era meglio farsi vedere nei paraggi.

Ninni strinse Franca più forte facendo leva sul polso già debole, con la mano libera si sfilò la cinta di cuoio, non aveva mai desiderato così tanto una femmina.

Franca provò a divincolarsi. «Smettila» gli urlò, «non mi toccare, mi fai schifo.»

Ninni si slacciò i pantaloni e le si incollò addosso da dietro, schiacciandola col suo peso. «Chiudi la bocca subito o dico a tutti che ti sei venuta a infilare qui dentro con me perché ti piace spassartela col tuo capo sui sacchi del tabacco» le sibilò rabbiosamente all'orecchio.

Le sollevò la gonna, con le mani si cercò la strada.

«Sei una cagna, dovevi cedere con le buone» ansimò, stringendola ancora più forte.

I colpi a Franca arrivarono come coltellate. Le suonavano nelle orecchie le voci delle ragazze alla festa del patrono. «Prima o poi qualcuno la mette al suo posto, chi si crede di essere 'sta pidocchia arrinisciuta? Ma perché non si sta a casa sua?»

Sentì un dolore lancinante attraversarla tutta, farsi largo attraverso di lei e risalire fino alla testa. Voleva che smettesse subito.

Voleva essere altrove, ovunque ma non lì. Era dentro un corpo obbligato a fare ciò che non avrebbe mai voluto, non così.

Ninni ansimava, si muoveva furiosamente, si staccava e poi le ricadeva addosso e sembrava non dover finire più.

Il dolore era un'onda che la spezzava in due, che le piegava le gambe. Vide tutto nero per un attimo, ma sentiva quelle voci rimbombare nella sua testa. «Quando una si crede troppo furba, poi sbatte la faccia e abbassa le arie da sola.»

Franca non riusciva a respirare, aveva gli occhi sbarrati, le lacrime iniziarono a scendere da sole, senza un singhiozzo, senza un gemito. Era immobilizzata, un animale braccato e annichilito, la faccia al muro, la cuffia che le stringeva il collo, la soffocava, sentiva i graffi pulsare.

«Dai, dillo che non vedevi l'ora anche tu, lo sento quanto sei calda.» Le parole facevano più male dei suoi colpi.

Ninni affondò sempre più forte, sempre più veloce, si aggrappò a lei, le tolse la cuffia e le afferrò i capelli, le fece voltare la testa. Voleva che lei lo guardasse e infine con un gemito di soddisfazione si placò, si staccò e finalmente lasciò la presa.

Si riabbottonò i pantaloni, infilò la cintura nei passanti, strinse la fibbia. «Ti è piaciuto, vero? Tutte le donne che assaggiano la mia minchia impazziscono, la prossima volta sarai tu a venire a cercarmi» le disse, sputando poi a terra e se ne andò sbattendo la porta.

Franca rimase a bruciare da sola con la faccia poggiata all'intonaco ruvido della parete, si abbassò la gonna e il grembiule, la sirena suonò. Le ginocchia non le ressero, scivolò sul pavimento e scoppiò a piangere, le fitte la facevano singhiozzare, il petto schiacciato da un'angoscia che le faceva mancare l'aria. Sentì odore di terra e di muffa, le venne la nausea. Udì le voci e i passi lì fuori, le donne stavano uscendo.

E se qualcuno entra e mi trova, che diranno?, pensò.

Si rialzò, cercò di sistemarsi, si ripulì il viso con un lembo del grembiule. Al resto avrebbe pensato a casa.

Aspettò un poco, il tempo che tutte uscissero dal cortile, per non dare nell'occhio, e poi si incamminò.

Rosa era al cancello, girata verso la manifattura, sbirciava di continuo per vedere dove fosse Franca, le altre si erano già allontanate cantando. Maria aveva aspettato un poco ma poi il nico aveva cominciato a piangere e Rosa l'aveva convinta ad andarsene. Franca camminava a fatica, zoppicando, le spalle curve, si trascinava accanto al muro del magazzino, lo sfiorava quasi, si appoggiò con una mano, si tenne la fronte, si piegò in avanti.

Rosa la vide e corse verso di lei, la sorresse. «Che ti ha fatto? Franca, cosa ti ha fatto?»

La giovane non disse una parola, alzò lo sguardo e Rosa lesse il terrore e la vergogna, vide i graffi gonfi sul viso e capì tutto. La abbracciò forte, piansero entrambe, a occhi chiusi, senza parlare, schiacciate da un dolore sordo che toglieva loro il respiro.

Poi Rosa di colpo si staccò. «Bastardo schifoso, vigliacco maledetto, dobbiamo dirlo quello che ti ha fatto, dobbiamo farlo buttare fuori da qui.» La rabbia aveva preso il sopravvento, mai Rosa aveva usato quelle parole, era sempre così attenta a ciò che diceva, così timorata di Dio.

«Rosa, non dire una parola, la colpa è mia, solo mia» rispose l'altra.

«Fra', non dire minchiate, sei pazza? Colpa? Ma quale colpa?»

«Direbbero tutti che me la sono cercata, chi la deve pagare questa vergogna? I miei genitori? Non dire una parola a nessuno, neanche a Maria, o ne morirebbe. Muta 'u capisti? Zitta!»

«Ma Franca...»

«Ho detto zitta! Io sto bene. Non sono stata la prima e non sarò manco l'ultima.»

56

Il vento di tramontana era peggio di una lama gelida, inzuppava la carne e le ossa, bagnava i vestiti e feriva la pelle coi suoi schiaffi. «Don Carmelo forse è già passato, siamo in ritardo. Ora come torniamo fino a casa? Tu non puoi camminare, Fra'.»

Rosa sosteneva l'amica che non diceva una parola. La luce della luna piena rischiarava a giorno lo sterrato.

«Don Carmelo non ci ha aspettate, ci sono i segni delle ruote qui, solo lui passa da questa strada a quest'ora.»

Franca scoppiò a piangere, esausta. «Rosa, io non ce la faccio a camminare fino a casa, lasciami qui» mormorò con un filo di voce.

«Ma sei impazzita? Non se ne parla nemmeno. Appena mia madre non ci vede spuntare alla solita ora e vede passare don Carmelo manda mio padre a cercarci, dobbiamo soltanto avere pazienza.»

«Non voglio che tuo padre mi veda in queste condizioni, che gli diciamo?»

«Che sei inciampata e sei volata a terra senza manco riuscire a mettere giù le mani e che ti sei fatta male alla caviglia. Lascia fare a me, tu non devi dire una parola.»

Rosa prese il suo fazzoletto, lo passò sul viso dell'amica, guardandosi attorno. Notò alle loro spalle un cespuglio spontaneo di salvia, staccò qualche foglia umida e la applicò sui graffi di Franca, accarezzandola dolcemente.

«Grazie, ho tanta sete e ho sonno.»

«'U saccio, porta pazienza, fra poco saremo a casa.»

Franca si appoggiò all'amica e chiuse gli occhi, ma rivide la faccia di Ninni e quello sguardo da animale. Il cuore le batteva all'impazzata, e per la prima volta in vita sua seppe cosa significasse avere paura. Si rizzò di colpo, terrorizzata. «Niente sarà più come prima, non potrò mai più dormire e chiudere gli occhi» disse piangendo.

«Ma che dici? Passerà, passerà tutto, te lo prometto. Intanto questa sera ti fermi da me, manderemo mio padre a casa tua a dirlo ai tuoi.» Rosa la strinse forte. Non sapeva come consolarla, cosa fare, guardava in lontananza verso casa. Dopo quelle che sembrarono ore riuscì a scorgere, fra la polvere, il carro. Suo padre stava arrivando.

Mimmo non chiese nulla, si accontentò della spiegazione della figlia. Insieme aiutarono Franca ad accomodarsi e, una volta arrivati a casa, fu naturale lasciarla alle cure di sua moglie e proseguire fino a casa Anello. Bussò timidamente sull'uscio semiaperto per annunciarsi. «È permesso?» chiese.

«Mimmo, ma che piacere» lo accolse Zina con aria sorpresa. «È successo qualcosa alle ragazze? Come mai non sono ancora arrivate e ora ci sei tu qui?» chiese con una punta di apprensione.

«No, fissarie, Franca inciampò e si fece male a una caviglia, non può camminare per ora e sta da noi per stanotte, così non vi dà pensiero e impaccio, che qui siete già assai» rispose tutto d'un fiato, pentendosi subito dopo di quello che aveva detto. Forse aveva sbagliato il modo.

La madre di Franca lo guardò torva, stava per replicare quando suo marito entrò in cucina. «Mimmo, buonasera, qual buon vento?»

«Ciao Vice'» rispose l'uomo toccandosi il cappello.

Zina lo levò d'impaccio spiegando al marito perché Mimmo fosse a casa loro: «To figghia si fice male, volò. Stanotte dorme da Rosa che qui siamo assai, dice iddu, e non ho braccia a sufficienza per servire puru a idda. Megghiu accussì, si sta ne Mimmo e Graziella».

«Sicuro che non vi dà disturbo?» chiese Vice'.

263

«Ma ci mancasse... anzi Rosa contenta è.»

Un nugolo di ragazzini urlanti precipitò dentro la cucina rincorrendosi e urlando. «Ma', aviemu fame, pronto è?»

«Pronto, pronto, bedda matri, ma sempre fame hanno 'sti picciriddi?»

Mimmo si ricordò di aver lasciato sul carro un sacchetto di cicerchie per Graziella, uscì e lo prese. Rientrando in casa chiese di nuovo permesso. «Dove posso posarlo?» domandò impacciato.

«Lì sul tavolo va benissimo, ma non serviva, ti disturbi sempre, ogni volta» disse Zina indicando con un mestolo un ripiano accanto alla piattaia, senza nemmeno alzare lo sguardo.

Mimmo posò lì le cicerchie e se ne andò senza voltarsi. «Arrivederci» disse. Non aspettò una risposta e si affrettò a tornare sul carro con lo stomaco che brontolava più per il disagio che per la fame.

Quando iniziava a piovere, in quella stagione strana che stava a metà fra l'autunno e l'inverno, scendeva acqua pisuli pisuli per giorni interi. Sull'isola spesso pioveva tutta la notte.

Le ragazze si riparavano come potevano, con larghi cappelli di lana e scialli. Se ne portavano alcuni di ricambio da tenere sulle spalle al lavoro, per rimanere asciutte. Quando l'aria era così umida, arrotolare i sigari era più facile ma le dita si rovinavano e si riempivano di crepe e vesciche, perché erano sempre bagnate e fredde. Le mani facevano più male perché non scivolavano bene, dovevano fare più forza e stringere di più. Nessuna aveva voglia di parlare quando fuori diluviava, il rumore della pioggia era una nenia che le accompagnava e faceva volare i pensieri e i ricordi. Franca non alzava quasi più la testa dal ripieno dei suoi sigari, non parlava con nessuna delle sigaraie da giorni, aveva lo sguardo vuoto e intimorito. Pure Ninni sembrava meno assillante, non usciva quasi più dal suo ufficio e se passava nello stanzone tirava dritto con aria cupa e pensierosa.

Le giornate passavano lente come i babbaluci, le piccole lumache dal guscio giallognolo, striato di nero.

Il mutismo di Franca era stato notato da tutte.

La madre di Rosa, la sera che l'aveva vista arrivare zoppicando, aveva creduto alla storia della caduta e aveva applicato sui graffi il suo unguento alla calendula, aveva anche massaggiato la caviglia di Franca che fingeva di provare dolore quando gliela toccava.

«Strano, a mia un mi pare gonfia, sarà solo una botta» l'aveva rassicurata la donna e, vedendo che alla ragazza si inumidivano gli occhi, le disse di riposare, che l'indomani sarebbe stata meglio. Le aveva chiesto più volte cosa avesse, né lei né la figlia la convincevano del tutto con i loro «Non è nulla, solo stanchezza.»

Graziella le portò da mangiare a letto, stese un tovagliolo sulle gambe della ragazza e ci posò il piatto con del cacio, delle olive e un tozzo di pane raffermo. Franca non riusciva a deglutire, aveva lo stomaco serrato, voleva solo dormire e scordare tutte cose, voleva dormire e sperare di svegliarsi credendo di aver fatto solo un bruttissimo sogno.

57

Il mese di dicembre passò lento al lavoro. Franca sembrava più sofferente del solito, era pallida e aveva delle profonde occhiaie.

«Annamaria, ma secondo te che ave da picciotta? È malata?» chiese Lena.

«'U vitti puru io... Non parla cchiù, non ride cchiù, sa che ci successe» replicò la donna.

«Non facciamo che du scimunito di Ninni ci fece qualche cosa a Franca» bisbigliò Lena, che già sospettava che dietro il mutismo della ragazza ci fosse quel buono a nulla. «Ora che ci penso è da quella volta che se la chiamò che sta così.»

Annamaria annuì. «Ma lo sai che forse hai ragione? Non lo so se iddu ci trase qualcosa con 'sta storia, ma se continua così lo scopriremo cos'ha Franca, non è da lei stare tutto il tempo con gli occhi bassi.»

A fine turno le donne consegnarono i sigari al signor Enzo, salutarono velocemente e uscirono dallo stanzone. Maria colse l'occasione per avvicinarsi a Franca e prenderla sottobraccio. «Tu a me non me la racconti giusta. Io non lo so cosa ti è successo, ma quello sguardo lì lo riconosco troppo bene... Anche se ti stai chiusa, ti pare che non ho capito che qualche cosa non va?»

La giovane distolse lo sguardo, non sarebbe riuscita a mentirle, non a lei, non a Maria. Un nodo in gola la soffocava.

«Franca, scordati tutte cose, qualsiasi cosa ti abbia fatto, tu scordatela, è la meglio cosa» le disse Maria sottovoce, accarezzandole una spalla con le mani tremanti.

Franca si strinse nello scialle, camminava a fatica, la giornata al lavoro era stata massacrante e le parole di Maria riaprirono la ferita. Il ricordo della violenza di Ninni ancora la piegava in due. «Sto bene e non ho niente. Sono solo stanca, ti salutavo.» E si allontanò senza nemmeno guardarla.

Maria si avviò verso il baliatico per andare a riprendere il bambino, in cuor suo sperava che, qualunque cosa le fosse accaduta, Franca trovasse la forza di scordare e di andare avanti, come faceva lei ogni giorno e come faceva ogni volta che suo marito le alzava le mani.

Nel pomeriggio le nuvole svuotate si erano allontanate e il cielo era tornato limpido. Tale è la cortesia del maestrale quando tira dal verso giusto. La tremula luce delle poche lampade splendeva sui muri intonacati e faceva luccicare goccioline e pozzanghere.

In cortile c'era una confusione insolita, un'anta del cancello era rimasta bloccata e le donne erano costrette a uscire a due a due.

Mentre aspettavano, Lena si avvicinò a Franca e Rosa. «Franca, ma che hai? Forse alle altre le puoi fare fesse, ma a me no.»

«Fra', non sei più tu» intervenne Annamaria. «Che ti successe, figghia mia?»

Rosa avvampò, ma l'amica la gelò con lo sguardo. «Non ho nulla, sono solo stanca, stanca che tutte vi appreccate con me, stanca che tutto quello che succede qui è colpa mia ora.»

Lena la osservò, il viso pallido, le occhiaie, forse Franca era malata davvero. «Perché non ti fai dare un'occhiata dal dottore? Non hai una bella cera, io non so cosa ti sia capitato, ma spero che non c'entri Ninni né nessun altro, perché è da quel giorno che ti ha chiamata che sei strana.»

«Nessuno mi ha fatto o detto nulla» la rassicurò Franca, sforzandosi di sorridere. «Sta' tranquilla Lena, e pure tu Annamaria, ve lo direi se qualcuno mi desse fastidio.»

Mentre parlavano si spostavano verso l'uscita, pazientemente.

Rosa non alzava lo sguardo da terra, aveva ascoltato senza immischiarsi nei discorsi, come le aveva chiesto di fare Franca, ma ogni volta che vedeva Ninni trasaliva e la rabbia le annebbiava la vista. Quando lo vedeva passare, lo guardava con odio e profondo disprezzo. Se solo si fosse arrischiato ad avvicinarsi di nuovo a Franca, gli avrebbe cavato gli occhi con le sue stesse mani, questo era certo.

Qualche giorno dopo si rovesciò sulla Manifattura l'ennesimo temporale, lampi e tuoni e un'acqua che non finiva più.

Era venuta su dal mare una linea scura di nuvoloni neri, fermi all'orizzonte come se fossero pietre. Nello stanzone l'aria si era fatta pesante. Ma, così come era arrivato, quel pandemonio si fermò di colpo proprio quando il suono della sirena attraversò la Manifattura.

Franca e Rosa avevano appena raccolto i sigari e li avevano depositati sul bancone, allungando meccanicamente la mano per ricevere la paga.

«Rosa, dobbiamo tornare da Salvo domenica pomeriggio. Lui non può venire qui come le altre volte, me lo ha fatto sapere tramite chiddu che sta giù al magazzino, quello che iddu aiutò per la storia della schiena. Ha troppa gente che ci va dopo che è successo quel casino alla fonderia in città, non si parla d'altro.»

«No, non ci vengo con te questa volta» le rispose Rosa furibonda. «Te lo puoi scordare.»

Alcune delle tabacchine erano scese dalla scala e ora erano stipate nello spogliatoio a piano terra, le ispettrici avevano deciso di controllare un gruppo di sigaraie e nessuna di loro aveva il permesso di uscire dalla stanza.

Stavano sedute su delle lunghe panche di legno chiaro a ridosso del muro bianco e parlavano tutte insieme. Il brusio era molto fastidioso e costringeva Franca a parlare nelle orecchie di Rosa per farsi sentire.

«E che novità è mai questa?» chiese Franca stupita, credendo di aver capito male. «Perché non vuoi scendere da Salvo?»

«Nessuna novità, Fra'. Non posso, non dopo quello che ti è successo» ribadì Rosa.

«Ah bene, e quindi gliela diamo vinta? Gli facciamo capire che ci possono spaventare e mettere in un angolo, giusto? Che ci possono tappare la bocca...» replicò Franca. «Non pensare che io smetterò proprio ora, non ci pensare proprio, ormai non ho più nulla da perdere» disse con gli occhi lucidi.

«Tu non capisci, Franca. Io ora ho paura, ho paura anche solo ad andare in bagno, ad alzare la testa dal bancone, ho paura pure di respirare.»

Franca non credeva che la sua amica soffrisse così per causa sua, né che si spaventasse a tal punto da non volere più nemmeno scendere alle latrine. «Ti prego, fallo per me, io da sola non posso andarci in città, lo sai. Solo tuo padre ci può accompagnare, il mio non ha manco gli occhi per piangere.»

Rosa non ebbe il tempo di rispondere che venne chiamata da una delle ispettrici. La fecero spogliare e la controllarono, ma non trovarono nulla e la fecero rivestire subito. Quando toccò a Franca, quelle mani addosso la fecero sentire vulnerabile e sporca. Si rivestì in fretta, voleva solo andarsene da lì e tornarsene a casa. Quel posto ormai le metteva i brividi.

58

Mimmo mugugnando legò le redini all'albero e si mise lì seduto in disparte ad aspettare che le ragazze parlassero col solito tizio dai baffetti tesi tesi e dalle mani forti. Non gli era mai stata a genio l'idea che Franca e Rosa ci andassero a discutere, ma lui non le perdeva d'occhio. Cose ri travvagghio discorrevano e Mimmo non si immischiava mai perché si vergognava di non capirne nulla, lui che sapeva solo di terra e di arance.

Quel pomeriggio era più tranquillo delle altre volte, ormai ci aveva fatto l'abitudine alla città e anche al vino che gli offriva Salvo. Si appoggiò al muretto e prese due manciatine di tabacco dal fazzoletto che aveva in tasca, le posò a una a una sul dorso rugoso della mano e inspirò con delicatezza, prima dalla narice destra poi dalla sinistra. Subito avvertì una sensazione di liberazione che gli aprì il respiro. L'aroma della polvere gli ricordava la legna umida d'ulivo quando ardeva lenta e suo padre che aveva le mani e i vestiti impregnati di quell'odore persistente.

Poco distante da lui, Rosa non riusciva a stare ferma sulla sedia e si toccava di continuo una ciocca di capelli. La afferrava, la stirava, la arrotolava sul dito e poi la lasciava di nuovo. Non spiccicava una parola.

«Franca, Rosa mi pare nervosa assai oggi, che succede?» chiese Salvo.

«Nulla, lasciala stare. Siamo venute per quel discorso, riusciamo a chiedere qualche giornata di maternità pagata, almeno per i giorni del parto?»

«No, lo escludo, già Reghini me lo disse a suo tempo. Va bene l'asilo, va bene l'ostetrica, ma giorni pagati per il parto no.»

«Ne sei sicuro? Me nemmeno ci vuoi provare?» insisté la giovane.

Rosa sbuffava, torceva gli occhi.

«Rosa ma che succede?» chiese Salvo, avvicinandosi. «Pari spiritata.»

«Che succede? Che è successo piuttosto!» esclamò la ragazza in un impeto di rabbia.

«Vedi di starti zitta e di farti i fatti tuoi» la gelò Franca.

«Eh, forse tu ti devi stare zitta ora, si vede che non ti è bastato quello che ti hanno fatto...»

«Ma di che parlate voi due?» chiese Salvo, allarmato. «Che è successo? Avete avuto problemi per via dell'asilo, qualcuno vi ha minacciate?»

Franca ammutolì e di colpo il respiro le si fermò in gola, diventò rossa come la brace e le si inumidirono gli occhi. Non riusciva a parlare, un groppo le soffocava le parole, un nodo come quello delle corde umide che legano le barche, che non si può sciogliere più. Continuava a deglutire ma non le passava.

«Minacciata forse è poco» intervenne Rosa.

«Spiegati meglio, che vuoi dire?» la incalzò Salvo, cominciando a innervosirsi.

«No, non posso, Franca non vuole.»

«Franca, qualcuno ti ha fatto del male?» le chiese Salvo guardandola dritta negli occhi.

La ragazza di colpo si alzò e corse via, nascondendo il viso fra le mani. Lì vicino c'era una fontana, aveva bisogno di sciacquarsi la faccia, di levarsi di dosso lo sguardo indagatore di Salvo.

«Mi sento pigghiato dai turchi» fece lui, «non ci sto capendo più nulla.»

«Cosa c'è da capire? Non te lo immagini cosa è successo a Franca? La cosa peggiore che può accadere a una donna. La peggiore di tutte.»

«Rosa, ma che stai dicendo? Non vorrai dire che qualcuno l'ha...?»

«Violentata?» sussurrò Rosa, livida di rabbia. «Sì! Quel porco, quel fango, quello schifoso.»

Salvo rimase annichilito, le gambe di colpo si fecero di piombo, guardò Franca che cercava di recuperare un po' di contegno.

Mimmo, che aveva assistito a tutta la scena, capì subito che qualcosa di serio doveva essere successo ma non si alzò. Aspettò che le ragazze finissero, non voleva discutere davanti a un estraneo.

Franca tornò al tavolo, furiosa.

Salvo la guardò come si guarda un animale ferito, poi esplose, sbatté le mani sul tavolo e si mise a urlare. «Tu me lo dovevi dire subito!»

Mimmo balzò in piedi, stava per avvicinarsi. Perché mai quell'uomo gridava così a Franca?

La ragazza, col solo sguardo, fece capire a Salvo che si doveva calmare immediatamente e che doveva abbassare la voce, che Mimmo non doveva sapere.

Salvo gli fece un cenno, l'uomo arretrò guardingo, si toccò la coppola e la aggiustò, ma gli fece intendere che lui era lì e da lì non si muoveva.

«Sono già rovinata di mio senza che mi cada addosso pure la vergogna» sussurrò Franca a denti stretti. «Nessuno ne sa nulla, nessuno, solo voi due, tu e Rosa... Ti supplico, non dire una parola di più ora, non sono venuta per parlare di me, ma di lavoro.» Puntò l'indice sul tavolo e guardò Salvo fisso negli occhi.

A quelle parole Rosa reclinò la testa all'indietro ed esclamò: «Io ci rinùncio! È di coccio questa! Me ne torno da mio padre, ti aspetto là». Si alzò, passò accanto a Salvo senza guardarlo e si congedò con un saluto frettoloso.

«Franca, devi denunciarlo, devi dirlo al direttore, sono sicuro che gliela farebbe pagare, ormai lo conosco, è una persona per bene e ha a cuore la vostra salute.» Salvo non mollava la presa.

«No, non ne voglio parlare più» ribadì lei, decisa.

«E se fa la stessa cosa con qualche altra ragazza, con qualcuna meno corna dura di te?»

«Non lo farà. L'asilo era una scusa. Con me si voleva levare lo sfizio da un pezzo» rispose gelida.

«Tu non puoi più rimanere là, te ne devi andare. Te lo trovo io un lavoro sistemato, ma alla Manifattura tu non ci rimani un giorno di più.»

«E chi dovrebbe mai darmi un lavoro, che non ce n'è manco per i padri di famiglia? Mica posso scendere in città. Invece, cerca di interessarti per questa cosa, non ne posso più di vedere donne sedersi sugli sgabelli tre giorni dopo aver partorito, per non perdere la paga. Ti salutavo, che devo andare ora.»

Salvo rimase in piedi, impalato, di cose brutte ne aveva viste tante, soverchierie, ingiustizie, liti e risse, ma quello che aveva subito la ragazza era la cosa peggiore di tutte. La più meschina, la più vigliacca. Il pensiero di Franca, la sua Franca, umiliata a quel modo gli faceva ribollire il sangue. Afferrò la brocca dal tavolo e la schiantò a terra. Nella locanda scese il gelo, mai nessuno lo aveva visto perdere la calma, nemmeno nelle discussioni più accese.

Alcuni uomini lo aspettavano, avevano consigli da chiedere e prepotenze da denunciare, ma lui non aveva più voglia di dare retta a nessuno. Voleva solo tornarsene a casa. Si vergognava di essere nato maschio, se i maschi erano capaci di fare cose tanto meschine a una picciotta così giovane e bella, di quella bellezza che si dovrebbe solo venerare e benedire.

Lungo la strada del ritorno Franca non fiatò e Rosa nemmeno. Sapeva di averla combinata troppo grossa e che l'amica non gliel'avrebbe perdonata.

Mimmo aveva osservato tutto in silenzio, aveva sentito aria di burrasca fra le due e gli si era smorzato pure il fischio in gola. Non era cosa sua chiedere, lo avrebbe fatto sua moglie, una volta che lui le avesse raccontato la scena. Le cose fra femmine se le devono spirugghiare i fimmine.

La notte scese più buia del catrame. Franca saltò giù dal carro e si allontanò senza salutare, cosa che non era da lei.

Il cuore di Mimmo si rimpicciolì di colpo. Riportò il mulo nella stalla, gli diede il foraggio e mise un poco di acqua fresca nell'abbeveratoio. «Beato te che non hai picciridde» gli disse con una carezza.

«Che è Mimmo, che avete tutti questa sera? Tua figlia entrò con una faccia! Tu pure» esclamò Graziella, accogliendolo in camera.

«Nenti, forse si sono litigate tua figlia e Franca» rispose lui mentre si sfilava i vestiti buoni e li posava sulla sedia accanto al letto.

«E chiddu, Salvo, ci buttò voci a Franca.»

«E picchì?»

«E chinne sacciu, tu ce l'hai a addumandare, cose ri fimmine su. Amunì, dormi ora, domani ne parliamo, ora sono stanco.»

«Ma che significato ave che ci urla a Franca? E tu niente gli dicisti?»

Mimmo rispose con un mugugno e si voltò sul fianco dandole le spalle. Graziella sapeva che non gli avrebbe cavato una parola. Doveva essere accaduto qualcosa di strano, da un po' Rosa era nervosa e silenziosa, una sera era tornata dal lavoro con gli occhi rossi come se avesse pianto. Forse era accaduto qualcosa alla Manifattura, ma cosa? Si girò sul fianco pure lei e pensò che ai suoi tempi tutto era più semplice. Prese sonno quasi subito, vinta dalla stanchezza e cullata dal respiro di Mimmo che già dormiva profondamente.

59

L'indomani Rosa aspettava Franca al solito posto, con gli occhi bassi, pronta a chiedere scusa. Era presto e per strada ancora non si vedeva nessuno.

C'è nel mattino una sottile ebrezza, la promessa che si nasconde quando nasce qualcosa di nuovo. Sta rinchiuso in quelle ore il bello del cominciare. In tutte le mattine, ma non in quella.

Franca arrivò al solito suo, a passi svelti che a Rosa parvero rabbiosi, passi sbattuti sul terreno a volerlo colpire. *I passi che alzano polvere non portano mai nulla di buono*, pensò Rosa. La ragazza non sapeva come affrontare l'amica, si sentiva un misto di paura e di vergogna salire dal petto verso la gola.

«Fra', mi dispiace, io...» balbettò a occhi bassi, stringendo forte la cuffia.

La burrasca scoppiò subito, la tensione della sera prima si riversò di colpo come un'onda troppo forte che d'improvviso si abbatte sulla riva.

«Ti dispiace? Ma si può sapere cos'hai in quella testa malata? Tu mi hai tradita! Tu ci cuntasti tutto a Salvo. Tu ora sei fidanzata e bedda quieta! A me ci pensi? Se si scopre quello che mi è successo chi mi si piglia? Ci pensi a mio padre? A mia madre? Morirebbero per la vergogna! Allora perché ti ho detto di stare zitta? Cretina che non sei altro!»

Rosa incassava ogni parola come fosse uno schiaffo in pieno viso. Non osava alzare la testa.

A poco a poco la rabbia di Franca smontò, come una tempesta che, dopo aver infuriato, lascia il cielo nitido.

Rosa alzò lo sguardo e la vide, la sua amica era piegata in due e singhiozzava, non le restò altro da fare che avvicinarsi e circondarla con le braccia, in silenzio.

Il giorno dopo sarebbe stato Natale, e forse Franca avrebbe trovato un po' di serenità, pensava Rosa.

«Ma', a missa non ci vengo, mi sento tanticchia i frìevi, non sto bene» disse Franca alla madre, che le aveva detto di prepararsi.

«Che discussi su? A Natale mai ti saltasti una messa... Che hai?» le chiese la donna con un tono fra lo stupito e l'allarmato.

«Ti rissi ca male sto.»

Zina non provò a insistere oltre, sua figlia non era il tipo da inventare scuse per non uscire, anzi.

Franca in verità voleva solo che tutte le feste passassero il più in fretta possibile. Avrebbe voluto chiudere gli occhi e risvegliarsi direttamente all'anno nuovo. Una parte di lei era andata in frantumi. Il dolore sordo che la piegava in due non le dava tregua, prendeva sempre più spazio dentro di lei, si espandeva e sembrava non poter uscire fuori, la soffocava, togliendole ogni energia.

60

All'inizio del nuovo anno Franca, con un misero fagotto in mano, imboccò il viale di una villa maestosa ed elegante, nella zona di San Lorenzo ai colli. L'edificio sorgeva isolato, lontano dalle prime costruzioni cittadine. Era circondato da un muro in pietra alto quanto un uomo che si apriva su un imponente cancello di ferro battuto. Una larga scalinata portava al piano superiore, il cui ingresso era incorniciato da ampie colonne.

La ragazza aveva una lettera di referenze da mostrare: era stata caldamente raccomandata. Conobbe i bambini per primi perché si stavano rincorrendo in giardino.

Erano tre, due maschietti e una bimba bellissima dai lunghi capelli biondo chiaro. Non aveva mai visto una chioma come quella e nemmeno una pelle chiara come le loro, neppure Rosa era così bianca.

Franca sapeva che quella era la soluzione migliore, che lì avrebbe potuto continuare a vivere. A casa, però, nessuno si era capacitato della sua decisione e Giovannino aveva pianto disperato.

«Perché te ne vai? Non ci vuoi più bene?»

«Ma che dici? Mi hanno cercata per un lavoro che non posso rifiutare, mi pagano meglio che alla Manifattura e devo lavorare molto meno, in una bella casa in mezzo a un parco bellissimo» aveva risposto lei, cercando di essere convincente e di apparire entusiasta per la fortuna che aveva avuto. «Qualche volta ti ci porto, te lo prometto.»

Sua madre era poco convinta di quel cambio di lavoro. «Fra', a mia non me la cunti giusta, come è che è capitato proprio a te questo lavoro? Siamo sicuri che non è successo nulla? Da qualche settimana in qua sei strana assai.»

«Ma', quel signore cercava una bambinaia, una ragazza svelta e che ne sa di picciriddi È venuto alla Manifattura a chiedere e uno dei capi gli ha fatto il mio nome, tutto qui.»

«E quindi ora che te ne vai chi mi aiuta a casa, a me?»

«Mamma ti prego, non fare d'accussì, non mi capita più un travagghio buono comu chisto, i piccioli sono assai e te li mando. I miei fratelli ormai sono quasi tutti grandi, non sarà per molto, poi torno.»

La sera prima di partire, era scesa al molo. Voleva congedarsi dal mare che la accoglieva a ogni risveglio con il suo rumore rassicurante. Nella casa dove sarebbe andata, così le aveva detto Salvo, c'erano solo aperta campagna e verde ovunque. «La casa è tutta circondata da prati che non si vede dove finiscono, vedrai che bello» le aveva detto, ma per Franca non esisteva nulla di più bello di quella distesa d'acqua, che sotto la luna splendeva luccicando come le scaglie delle triglie appena pescate.

Al ritorno dalla passeggiata era passata da Rosa per salutarla. «Ci vedremo ogni domenica sera, te lo prometto» la rassicurò. Rosa aveva trattenuto a stento le lacrime. Franca indossava un vestito che le aveva procurato Salvo, dal taglio semplice ma pulito, non chiazzato come quello che portava al lavoro, che le accarezzava dolcemente il corpo. I bei capelli scuri scivolavano lungo le spalle in morbide onde.

«Fra', sta' accura e se con quei signori non ti ci trovi, promettimi che torni e no che fai la testa dura al solito tuo.»

Franca aveva annuito, provando a sorridere mentre sentiva il petto bruciare.

Le due ragazze si erano abbracciate a lungo senza parlare. Nulla sarebbe più tornato come prima.

«Tu invece promettimi che mi racconterai ogni volta quello che succede al lavoro e di te e Turi» le aveva detto, allontanandosi nel buio.

«Rosa, tu mi dici che non è successo nulla, ma Franca è strana assai. Si licenzia, va a lavorare da una famiglia ricca e io dovrei credere che è tutto a posto? Tuo padre dice che quella sera in città quel signore le ha urlato e poi voi vi siete litigate. Me lo vuoi dire che ci fu? Quel curtigghio che sento, che Franca ha una simpatia giù alla fabbrica, la storia dell'asilo, non facciamo che si è messa in qualche guaio» disse Graziella d'un fiato. La verità è che aveva sbirciato dalla finestra della cucina e il cuore le era caduto a terra.

«Ma', ti dico che non è successo niente. Franca è stata scelta per fare la bambinaia perché l'ha raccomandata il direttore. Cercavano una brava ragazza che se la spirugghia coi picciriddi, per questo ci siamo litigate, perché lei voleva prenderlo quel travagghio e se ne andava da qui.»

Graziella, poco convinta, asciugava un tegame con uno strofinaccio. «E il direttore perde una sigaraia per mandarla a servizio? Rosa, mi credi così fessa? Tua madre non è nata ieri, ricordatelo, non avrò studiato ma non sono stupida.»

«Ma', che ne saccio io delle loro cose? Forse il direttore voleva togliersela di torno perché a senso suo è stata Franca a mettere a tutte in testa la storia dell'asilo» rispose Rosa spazientita, sprofondando nella sedia.

«E raggiune ave 'u diretture, voi due e quello laggiù in città avete cumminato un manicomio per 'sto asilo, ma chi vi ci portò a immischiarvi? Io non ti ho mai detto nulla, ma questa cosa non mi piaceva. Tuo padre, mischino, che vi andava portando ogni pizzuddu e stava lì ad aspettarvi, vi siete prese troppa confidenza. Io lo capisco che i tempi stanno cambiando e tutte cose, ma no d'accussì.»

Rosa se l'aspettava, sapeva che prima o poi la madre avrebbe attaccato con una delle sue tiritere, ma che ne poteva sapere una ricamatrice di operaie e bambini che si ammalano sotto i tuoi occhi? Cosa ne sapeva lei di uomini che affondano le dita nelle arance fino a spaccarle in due per bersene il succo e fanno lo stesso con un corpo di donna?

61

Franca si abituò presto alla vita della famiglia Arnon. Badare ai bambini le piaceva e il lavoro era di gran lunga più leggero di quello alla Manifattura. Aveva molto più tempo libero e a volte dava aiuto alla servitù perché non ce la faceva a stare con le mani in mano. Spolverava e rassettava o si infilava in cucina a sbrigare qualche incombenza. La cosa non era sfuggita agli occhi attenti della padrona di casa, che apprezzava la buona volontà e l'energia di quella ragazza. Franca era sempre sorridente e paziente coi suoi figli, attenta ed esperta, non li perdeva mai di vista e sapeva farsi voler bene raccontando loro storie di pescatori e pesci dorati e gemme preziose che incantavano specialmente la più piccola.

Le prime domeniche Franca tornava a casa sua, aiutava la madre come sempre e, dopo aver cenato e rassettato la cucina, passava la serata con Rosa, si raccontavano ciò che accadeva durante la settimana, quello che succedeva in fabbrica.

Rosa non disse mai a Franca di Ninni, di come reagì appena si accorse della sua assenza, ma era sicura che l'amica lo sapeva. Non chiedeva, ma lo sapeva.

«Perché Franca Anello non è alla sua postazione? Chi è quella ragazza nuova in coppia con Rosa?» aveva chiesto Ninni al signor Enzo.

«Ma come, non lo sai? Franca si è licenziata!»

«Licenziata? È impossibile, di questi tempi non si trova lavoro e la sua famiglia ci campa con quello stipendio.»

«Ti dico che se n'è andata.»

Ninni aveva sentito montare una furia cieca. Come aveva osato, quella pezzente? Come aveva osato piantarlo in asso? Lui la aspettava, era sicuro che lei avrebbe dimenticato presto quel che era accaduto nei magazzini, avrebbe capito che lui aveva dovuto, che lo aveva fatto per lei, per loro. «E dove diavolo se n'era andata?»

Quel giorno, a fine turno, Ninni si era messo come al solito sotto il portico. Un vento traditore spazzava la terra battuta del cortile, sembrava volersi insinuare sotto i vestiti, fino a pungere la carne. Una folata gelida gli si era infilata fra testa e collo, come un morso. Il freddo non mollava la presa e lo costringeva ad alzare il bavero del cappotto.

Appena aveva visto Rosa a braccetto con Maria l'aveva afferrata per una spalla, strattonandola. «Dov'è finita la tua amica?»

Rosa, più arrabbiata che sorpresa, si era fermata e l'aveva guardato dritto negli occhi.

«Pensavo di chiedere a lei la stessa cosa, signore, perché io non lo so dove sparì Franca. Forse dovrebbe spiegarlo lei a me come mai una delle operaie più brave della Manifattura di colpo se n'è andata!»

«Mi pare a me che la sai un po' troppo lunga tu, ma ti conviene che ti stai zitta come hai fatto finora... E pure se non lo fai, e decidi di parlare, nessuno ti crederebbe: sarebbe la parola di una sigaraia contro la mia» sibilò minaccioso Ninni.

Rosa vide tutto nero, un grumo di rabbia si staccò dalle viscere e risalì la gola. «Chissà se quella bella signorina elegante che tieni a braccetto la domenica lo sa che schifo di maschio è il suo fidanzato.»

Le parole di Rosa colpirono Ninni come uno schiaffo in pieno volto. Il giovane rimase impietrito, cosa ne sapeva quella pezzente di lui e della sua promessa sposa? «Giuro su Dio che se parli io ti faccio nuova, ti butto fuori di qui all'istante!»

«Io non parlo, ma Franca tu non la vedrai mai più, questo è poco ma sicuro. Hai finito di inquietarla all'amica mia! E ricordati una cosa: 'u Signure è grande.»

Lo sguardo di Rosa pungeva, minacciava rabbioso. Maria era già andata avanti da un pezzo, non voleva immischiarsi in quella faccenda, aveva un picciriddu da campare e Ninni le ricordava quell'altro che aveva perduto. Franca stava bene dov'era. Tanto lei lo aveva capito da un pezzo che era stato lui a fare qualcosa di terribile alla sua amica. Non aveva chiesto, non serviva, non era una stupida, due più due lo sapeva fare, non ci voleva chissà quale studio. Franca era ancora viva, era forte, e avrebbe imparato come lei a convivere con il dolore.

Ninni dal canto suo non sapeva che dire, e nemmeno che pensare. «Vattinne a to casa, non me la cunti giusta, tu» aveva detto a Rosa, facendo un gesto con la mano come a scacciare una mosca fastidiosa. «Tanto prima o poi la ritrovo.»

«Con permesso, arrivederci» aveva sibilato Rosa, ricacciando in gola quello che avrebbe voluto dirgli. Si era allontanata alla svelta e aveva raggiunto Lena e Annamaria.

«Che voleva?»

«Voleva sapere dov'è Franca.»

«E tu glielo hai detto?»

«Ma che siete pazze? Io muta sugnu, non parlo manco se mi ammazza. Franca sta bene dov'è! Lascia che cerchi, non la trova manco morto.»

Anche le due donne avevano capito che era accaduto qualcosa di grave e che aveva a che fare con Ninni e con la storia dell'asilo, ma non volendo alimentare chiacchiere inutili zittivano quelle che provavano anche solo ad azzardare ipotesi sull'allontanamento di Franca. La ragazza aveva pagato da sola la comodità di tutte e meritava che tutte tacessero.

Per non essere più disturbata con domande fastidiose e per tagliare corto, a chi le chiedeva dove fosse Franca, Rosa rispondeva sempre: «Franca non se n'è andata. È stata licenziata, ai capi non piacciono le operaie che parlano troppo e che si danno troppo da fare».

Aveva imbastito un ordito sul quale ora avrebbero potuto ricamare in molte. La maggior parte delle sigaraie diceva a Rosa di essere dispiaciuta e di portare i loro saluti a Franca, nessuna sapeva che nel frattempo la ragazza aveva trovato un altro impiego e Rosa si guardava bene dal farlo trapelare. Sapeva che Ninni si aggirava per le stanze sperando di cogliere un'informazione, sperando di scoprire dove fosse finita la ragazza.

«Prima o poi lo scoprirò dove si nasconde» si ripeteva ogni giorno il giovane, guardando lo sciame delle donne uscire dai cancelli. Era troppo abituato a disporre delle persone come meglio credeva, a farsi ubbidire, non tollerava che una femmina lo avesse piantato in asso così. L'avrebbe trovata e gliel'avrebbe fatto pagare quell'affronto.

Qualcuno doveva averla aiutata, ma chi? Qualcuno di molto in alto, di sicuro.

«Chi può aver dato credito a una ragazza di borgata in tempi che travagghio non ce n'è per nessuno?» si chiedeva Ninni, passeggiando avanti e indietro, la testa piena di pensieri cupi. Non sapeva che la rabbia che provava in quel momento sarebbe stata nulla rispetto a ciò che lo aspettava, non sapeva che il suo gesto non sarebbe rimasto impunito.

Il male sta nel credere che la propria visione delle cose sia universale e valida per tutti. Ninni era convinto di aver fatto una cosa che anche Franca desiderava da tempo e che non aveva avuto il coraggio di ammettere a se stessa. Non concepiva il rifiuto perché era stato abituato a non riceverlo e, dove non poteva con la volontà, arrivava coi soldi o con la forza.

A senso suo era stata lei a sbagliare, lui non aveva fatto nulla di male, si era solo comportato da uomo.

62

Franca, invece, si sentiva sempre più parte di quel mondo nuovo, imparava molte cose, era svelta e intelligente. Aveva capito subito come doveva comportarsi e come muoversi, osservava tutti e ci teneva a essere adeguata per non far fare brutta figura ai signori. Aveva chiesto perfino di poter assistere alle lezioni dei bambini, perché era suo desiderio imparare almeno a leggere e la signora glielo aveva concesso con piacere.

Più di ogni altra cosa, Franca si curava di essere sempre in ordine e pulita. Pettinava e raccoglieva con cura i lunghi capelli, indossava i sobri abiti che le avevano fornito e cambiava il grembiule chiaro orlato da una passamaneria liscia ogni volta che lo macchiava, anche più volte al giorno.

La signora Johanna, osservandola, si chiedeva come Franca potesse essere cresciuta in una borgata marinara: i tratti sottili del volto, la carnagione ambrata, i capelli di seta e le dita affusolate erano degni di una signorina dell'alta società. Le sembrava impossibile che avesse avuto a che fare per mesi con la produzione dei sigari che anche suo marito fumava.

Li aveva notati Franca, al primo sguardo aveva riconosciuto la confezione posata sul tavolino del salone, quello in cui i signori ricevevano le visite e tenevano banchetti e ricevimenti. Erano i sigari più pregiati della Manifattura, quelli che lei e Rosa arrotolavano ogni giorno. Aveva finto indifferenza, ma quella scatola le aveva riportato alla memoria la volta in cui Ninni l'aveva convocata in ufficio con la scusa di un rimprovero e poi si era avvicinato nel tentativo di baciarla. Avrebbe dovuto capirlo subito che era pericoloso, che era uno che non si sarebbe arreso facilmente e che prima o poi avrebbe ottenuto ciò che voleva.

Era stata un capriccio, questo era stata, solo questo. Il tempo passava, ma le ferite bruciavano più che mai e al ricordo della violenza si aggiungeva la paura. Nemmeno la notte trovava pace, ogni rumore la faceva sobbalzare e faticava a prendere sonno.

«Una bella fetta di pane caldo, ecco qui, l'ho appena fatto e so che ti piace assai» disse Graziella porgendole un piatto che profumava di buono. «La tisana di alloro la prendi? Amara come piace a te? Noi l'abbiamo già bevuta. Tardi sei venuta oggi, Franca, cu fu?»

«Zia, mi sono dovuta andare a coricare un poco oggi pomeriggio, non mi sentivo bene.»

«Allora niente vuoi, sicura?»

«No zia, scusami ma non mi va, non mi sento bene questa sera, te l'ho detto. Ho mal di stomaco, non mi va nulla.»

«Sarà questa influenza che si attacca alla pancia. Dai che ti faccio un po' di acqua con l'alloro e le scorze, vedrai come ti senti meglio.»

Franca aveva notato la tovaglia ricamata, quella delle grandi occasioni, e ora che ci faceva caso le sembravano tutti stranamente eccitati. Percorse con le dita nervose i ricami sul tessuto bianco di lino, pensando a quanto lavoro ci fosse dietro quei decori così elaborati.

Qualcosa di strano c'era nell'aria, Franca avvertiva una strana sensazione.

«Che è? Che mi nascondete voi?» chiese sospettosa.

Qualcuno bussò alla porta, era Turi, con il cappello fra le mani e lo sguardo basso.

Rosa, tutta rossa in viso, lo fece entrare.

Lui si accomodò accanto a Mimmo. Era davvero un bel ragazzo, alto e muscoloso ma dallo sguardo mite, incorniciato da lunghe ciglia nere. La pelle scura e levigata, le gambe solide.

Rosa si schiarì la voce. «Franca, una cosa ti dobbiamo dire» e tutti si fecero muti.

L'acqua sul fuoco bolliva e si sentiva un forte odore di limone e alloro. La tisana casalinga per il mal di stomaco era quasi pronta.

«Io e Turi ci sposiamo presto, fra tre mesi e tu, tu sarai la mia testimone!»

Per un attimo scese il silenzio, Franca era stupita, immediatamente dentro di lei realizzò che non avrebbe potuto essere presente a quel matrimonio, non quella primavera.

Le spuntarono le lacrime, non si aspettava quella notizia così a bruciapelo. Si erano fidanzati in estate quei due e già parlavano di sposarsi? Ma che fretta avevano?

«Fra', perché non parli? Non sei contenta?»

«Io... io sono felice per voi» balbettò. «Ma io, io non posso...» Si portò una mano alla bocca e corse fuori.

Graziella e Mimmo si guardarono allibiti, Rosa e Turi pure, nessuno seguì Franca. Appena superato lo stupore, Graziella, con la tisana in mano, non sapendo bene cosa fare, se ne uscì dicendo: «Senti a me, Rosa, la tua amica è solo un po' gelosa, siete cresciute insieme e ora sa che sposandoti non vi vedrete più come prima. Lei ti è molto affezionata, figghia mia, dalle tempo».

«Ma che dici? No, non è per questo, deve essere successo qualcosa, qualcosa che io non so, ma di certo voglio scoprirlo.»

Franca arrivò trafelata al molo, il suo rifugio.

Si sciolse in singhiozzi sempre più profondi. Non poteva, non poteva proprio andare al matrimonio di Rosa. Quel giorno la loro amicizia era finita, finita per sempre e solo per colpa sua. Aveva sbagliato tutto, aveva rovinato la sua vita e quella delle persone che amava per la sua testardaggine.

E lì, davanti al mare, capì che era sola. Aveva voluto essere diversa, cambiare le cose, e invece aveva ottenuto solo guai e dolore. Si era dovuta allontanare dal lavoro e dalla casa, dagli affetti più cari, e questo non aveva fatto altro che alimentare le chiacchiere, parole maligne sul suo conto che andavano ad aggiungersi alle altre.

Stringendosi nello scialle, Franca pensò che darsi da fare per gli altri generava più cattiveria che gratitudine, il bene non era apprezzato, come se le persone non volessero cambiare e migliorare. La sua mente volò a Salvo, che aveva dedicato tutta la vita ad aiutare gli altri e alla fine era solo, senza una famiglia. Lo immaginò ritirarsi a casa di sera senza trovare nessuno ad aspettarlo. Il ricordo del loro bacio le fece bruciare le labbra e per un attimo pensò che forse ci sarebbe potuta essere lei al suo fianco, ma subito scacciò l'idea. Magari se le cose fossero andate diversamente, ma ora no, non aveva più tempo per i sogni.

Un cielo così buio da sembrare nero le ricordò un proverbio: *Non può fare cchiù scuro che a mezzanotte.* Peggio non poteva andare, quindi ora le cose dovevano prendere un'altra piega, perché dal fondo si può solo risalire.

Non era così che aveva immaginato la sua vita. L'odio, il dolore, l'emarginazione, il marchio della condanna le pesavano addosso, come se l'intero cielo si fosse appoggiato su di lei. Quando si rompe qualcosa, i frammenti creano delle ombre che prima non c'erano. Dopo un dolore così grande, quante ombre c'erano dentro di lei?

63

«Stai tranquilla, Franca, risolveremo tutto, se non vuoi tornare a casa in questi giorni, rimani pure qui, i bambini ne saranno felici» le disse la signora.

Lei aveva abbassato gli occhi, spaventata. Si sentiva in colpa per aver abbandonato la sua amica e la famiglia, per aver mentito, ma non aveva scelta.

«Grazie signora, io non so come avrei fatto senza il vostro aiuto, sono in debito con vossia a vita.»

«Franca, non dire così. Qui svolgi un lavoro prezioso e, da quando ci sei tu con i bambini, io stessa mi sento più tranquilla. Siamo in buone mani con te.»

«Siete così buona, signora... Che Dio vi benedica, che Dio benedica tutti voi» aggiunse la ragazza commossa e con un leggero inchino si congedò.

E così Franca decise che non sarebbe più tornata a casa la domenica. Mandò a dire che gli Arnon se ne sarebbero andati per qualche tempo nel loro paese d'origine, in Germania, e che lei li avrebbe dovuti accompagnare per badare ai bambini mentre i signori partecipavano agli impegni mondani.

Rosa la cercò inutilmente, anche a casa sua, ma Zina le riferì che aveva dovuto accompagnare i signori in viaggio e che sarebbe stata via diverse settimane. Rosa non si capacitava che la sua amica fosse sparita senza salutarla, senza una spiegazione. Si sentiva in colpa, forse non avrebbe dovuto dirle del matrimonio davanti a tutti, all'improvviso, avrebbe dovuto confidarlo solo a lei, ma voleva farle una sorpresa.

Si erano viste poco negli ultimi tempi, soltanto la domenica pomeriggio. Ogni volta Rosa la ritrovava cambiata: era più bella e pure più in carne, mangiava sempre coi signorini e la fatica di badare a tre picciriddi era nulla per lei, abituata agli orari della Manifattura. Però Franca era ancora combattiva e curiosa, si faceva raccontare quello che succedeva alla fabbrica e chiedeva notizie di tutte. Voleva sapere di Maria e del suo piccolo, di Lena e Annamaria, e s'informava se il signor Enzo era sempre gentile con le sigaraie. Solo di Ninni non chiedeva mai.

Era stata Rosa a parlargliene qualche settimana addietro. Era l'ultima cosa che avrebbe voluto fare, ma alla Manifattura lo sapevano tutte e non voleva che Franca lo scoprisse da qualcun'altra. E così una domenica sera, prima di salutarla, aveva afferrato l'amica per le spalle con aria seria.

«Devi sapere una cosa e preferisco essere io a dirtela.»

«Che è? Che succede? Ha fatto del male a qualche altra ragazza?»

«No, iddu si marita, si sposa con la sua fidanzata.»

A Franca gli occhi si incupirono di colpo. Velati come da una rabbia sorda, che però si sforzava di trattenere. «Buon per lui se si sposa. Lo sapevo che sarebbe successo, quindi sta' tranquilla. Cosa pensavi? Lui ha rovinato la mia di vita e ora è fresco e pettinato come un quarto di pollo. Maschi sono, che cosa ti aspettavi?»

Rosa non aveva trovato nulla di giusto da dire ed era rimasta zitta, in imbarazzo.

«Amunì, di matrimonio parliamo, mica di funerale! Sai anche la data e la chiesa magari?»

Rosa l'aveva guardata dritta negli occhi. «Si marita a Casa Professa, il 21 di giugno, il giorno del tuo compleanno, perché pare che certe cose uno le combini di proposito pur non sapendole. Sarà una cosa in grande, perché idda è ricca assai.»

Franca si era lasciata abbracciare dall'amica, solo fra le sue braccia si sentiva al sicuro e amata, solo lei la faceva stare bene e le faceva scordare ogni cosa. Rosa e il suo profumo, Rosa e le sue carezze, Rosa che voleva proteggerla da tutto e che non c'era mai riuscita.

Quella sera Franca l'aveva salutata col cuore più pesante del solito, mentre una sensazione di tristezza profonda le si era annidata in fondo allo stomaco come una bestia ferita acciambellata nella sua tana.

Rosa aveva ripensato più volte al momento in cui aveva dato all'amica la notizia del matrimonio di Ninni. Capiva il suo rancore e i suoi occhi che diventavano di pietra: quell'uomo, che era il motivo per cui aveva lasciato la sua casa e la Manifattura, l'aveva fatta franca e ora andava incontro al futuro, impunito. Quello che non si spiegava, invece, era perché lei, la sua amica più cara, non ci sarebbe stata nel giorno più importante della sua di vita, il giorno in cui avrebbe sposato Turi.

64

La serata era così bella che Salvo chiese il permesso al signor Arnon di fare una passeggiata con Franca nel parco della villa. Era passato per discutere con lui di quella brutta faccenda accaduta nella sua Manifattura tessile. Ci era scappato il morto e il signor Arnon voleva provvedere affinché la famiglia della vittima avesse di che vivere. In questo Salvo era stato provvidenziale, già da tempo seguiva diverse questioni delicate che riguardavano l'attività dell'imprenditore tedesco e i due erano diventati amici. Il sindacalista apprezzava la grande umanità e la generosità del signor Arnon, lo riteneva un uomo corretto e di saldi principi morali, per questo gli aveva chiesto aiuto e protezione per Franca, anche se aveva omesso di raccontargli i dettagli della sua storia.

Salvo era appena venuto a sapere che Franca non aveva più intenzione di tornare all'Arenella nei giorni liberi: era accaduto qualcosa che l'aveva intimorita, ne era certo, e voleva sapere da lei di cosa si trattava.

Prima di uscire, la ragazza si avvolse nello scialle. La serata era limpida ma la temperatura era ancora piuttosto fresca dopo il tramonto. Con un segno del capo e un inchino appena accennato, salutò il signor Arnon e seguì Salvo.

I loro passi affondavano nell'erba soffice, le piante del vicino bosco emanavano un aroma fresco e persistente. Una leggera brezza spirava dai rilievi alle loro spalle e giocava con i capelli di Franca che sfuggivano all'acconciatura, accarezzandole il viso.

Franca era più bella che mai, lui non aveva potuto fare a meno di notarlo poco prima sotto il portico, alla luce delle lampade a olio.

«Salvo, sei stato tanto caro a passare, lo sai io ti devo molto» esordì, stringendosi nello scialle. «Se tu non mi avessi trovato questo impiego, io ora...» indugiò per un attimo. «Ora sarei davvero nei guai.»

«Saresti ancora in Manifattura e saresti in pericolo, con Ninni nei paraggi. Ma qui sei al sicuro» rispose lui, senza cogliere la punta di angoscia che le incrinava la voce.

Franca abbassò lo sguardo, mesta. «Com'è strano il destino... Ti ho cercato perché volevo aiutare le altre donne ed è finita che hai aiutato me più di tutte loro messe insieme.»

«Franca, non ho fatto nulla, l'unica vittima qui sei tu. A te hanno fatto del male nel modo più vigliacco e ora hai bisogno di tempo e di far calmare le acque. Anche se nessuno sa nulla di ciò che ti è successo, è meglio stare alla larga per un po' da casa e dalla fabbrica, Ninni potrebbe provare di nuovo a farti del male. Quell'uomo è ossessionato da te.»

«Non lo so, ma di una cosa sono certa: se dovesse trovarmi me la farebbe pagare, e per questo anche tu devi stare attento, promettimelo. Ho paura, Salvo» confessò.

«Qui sei al sicuro. Gli Arnon sono persone per bene e ho la parola del signore che finché sarai in casa sua non ti accadrà nulla di male. Ora devi pensare solo a stare meglio, anche se sarà impossibile dimenticare...»

Le prese la mano, con delicatezza, per tranquillizzarla, ma Franca tremava come se si fosse risvegliata da un brutto sogno. Solo che lei da quel sogno non poteva svegliarsi.

«Che succede?»

«Salvo, io non dormo più, i rumori mi spaventano e mi manca casa mia» aggiunse con gli occhi colmi di lacrime.

L'uomo, d'istinto, la prese fra le braccia e la strinse forte. Una stretta che era insieme rassicurante e disperata, che tradiva il fuoco che gli bruciava dentro. Affondò il viso tra i suoi capelli e ne respirò a fondo il profumo. Non poteva più trattenersi, non aveva senso e non voleva più resistere a quella ragazza.

Franca sentiva i loro cuori battere all'unisono, le mani di Salvo scivolarle lungo la schiena, il suo respiro caldo sul collo. Avrebbe voluto rimanere annodata in quell'abbraccio per sempre, chiudere gli occhi e abbandonarsi a lui, come un naufrago si abbandona sulla battigia dopo una notte tra i marosi. Ma quella salvezza le era negata e indugiare in quei sogni le straziava l'anima. Quando lui le cercò le labbra, si sciolse dall'abbraccio e si strinse lo scialle sotto la gola.

Salvo stese le dita per accarezzarle il viso, ma nel vederla ritrarsi rimase con la mano sospesa a mezz'aria. «Hai la mia parola, non ti lascio sola» mormorò, ricomponendosi. «Domenica prossima verrò a trovarti nel pomeriggio. Sai, le cose alla Manifattura vanno molto meglio ora che l'asilo funziona a regime e copre tutta la giornata. Le bambinaie sono preparate e le mamme lavorano più tranquille, perfino i responsabili si sono accorti del cambiamento. A volte per capire le cose deve passare del tempo, ci si deve sbattere il naso. Se non fosse stato per te e per la tua testa dura, ancora tutto sarebbe come prima. Devi essere fiera di te stessa.»

Franca sollevò il viso verso di lui. «L'ho pagata cara la mia testardaggine, ma se tornassi indietro, rifarei tutto.»

I loro sguardi avevano un che di selvatico, di fiero, due spiriti liberi che si riconoscevano e si capivano.

Salvo strinse le mani di Franca e con tutta la dolcezza di cui era capace si chinò a baciarla.

La ragazza dapprima si irrigidì, ma poi si sciolse e si abbandonò fra le braccia dell'uomo che le era sempre stato al fianco: nelle battaglie come nel momento più buio della sua vita. Quel bacio per un attimo li portò altrove, lontano da quella terra, dal lavoro e dalle preoccupazioni, lontano da tutto ciò che di sbagliato era accaduto nelle loro vite.

Quel bacio, però, lei non se lo poteva permettere. Non più.

Si staccò e prese il viso di Salvo fra le mani. «Non possiamo» mormorò, spezzata dal dolore. «Tu non capisci, io...»

L'uomo la strinse forte a sé, senza parlare, le accarezzò i capelli. Sapeva che la ragazza stava attraversando un momento delicato, che si sentiva confusa e disorientata, e immaginò che la violenza subìta fosse ancora una ferita aperta. «Aspetterò, Franca, io ti aspetterò, il mio cuore è tuo, non posso farci nulla» le disse, portandosi la mano sul petto per suggellare quella promessa solenne.

«No, Salvo» rispose lei bruscamente. «Tu ti devi dimenticare di me, io ormai sono rovinata per sempre, non ci potrà mai essere un noi.»

«Ma che dici? Io ti aspetterò, abbiamo solo bisogno di un po' di tempo.»

«Salvo, tu non capisci... Mi devi lasciare in pace. Io non posso, io non posso!» balbettò fra i singhiozzi e scappò correndo verso la casa. Lo scialle scuro sventolava come le ali di una falena. Non si voltò a salutarlo, andò dritta nella sua stanza e si buttò sul letto singhiozzando disperata, finché non si addormentò.

65

Quando i bambini seppero che Franca sarebbe rimasta con loro anche la domenica, cominciarono a cercarla, a chiederle di raccontare loro una delle sue storie così piene di magia e lei, che non era abituata a stare sola, presto rinunciò al suo giorno di riposo settimanale per accontentarli. Le mancava casa sua, più di tutti le mancavano Giovannino e poi Rosa. Non l'aveva salutata, non aveva voluto dirle nulla, ormai la Franca di prima non esisteva più e Rosa doveva capirlo. Presto si sarebbe sposata e avrebbe messo su famiglia. Le loro strade si sarebbero separate comunque.

Mentre era assorta nei pensieri, una manina le afferrò la gonna. «Franca, raccontaci ancora la fiaba del pesce dorato» la supplicò la bimba.

«Ma siete sicuri? Ormai la sapete a memoria...»

«Sì sì, vogliamo quella! Dai, ti prego, raccontacela!» La piccola Vera si mise con le mani giunte e la boccuccia protesa. «Ti prego, ti prego...»

«E va bene.» Franca si chinò, scostandosi qualche ciocca di capelli e portandola dietro le orecchie. «C'era una volta un pescatore di nome Nuccio che era molto povero. Un giorno decise di prendere la sua barca e...»

«No, Franca, ti sei scordata un pezzo! Nuccio era molto povero e i suoi bambini non mangiavano da tanti giorni.»

«Ah è vero, che sbadata, ricominciamo. Lo vedete? La sapete meglio voi di me questa storia!» Rise, guardandoli con affetto sincero.

«C'era una volta un pescatore di nome Nuccio che era molto povero e i suoi bambini non mangiavano da tanti giorni. Una mattina decise di prendere la sua barca e di provare a pescare, anche se il mare era molto mosso e faceva un freddo, un freddo che gli si congelavano pure i pensieri.»

«Ma dai! Ma come fanno a congelarsi i pensieri?» chiedeva Antonio. «Mica si vedono i pensieri! Vero, Franca?»

«No, Antonio, non si vedono per fortuna» rispose lei.

«Io vorrei vederli i tuoi» disse il bambino.

«Oh tesoro mio, non ci sarebbe nulla di bello da vedere, sai?»

«È per questo che non torni più a casa tua? Perché hai paura che qualcuno scopra i tuoi pensieri?»

«No, Antonio, non torno perché ho detto alla mia migliore amica che non andrò al suo matrimonio e lei di sicuro non vuole più vedermi, ma ora non voglio parlarne, siamo intesi?» disse con tono affettuoso ma deciso.

«Va bene, Franca, però per me la tua amica ti vuole ancora bene pure se vi siete litigate.»

«Antonio, si dice pure se avete litigato» lo corresse sua madre, che passava proprio in quel momento. «Su bambini, ora andatevene e lasciate in pace la signorina Franca. Correte in cucina, che Anita ha appena fatto i biscotti con lo zucchero spolverato.»

Quando era con Franca si rivolgeva ai suoi figli in italiano, altrimenti utilizzava il tedesco, che alla ragazza risultava estraneo e quasi ostile pronunciato da una donna così raffinata come la signora Arnon.

I tre bambini si precipitarono verso la cucina e le due donne rimasero sole.

La signora indossava un elegante abito verde scuro con l'ampia gonna in lucida seta. Il corpetto a collo alto la faceva sembrare più alta e sottolineava la grazia delle spalle. I lunghi capelli chiari erano raccolti sulla nuca da un fermaglio a forma di pavone arricchito con pietre colorate. Franca era incantata dall'eleganza della padrona e dalla delicatezza dei suoi modi. Il suo tono di voce era sempre gentile e pacato e con lei era particolarmente affettuosa, perché le piaceva come si occupava dei suoi bambini, con spontaneità e premura.

Quando erano stanchi dopo le lezioni di inglese e francese, o dopo essersi esercitati con la lettura, correvano da Franca per giocare. Ora che il tempo era bello amavano stare in giardino e rincorrersi, il loro divertimento più grande era nascondersi nei dintorni della villa per farsi cercare da Franca, che immancabilmente li scovava dietro le grandi fioriere nel porticato o dietro una delle colonne massicce che incorniciavano l'ingresso principale. Non avevano il permesso di correre sul vialetto di ghiaia bianca perché da lì entravano e uscivano le carrozze. A questo Franca doveva badare in modo particolare, facendo attenzione che i piccoli fossero sempre al sicuro.

Si sentiva la voce di Anita che fingeva di protestare perché non aveva ancora finito di sfornare i dolci che già qualcuno era corso a mangiarli. Il profumo invitante della frolla arrivava fin nel salone.

La signora si avvicinò a Franca e le mise una mano sulla spalla sorridendo. «Vedrai che tutto si sistema. Sono certa che la tua amica ti è affezionata e che appena vi rivedrete tornerete più legate di prima. Siete ancora giovani, si scorda tutto più in fretta quando si ha la vostra età.»

«Me lo auguro, signora, e la ringrazio per le sue parole, mi danno conforto in questo momento.»

«Sono certa che sarà così. Ora andiamo a mangiare i biscotti pure noi, prima che i bambini li divorino tutti. Dopo riposati e goditi questa serata, lo scirocco ha scaldato l'aria e puoi fare una bella passeggiata in giardino, magari Anita ti farà compagnia dopo cena, farà bene a entrambe un po' di svago.»

66

Ogni anno, in primavera, i signori Arnon organizzavano una festa che richiamava nella villa tutte le famiglie più in vista di Palermo.

Per quella sera Franca aveva ricevuto l'ordine di far mangiare in cucina i bambini e poi portarli nelle loro stanze e non lasciarli scendere per nessun motivo.

I primi invitati arrivarono all'imbrunire, ma il viale era già illuminato dagli aloni dorati delle fiaccole.

I maschietti giocavano con le trottole e la piccola Vera con la casa delle bambole. Franca, dalla finestra, poteva scorgere le persone che si dirigevano verso l'entrata della villa e la servitù che si affaccendava nel portico. Era rapita dall'eleganza delle signore, da quei vestiti elaborati e dai colori sgargianti, le pareva quasi di veder scintillare i loro gioielli. Donne così eleganti le aveva viste solo una volta, tornando con il carro di Mimmo dopo essere stata con Rosa da Salvo. Ora tutte quelle persone benestanti e dagli abiti sfarzosi si trovavano a pochi passi da lei, nella casa dove prestava servizio.

Con un sospiro, tornò a occuparsi dei piccoli, sedendosi sul tappeto accanto a loro.

«Franca, vorrei tanto il libro con le figure che mi ha regalato mio padre» disse Antonio.

«Non so se ho il permesso di scendere, durante il ricevimento» ribatté lei, sperando che il bambino cambiasse idea.

«Ti prego, vorrei proprio quello... Non ci vuole niente a prenderlo, la biblioteca è giusto dietro la scala. Puoi passare dalla porta di servizio, non devi mica entrare nel salone.»

«E va bene, ora te lo prendo, aspettami qui e bada alle tue sorelle.»

La giovane si avvolse nello scialle e scese la scalinata tenendosi vicina al muro per non farsi notare. Molti degli invitati erano sotto il portico a fumare e sarebbe dovuta passare davanti alla vetrata che dal pianerottolo dava sull'esterno. La attraversò velocemente, col cuore in gola, e imboccò il piccolo corridoio semibuio che portava all'ingresso di servizio della biblioteca. Dalla mezzaluna di vetro decorato che sovrastava la porta entrava una luce fioca ma sufficiente per distinguere i volumi.

Non fu difficile trovare il libro di Antonio poiché era sul ripiano dove venivano conservati i testi scolastici dei bambini. Un rumore di passi alle sue spalle la fece trasalire. Qualcuno stava entrando in biblioteca. Franca afferrò velocemente il libro e fece per uscire, ma sulla porta sbatté contro un uomo.

«Chi non muore si rivede... sei proprio tu, allora! Poco fa ti ho vista scendere le scale e ho creduto di vedere un fantasma.»

«Ni... Ninni...» balbettò Franca, sbiancando di colpo.

«Ecco dove eri finita! Pensavi davvero di riuscire a liberarti di me?» La spinse all'interno con forza. «Abbiamo ancora un conto in sospeso noi due...»

«Lasciami subito andare o mi metto a urlare, qui non siamo alla Manifattura» rispose, cercando di infilare la porta.

Ninni la afferrò per i capelli non appena lei gli diede le spalle.

«Ahia, lasciami subito!»

«Parola mia che te la faccio pagare, Franca Anello. Pensavi di cavartela scappando dalla Manifattura? Prima hai combinato un manicomio per l'asilo e poi te ne sei andata» sibilò lui, tirandole ancora più forte i capelli.

La signora Arnon, che stava accompagnando una delle invitate più anziane nella parte del salone con i sofà, udì il grido di Franca provenire dalla biblioteca e qualche frammento della frase pronunciata dall'uomo, e aprì prontamente la porta d'accesso interna che era stata chiusa a chiave in occasione del ricevimento.

Ninni, appena sentì girare la chiave, allentò la stretta e Franca sgusciò fuori dall'ingresso secondario.

«Va tutto bene qui?» chiese la padrona di casa. «Mi sembrava di aver udito la voce della bambinaia.»

«Signora Arnon, tutto bene, ero incuriosito dalla magnificenza della vostra biblioteca di cui tutti parlano. Quando sono entrato ho trovato una ragazza della servitù che forse si è spaventata» rispose prontamente il giovane.

«Sono certa che preferirà unirsi a noi anziché rimanere qui da solo, faccia con comodo, ma la prego di raggiungerci di là, sarebbe un peccato se si perdesse i manicaretti che stanno per uscire» replicò la signora, per nulla persuasa da quella spiegazione.

Ninni colse il timbro perentorio nella voce della donna e, dopo aver accennato un breve inchino, uscì nel corridoio raggiungendo gli altri uomini.

Non è possibile... Non è possibile, anche qui! Franca risalì le scale di corsa, stringendo forte al petto il libro di Antonio.

«Che hai? Ti senti male?» le chiese il bambino non appena la vide rientrare.

«No, non è nulla, stai tranquillo» rispose la ragazza accennando un sorriso tirato e massaggiandosi la nuca. Aveva il fiatone e lo sguardo velato di lacrime. Le mani le tremavano e anche la voce. «È tutto a posto Antonio, puoi stare tranquillo. Ho solo visto uno scarafaggio sulle scale e tu lo sai quanto mi facciano paura quegli insetti.»

Franca, terrorizzata, passeggiava nervosamente avanti e indietro per la stanza dei bambini, senza sapere cosa fare per liberarsi da quell'incubo. Il pensiero che al piano di sotto Ninni camminava, parlava, si aggirava per il salone accarezzando con lo sguardo gli oggetti e i mobili che lei stessa aveva più volte sfiorato, le dava il voltastomaco.

Le voci, le risate, il chiacchiericcio incessante della festa arrivava fin lì, e ogni rumore la faceva sussultare, spingendola a controllare con lo sguardo che la porta che dava sulla scala fosse chiusa. I bambini sembravano avere assorbito la sua angoscia, erano più capricciosi e disubbidienti del solito, specialmente la piccola. Non volevano saperne di andare a dormire, continuavano a chiedere altre storie e lei dovette ricorrere a tutto il suo sangue freddo per accontentarli. Finalmente, poco prima della mezzanotte crollarono, ma lei non si sarebbe mossa da lì finché la signora non fosse salita.

Si mise alla finestra, a guardare gli invitati che a poco a poco lasciavano la villa, ma era troppo buio per poterli distinguere. Era sfinita, sentiva la testa pesante, un forte senso di nausea, le gambe doloranti per la tensione. Controllò più volte i bambini, rimboccando le coperte ogni volta che passava accanto ai loro letti.

Non voleva sdraiarsi nella dormeuse che utilizzava di solito, non voleva addormentarsi, voleva aspettare sveglia la signora Johanna, accertarsi di essere al sicuro. Il suo era un autentico terrore: ora Ninni sapeva dove trovarla, nulla gli avrebbe impedito di tornare a tormentarla.

«Ma non tornerà» si ripeteva, cercando di farsi forza. «Non ha motivo di venire fino a qui, è stato solo per la festa, fra poco se ne andrà e non tornerà mai più.»

La signora la trovò a notte fonda addormentata sulla poltrona nel corridoio, si chiese come mai non fosse rimasta nella stanza dopo aver fatto addormentare i bambini.

La scrollò delicatamente. «Franca svegliati, è molto tardi, va' a dormire.»

«No, non scendo» rispose la giovane nel dormiveglia. «Se lui è ancora lì... no, non voglio.»

«Franca, di che parli? Se ne sono andati tutti, al piano di sotto non c'è più nessuno, nemmeno il personale di servizio.»

«Ne è sicura?» chiese la giovane, ancora mezza addormentata.

«Ne sono sicura, puoi andare, buonanotte.»

«Buonanotte signora, mi scusi.»

Johanna si chiese quali fantasmi si celassero dietro quello sguardo di ebano e cosa avessero a che fare con l'uomo che aveva sorpreso in biblioteca. Ad ogni modo non le sembrava il caso di approfondire la questione, era davvero tardi e lei non vedeva l'ora che la sua cameriera personale la spogliasse e di andare a coricarsi.

67

La domenica successiva Salvo si presentò alla villa. Si fece annunciare dicendo che doveva discutere di faccende urgenti con il signor Arnon, ma in realtà sperava solo di rivedere Franca e farle cambiare idea.

La intravide nel patio, avvolta nello scialle, che badava ai bambini. La salutò con un cenno del braccio e lei gli corse incontro trattenendo a stento le lacrime.

«Salvo, è successa una cosa terribile» disse d'un fiato. «Ninni era qui, è venuto alla festa... Capisci?»

«E ti ha vista?»

«Sì, ero scesa a prendere un libro ad Antonio e lui mi ha seguita in biblioteca. Mi ha detto che me la farà pagare. Ora che sa dove abito! Sugnu vero scantata assai» rispose, ricorrendo al dialetto. Quando era particolarmente nervosa le riusciva meglio esprimersi nella lingua che le era più familiare.

Salvo si sentì montare il sangue alla testa per il pericolo che lei aveva corso. Doveva parlare subito col signor Arnon. Quando gli aveva raccomandato Franca, pregandolo di prenderla in casa sua, non era sceso nei particolari e non immaginava che Ninni potesse essere una delle persone che frequentavano le sue feste.

«Non devi temere» la rassicurò. «Non accadrà più, ora torna dentro.»

«Salvo, io ho troppa paura, non devi più venire qui, già te l'ho detto la volta scorsa. Ti prego, se devi parlare col mio padrone incontratevi altrove, ma non qui.»

«Come puoi chiedermi di non venire più? Io non ci riesco a stare lontano da te: devo essere certo che tu stia bene e al sicuro, e ho bisogno di vederlo coi miei occhi... Ho bisogno di vederti, di parlare con te.»

«Salvo, se penso a quello che poteva succedere... Ninni tornerà e io ho paura non solo per me, pure per te, perché se capisce che questo lavoro me lo hai trovato tu, sono guai.»

«Io non mi scanto. Ti dico che devi stare tranquilla, adesso ci penso io.»

Franca lo guardò a lungo negli occhi. Uno sguardo indecifrabile, che racchiudeva tutta la sua forza e il suo dolore. «Salvo, se davvero ci tieni a me, per un po' di tempo non venire più.»

«E sia» mormorò lui abbassando il capo. Non capiva la sua ostinazione e il pensiero di non vederla gli schiantava il cuore, ma si sarebbe gettato nel fuoco per lei. «Se è questo che vuoi e se ti fa stare più tranquilla, non verrò più qui fino a che non potrò dirti con certezza che Ninni non è una minaccia per te.» Poi, senza aggiungere altro, le voltò le spalle.

Franca rimase a guardare Salvo che si allontanava, poi si asciugò le lacrime e si affrettò a raggiungere i bambini che giocavano in giardino. I maschietti si rincorrevano lanciando gridolini mentre la piccola Vera cercava di chiudere con un nastrino un mazzetto di margherite. «Questo è per la mamma!» esclamò correndole incontro.

La giovane si chinò ad abbracciarla, affondando il viso tra i suoi capelli che odoravano di buono. Fu in quel momento, stringendo la piccola, che notò Salvo e il signor Arnon nel patio. Non poteva sentire cosa si stessero dicendo, ma la discussione era tesa. A un certo punto il signor Arnon si era fermato di scatto, sembrava essersi fatto di pietra. Poi aveva stretto la mano a Salvo, in quella che aveva tutta l'aria di una promessa solenne.

68

Qualche settimana più tardi, una domenica sera, Franca sedeva su una delle panche in giardino. Spirava una brezza leggera, carica dei profumi della tarda primavera, ed era un piacere, dopo una giornata passata a rincorrere i bambini, fermarsi un poco in quel paradiso. Le sembrava che, circondata da quella pace, pure le sue preoccupazioni si placassero un poco. D'un tratto un rumore la fece sobbalzare.

«Mi spiace, Franca, non volevo spaventarti.»

«Non si preoccupi, signore. Ero persa nei miei pensieri.»

«Allora spero di aver contribuito a togliertene uno di torno.»

«Come dice, signore? Non capisco di cosa parla.»

«So tutto, Franca. E ho fatto quanto era in mio potere per far spedire Ninni Tagliavia lontano dalla Sicilia. Quando ho scoperto ciò che ti ha fatto, mi sono vergognato di averlo fra i miei invitati al ricevimento, di averlo in casa mia. Da Salvo ho saputo ciò che è successo alla Manifattura e mia moglie mi ha raccontato quanto ha sentito, la minaccia di quell'uomo in biblioteca. Per fortuna lei era lì.»

«Se non fosse stato per la signora che ha aperto la porta...» Franca non riuscì a terminare la frase, un groppo le serrava la gola, lo sguardo le scivolò a terra.

«Abbiamo parlato anche con il direttore della Manifattura, un uomo molto attento e dai principi incrollabili. Dopo aver saputo di te ha deciso subito di punirlo con un trasferimento in una Manifattura isolata, in un paesino in montagna.»

Quell'abbiamo per Franca significava che il suo nuovo datore di lavoro era andato insieme a Salvo a parlare col dottor Reghini.

«Signore io...» balbettò la giovane in imbarazzo, tormentando il bordo del grembiule.

«Non devi temere. Fra qualche settimana Ninni se ne andrà e potrai restare qui tutto il tempo che vorrai, i bambini ti sono molto affezionati e anche Johanna ha espresso il desiderio che tu rimanga con noi. Ci sono maschi che non sanno cosa significhi essere uomini e poi ci sono donne come te. Donne piene di coraggio che nonostante le ferite hanno molto da insegnare per la dignità con cui le portano.»

«Signore, io non so che dire... La ringrazio, non so se merito tanto, sono davvero grata a lei e alla signora per la vostra generosità» sussurrò, commossa.

«Per tranquillizzarti ulteriormente, Salvo e io non ci incontreremo più qui, ma in città, almeno finché Ninni non se ne andrà da Palermo.»

«La ringrazio molto... Io... so di esservi debitrice e che la vostra generosità è impagabile.»

Franca avrebbe voluto spiegare al signor Arnon perché si vergognava a tornare a casa, perché non era andata al matrimonio di Rosa, perché aveva allontanato Salvo, l'unica cosa bella che le era capitata nella vita, ma le parole le morirono in bocca.

L'uomo, però, aveva compreso tutto da solo. «Franca, non mi devi spiegazioni. Io non sono siciliano, sono tedesco e ho vissuto tutta la mia vita in Germania, ma sono un uomo d'onore. Hai la mia parola che, finché vivrai a casa mia, nessuno ti farà più del male, ora rientra che si sta facendo fresco.»

Franca si strinse nello scialle e si incamminò verso la villa. Ora i suoi padroni sapevano tutto, era al sicuro, e con il trasferimento di Ninni il suo incubo peggiore stava per svanire. Il pensiero volò a Salvo. Salvo che l'aveva aiutata e protetta, fin da subito, che la amava al punto da aspettare che Ninni fosse trasferito per farla sentire più tranquilla.

Le sue lacrime avevano il sapore della gratitudine e del sollievo. Sollevò la testa e guardò verso l'alto, verso quel cielo nel quale si perdeva ogni sera. «Grazie Signore» mormorò, facendosi il segno della croce. «Grazie per aver ascoltato le mie preghiere.»

Pensò a Rosa che ormai si era sposata, a Maria che aveva riavuto con sé suo figlio, alla propria famiglia e alle altre sigaraie. Un morso di nostalgia le afferrò la gola, non mancava molto ormai, a breve sarebbe potuta tornare a casa e avrebbe riabbracciato tutti.

Chissà se suo fratello aveva imparato ad arrampicarsi sugli alberi come gli altri bambini, chissà se lo tormentavano ancora. Giovannino le mancava da morire, forse perché era quello che più aveva bisogno di lei. Ma chi le mancava di più in quel momento, la persona di cui sentiva un bisogno quasi lacerante, e che non poteva avere al suo fianco, era Salvo. L'uomo che amava.

69

«Signor Arnon, mi perdoni, io vorrei domandarle una cortesia, se possibile.»

«Dimmi pure, Franca» rispose stupito, in tanti mesi era la prima volta che quella ragazza chiedeva qualcosa.

«So di osare molto e di esservi debitrice, ma vorrei essere accompagnata in città, in chiesa, da Calogero. Col suo permesso e se lei non ha bisogno di lui...»

«Franca, ma ne sei proprio sicura? Te la senti? Con questo caldo poi...»

«Mai stata più sicura in vita mia.»

«E sia, fa' attenzione, mi raccomando, oggi è il tuo compleanno e mi fa piacere accontentarti» disse l'uomo con un poco di apprensione, senza sospettare minimamente il motivo della richiesta di Franca.

«La ringrazio, significa davvero molto per me.»

Il signor Arnon aiutò la giovane, col capo coperto da uno scialle leggerissimo, a salire sulla carrozza e con ammirazione rimase a guardarla mentre si allontanava. «Quella ragazza ha un coraggio e una determinazione fuori dal comune» disse fra sé.

Le campane suonavano a festa, sul selciato antistante la chiesa di Casa Professa si stendeva un tripudio di carrozze e lacchè, di trine svolazzanti e ombrellini. La cerimonia era finita e gli invitati uscivano dalla chiesa, pronti ad accogliere i novelli sposi.

Un gruppo di bambini del quartiere si aggirava curioso fra la folla. Non erano abituati a tutta quella ricchezza. Ballarò era uno dei quartieri più poveri della città.

In mezzo a quel fervore c'era anche chi non era venuto per festeggiare. Salvo si aggirava fra la folla, al colmo del rancore e mosso da una rabbia cieca che mai aveva provato in vita sua. Il sudore gli bagnava la coppola scura che aveva indossato per non dare troppo nell'occhio in mezzo agli invitati. Aveva la bocca riarsa e amara. L'immagine di Ninni che metteva le mani addosso a Franca, che la braccava e la costringeva a subire una violenza che l'avrebbe segnata per sempre non lo abbandonava, era un tormento di cui non riusciva a liberarsi. Franca, la giovane donna che lui sperava di amare, nonostante i suoi quarant'anni, e che lo aveva allontanato per paura dell'uomo che di lì a poco sarebbe uscito dalla chiesa insieme alla sua sposa.

Salvo ricacciò le lacrime in gola, strinse i pugni, si fece largo fra la folla accalcata ai piedi della scalinata di marmo. In testa aveva solo un'idea, una folle idea, voleva aspettare il novello sposo fuori dalla chiesa e fargliela pagare una volta per tutte. Il coltello lo aveva infilato nella cinta per avere le mani libere, sapeva come usarlo ed era deciso più che mai a non farsi sfuggire l'occasione. Non voleva uccidere Ninni, voleva sfregiarlo in modo che anche lui portasse addosso per sempre i segni di una ferita.

Al termine della cerimonia Ninni attraversò il portone tenendo per mano la ragazza che era appena diventata sua moglie. La giovane coppia, bellissima negli abiti nuziali, fu accolta da un coro di voci festose che gridavano «viva gli sposi».

Il cielo splendeva di un azzurro così luminoso da costringere a strizzare gli occhi, il sole bruciava particolarmente forte e caldo. I ventagli si muovevano frenetici e i cavalli scalpitavano nervosi per la confusione.

Franca era lì, appoggiata a una delle cancellate, e cercava Ninni con lo sguardo, avvolta in uno scialle di pizzo color écru che faceva risaltare la sua carnagione scura e liscia come un velluto pregiato con quegli occhi neri, ardenti. Era bella come poche volte era stata in vita sua.

Ninni scendendo la scalinata la vide e il sorriso gli si congelò. L'espressione del suo viso mutò così repentinamente che molti si chiesero cosa potesse averlo turbato in quel giorno che avrebbe dovuto essere di festa.

Franca lo fissava. Lui la guardò incredulo, poi i suoi occhi scivolarono verso il basso, verso le mani poggiate sul ventre gonfio, il ventre di una donna incinta. Lasciò di colpo il braccio di sua moglie, si portò le mani alla bocca, un gesto che non passò inosservato e che nei mesi seguenti avrebbe alimentato più di una chiacchiera nei salotti palermitani.

Ninni aveva visto e aveva capito, e a Franca tanto bastava. Lo fissò con sguardo sprezzante, voltò le spalle allo sposo e si incamminò verso la carrozza guidata da Calogero. Si guardò le mani, ora pulite e senza crepe, e quasi stentò a riconoscerle. Niente più macchie di tabacco, non avrebbe più nemmeno rischiato di ammalarsi ai polmoni, ora aveva una creatura a cui pensare.

Ma non era solo la Palermo bene ad aver assistito alla scena. Anche qualcun altro aveva visto tutto.

La verità colpì Salvo come uno schiaffo in pieno viso e d'un tratto tutto ebbe senso. Capì perché Franca lo aveva allontanato e perché non era più tornata a casa, rinunciando persino al matrimonio della sua più cara amica.

«Possiamo rientrare ora» disse Franca a Calogero, che le porse il braccio per aiutarla a salire. La giovane reggeva in una mano un lembo della lunga gonna di cotone chiaro e con l'altra si aggrappò al lacchè per non perdere l'equilibrio.

«Franca, un attimo, aspetta!» gridò Salvo.

La ragazza non si aspettava di trovarlo lì, non quel giorno. Non lo vedeva dalla primavera. Credeva che Salvo si fosse scordato di lei, che l'avesse ascoltata quando gli aveva chiesto di allontanarsi e lasciarla in pace. Il sangue di colpo le salì alla testa e per un attimo le si offuscò la vista. Poi abbassò lo sguardo sulla pancia e gli occhi le si riempirono di lacrime. Si voltò verso l'uomo e scosse la testa, come a dirgli che non c'era più niente da fare: doveva lasciarla andare.

Salvo la fissò per un lungo istante, abbassò il capo, lo rialzò, e con gli occhi lucidi le sorrise. I due si fissarono per un lunghissimo istante, in silenzio. Lo sguardo risoluto di Franca valeva più di mille parole.

Per un istante il cuore dell'uomo si fermò, poi riprese a battergli all'impazzata. Avrebbe voluto urlare, rincorrere Franca e dirle che l'amava e che non gli importava nulla se quel bambino che stava per nascere non era suo. Ma non si mosse, non disse una parola, il sole a picco sopra la sua testa lo trafiggeva come un chiodo acuminato. Rimase impalato coi piedi incollati alle balate grigie, annichilito dal turbinio delle sue emozioni.

Doveva lasciarla andare, ora, ma non avrebbe rinunciato a lei, era certo. Quella sera stessa sarebbe andato a villa Arnon perché non voleva, non poteva più aspettarla. Non gli importava del destino maligno, delle convenzioni ipocrite di una società governata da uomini senza pietà e senza onore, delle maldicenze mischine di curtigghiare senza cuore. Che cos'erano le chiacchiere e il disprezzo della gente al confronto di due occhi neri come l'abisso? E chi lo diceva che i figli veri sono solo quelli di sangue? Era una vita che cercava di raddrizzare un mondo storto e niente lo spaventava. Lui amava Franca, ecco qual era la verità, una verità più accecante del sole che schiantava quella città di poveracci e damerini. E lui l'avrebbe amata, contro tutti e contro tutto.

Calogero la fece salire, si toccò il cappello. «Con permesso» disse rivolgendogli un cenno di saluto, poi montò a cassetta. Con uno schiocco di redini spronò i cavalli. Il rumore degli zoccoli ferrati sulla pavimentazione si impresse nella testa di Salvo come se una pioggia di sassi l'avesse colpito a tradimento.

Nell'abitacolo della carrozza si era insinuato il profumo dolciastro dei fiori che decoravano l'ingresso della chiesa. Un profumo che riportò Franca alla festa di santa Rosalia e all'amica lontana, che non conosceva ancora il suo segreto. Per la prima volta non avrebbe festeggiato il compleanno con lei, né con Maria, né con nessun altro dei suoi cari. Ricordò il lungo bacio in giardino e le braccia forti di Salvo che la stringevano. Si era sentita al sicuro con lui, si era sentita a casa, ma quella casa non poteva essere la sua.

Mentre la carrozza risaliva lungo via Maqueda in direzione dei Quattro canti, Franca si schermò il viso, ferita dalla luce accecante, e con un fazzoletto si asciugò gli angoli degli occhi.

Sarebbe stata una madre sola, avrebbe sopportato la fatica e la vergogna, ma di una cosa era certa.

«Se sarà una femmina, e prego 'u Signure che mi nasce sana» sussurrò giungendo le mani, «la chiamerò Rosa.»

Nota dell'autrice

La prima volta che ho visitato la Manifattura Tabacchi di Palermo è stato in occasione della manifestazione *Le vie dei tesori*. Non appena la guida ha iniziato a mostrare le stanze della lavorazione del tabacco, di colpo ho immaginato uno stuolo di donne affaccendarsi fra le mura di quell'enorme complesso. Il romanzo è nato esattamente quel giorno.

Ho scattato molte foto, ma una in particolare ritraeva la stanza dove negli ultimi anni si lavoravano le sigarette. È plausibile che prima dell'avvento della moderna produzione, in quella stessa stanza venissero arrotolati a mano i sigari, dato che è una delle ale più asciutte e luminose dell'intero complesso.

Nella mia mente hanno subito cominciato a prendere vita numerosi personaggi, prime fra tutti Franca e Rosa, che in qualche modo mi ricordavano me e la mia amica Stefania, i nostri dialoghi, le chiacchierate, le confidenze reciproche.

Sapendo che nel quartiere ancora vivono le pronipoti delle tabacchine, ho quindi iniziato delle ricerche per conoscere la storia di qualche sigaraia. Ho chiesto aiuto prima a dei conoscenti, poi al medico della zona ma, con mio grande dispiacere, non si trovava nessuno che potesse raccontarmi qualcosa di queste donne. Il dottor Francesco Anello mi ha fortunatamente procurato un'interessante pubblicazione che riguardava la Manifattura, *Memoria in fumo. La Manifattura Tabacchi di Palermo* a cura della professoressa Silvia Pennisi, docente presso l'Università degli Studi di Palermo. In quel volume ho recuperato alcune notizie tecniche sull'edificio e soprattutto la notizia del nido aziendale, uno fra i primi mai sorti in una struttura manifatturiera italiana.

Questa notizia mi ha ispirato la lotta di Franca e Rosa per l'apertura del baliatico che è ben presto divenuta il fulcro del romanzo.

I testi della professoressa Fiorenza Taricone, docente di Pensiero politico e questione femminile presso l'Università di Cassino, mi hanno fornito numerosi dettagli sulla lavorazione del tabacco e sul lavoro femminile, soprattutto delle sigaraie.

Rosario Lentini, storico illustre, mi ha procurato molte notizie tratte dall'archivio storico di Palermo e riguardanti i numeri delle operaie, l'ammontare della paga giornaliera, l'orario di lavoro e altri dettagli riferiti alla Manifattura dell'Acquasanta che ho utilizzato poi durante la stesura.

Gaetano Basile, storico e studioso delle tradizioni, mi ha invece riferito molti aneddoti e particolari riguardanti i cibi, gli abiti, le abitudini della gente del popolo nella Palermo di fine Ottocento.

Il particolare delle sigaraie costrette a vendersi ai nobili mi è stato anch'esso raccontato, ma non ci sono riscontri storici ufficiali: è un dato appartenente alla memoria popolare e come tale l'ho trattato.

Tutte le notizie storiche sono state verificate, gli edifici, i luoghi, le sagre, le tradizioni con le relative date rispecchiano quanto ho raccolto nelle mie ricerche.

I personaggi e i loro nomi, tranne quello del dottor Reghini, che è stato davvero uno dei direttori della Manifattura negli anni in cui è ambientata la storia, sono frutto della mia fantasia e ogni riferimento a persone realmente esistite è puramente casuale.

La famiglia Arnon di cui parlo nel romanzo è ispirata alla famiglia Ahrens, che è realmente esistita e verso la quale nutro grande ammirazione per l'essere stata straordinariamente aperta e generosa verso la città e i suoi abitanti.

La storia di Franca e Rosa è una storia di amicizia, di ribellione e di riscatto che dimostra quanto combattive e intraprendenti fossero le donne siciliane di fine Ottocento. A tutte loro va il mio riconoscimento, perché è grazie al loro esempio se storie come questa possono prendere il largo.

Ringraziamenti

Ogni libro che nasce ha attorno a sé una grande famiglia e *Le donne dell'Acquasanta* non fa eccezione.

Il grazie più grande va a Stefania Auci perché, oltre a onorarmi della sua amicizia, mi ha sostenuta e aiutata con i suoi consigli preziosi in questi tre anni di lavoro. La sua generosità umana e intellettuale è impagabile.

Se non fosse stato per Antonio Vena non avrei mai iniziato a scrivere, a lui devo le letture migliori degli ultimi anni e i continui incoraggiamenti a dare il massimo.

Chiara Messina, oltre a essere un'ottima traduttrice, è stata una presenza silenziosa ma costante che ha sempre creduto in questo libro e nella storia che racconta.

Grazie a Nadia Terranova che seguo da sempre e che è per me un'amica preziosa e un grande esempio.

Grazie a mio marito Giuseppe e ai miei tre figli Aurora, Christian e Mattia, perché molto del tempo che ho dedicato a questo libro l'ho sottratto a loro.

Grazie a tutta la mia famiglia, quella trentina e quella palermitana, per esserci sempre.

Grazie a mia madre e al suo compagno Giacomo che da ventitré anni le sta accanto e che ci colma di un affetto insostituibile.

Grazie a mio fratello Gianluca e a mia cognata Stefania per la meraviglia della piccola Lydia.

Grazie al dottor Francesco Anello, medico dell'Arenella, per il suo aiuto e per avermi fatto conoscere un testo fondamentale per le mie ricerche sulla Manifattura Tabacchi che è *Memoria in fumo*. La *Manifattura Tabacchi di Palermo* della professoressa Silvia Pennisi, un egregio lavoro di ricerca sulla Manifattura dell'Acquasanta.

Grazie alla professoressa Fiorenza Taricone che, con grande generosità, mi ha spedito dei libri fuori catalogo per me preziosissimi, primo fra tutti *Le tabacchine. Coltivatrici, produttrici e venditrici*, una fonte di informazioni dettagliate e puntuali sul lavoro delle donne nelle Manifatture Tabacchi in Italia.

Un grazie sentito va a uno storico d'eccezione, il dottor Rosario Lentini, persona straordinaria che mi ha messo a disposizione non solo i suoi studi e le sue ricerche d'archivio, ma anche dei preziosissimi testi sulla storia dei fasci siciliani.

Un grande aiuto sulla storia del costume e dei cibi della Palermo di fine Ottocento l'ho ricevuto dal dottor Gaetano Basile, illustre intellettuale, cui sono debitrice di una polenta carbonera di Storo.

Grazie ad Arturo Balostro, il mio angelo custode, l'amico migliore che si possa desiderare.

Grazie a Fabrizio Piazza che di libri ne sa perché oltre a essere, come Arturo, un grande libraio, è soprattutto un grande amico.

Grazie a Cinzia Orabona, la mia vulcanica amica titolare di Prospero enoteca letteraria, a Maria Calabrese e Rita Giammarresi per esserci sempre.

Grazie a Rosetta Virecci per l'affetto e la vicinanza.

Grazie a Daria Grassi e Daniela Cortella perché mi sono vicine da quarant'anni e, nonostante tutto, mi vogliono bene lo stesso. La chat delle Tre grazie è stata la mia ancora di salvezza per lungo tempo.

Grazie a Monica e Fausto Fiorile, Rosapia e Ivano Vaglia, Cristina e Igor Sembinelli per essere dei meravigliosi compagni di scorribande e degli amici sempre presenti.

Grazie a Giliola e Andrea Zanetti per le giornate a bordo piscina nella loro casa in campagna e per le innumerevoli cene in compagnia.

Grazie alla mia amica dottoressa Angela Giordano che ha accolto al mondo tutti e tre i miei figli e che fa sempre il tifo per me.

Grazie al gruppo di amici della chat Allucinati perché, oltre a essere i genitori delle compagne e dei compagni di liceo di mia figlia, sono stati una boccata di ossigeno nelle mie giornate deliranti.

Grazie alla mia preside Rosalba Floria, che stimo enormemente, a tutti i colleghi e ai miei alunni perché non è facile avere a che fare con una prof che edita.

Infine grazie alla mia agenzia, la Lorem Ipsum di Milano, e alla mia editor Noemi Gentilezza di nome e di fatto per avermi seguita e supportata in tutto.

Grazie a Caterina Campanini per tutto l'aiuto nella fase più delicata dell'editing.

Un ringraziamento particolare alla dottoressa Maruzza Lo Porto per la preziosa consulenza riguardante l'uso del dialetto nel romanzo.

Ma soprattutto grazie a voi lettori perché senza di voi le mie *Donne dell'Acquasanta* non potrebbero prendere il volo.

Bibliografia di riferimento

Segue qui una stringata bibliografia sul tema, di cui mi sono servita per dare corpo alla storia.

Elena Luviso (a cura di), *Le mani femminili nel viaggio del tabacco: le luci della memoria*, Caramanica, Minturno 2008.

Pietro Manali (a cura di), *I fasci dei lavoratori e la crisi italiana di fine secolo, 1892-1894. Atti del Convegno per il centenario. Palermo-Piana degli Albanesi, 21-24 settembre 1994*, Salvatore Sciascia, Caltanissetta-Roma 1995.

Alessandro Nicosia (a cura di), *Tra sogni e realtà: i Monopoli di Stato ieri e oggi*, Palombi, Roma 2004.

Michele Pasqualino, *Vocabolario siciliano etimologico, italiano, e latino*, Palermo 1785.

Silvia Pennisi, *Memoria in fumo. La Manifattura Tabacchi di Palermo*, Aracne editore, Roma 2018.

Fiorenza Taricone (a cura di), *Il lavoro femminile nell'Ottocento e nel Novecento: le tabacchine. Coltivatrici, produttrici e venditrici*, Gangemi Editore, Roma 2005.

Fiorenza Taricone e Beatrice Pisa, *Operaie, borghesi, contadine, nel XIX secolo*, Carucci, Roma 1985.

Francesco Renda, *I fasci siciliani, 1892-1894*, Einaudi, Torino 1977.

Indice

Finito di stampare nel gennaio 2023 presso
Grafica Veneta - via Malcanton 2 - Trebaseleghe (PD)
Printed in Italy